ハヤカワ文庫NV

〈NV1377〉

レヴェナント　蘇えりし者

マイケル・パンク

漆原敦子訳

早川書房

7726

THE REVENANT
by
Michael Punke

Translated by
Atsuko Urushibara
First published 2016 in Japan by
HAYAKAWA PUBLISHING, INC.
This book is published in Japan by
arrangement with
SAWMILL GULCH ENTERPRISES, LLC
c/o JANKLOW & NESBIT ASSOCIATES
through JAPAN UNI AGENCY, INC., TOKYO.

わたしの両親、マリリンとブッチ・パンクへ自分で復讐せず、神の怒りに任せなさい。「『復讐はわたしのすること、わたしが報復する』と主は言われる」と書いてあります。

——ローマの信徒への手紙　十二章十九節

レヴェナント　蘇えりし者

登場人物

ヒュー・グラス……………………罠猟師
ウィリアム・アシュリー…………ロッキーマウンテン毛皮会社の経営者
アンドリュー・ヘンリー…………罠猟遠征隊の隊長
ジョン・フィッツジェラルド……罠猟師
ジム・ブリッジャー………………罠猟師
カイオワ・ブラゾー………………フォートブラゾーに拠点を置く商人
ロバート・コンスタブル少佐……フォートアトキンスンの司令官

一八二三年九月一日

やつらはおれを見捨てる気だ。少年を見つめたとき、負傷した男にはそれがわかった。目を落とした少年が、男と視線を合わせまいとして目をそらしたのだ。

ここ数日、少年は狼の毛皮の帽子をかぶった男と口論していた。（本当に数日間なのだろうか？）負傷した男は高熱や痛みと闘っていたので、耳にした会話が現実のことなのか、意識の混濁した頭のなかから生まれた副産物にすぎないのか、確信がなかった。

男は、空き地を見下ろすようにそびえ立つ岩の層を見つめた。一本のねじ曲がったマツの木が、切り立った岩壁から無理やり幹を伸ばしている。その木を見つめたことは何度もあるが、これまでこんなふうに見えたことはなかった。いまは、その直角に交わる線がはっきりとした十字架の形に見える。男ははじめて、自分は泉のそばのこの空き地で死ぬのだと思った。

負傷した男は、自分が演じているシーンを離れたところから見ているような妙な気持ちになった。一瞬、おれが二人の立場だったらどうするだろう、と思った。二人がここにとどまり、インディアンの戦士団が支流を上ってきたら、全員が死ぬことになる。(おれは二人のために死ねるだろうか……二人がどのみち死ぬとわかっていたら?)

「そいつら、本当に川を上ってくるのか?」そう言う少年の声がかすれていた。いつもは高い張りのある声だが、自制できなくなると声がうわずることがある。

狼の毛皮の男は急いで火のそばにある小さな干し肉用の台《ラック》にかがみ込み、生乾きの細切り鹿肉を自分の革袋に詰め込んだ。「残って確かめたいか?」

負傷した男は声をかけようとした。また喉に刺すような痛みを感じた。声は出るが、それを自分の言おうとしているひとつの単語にすることはできなかった。

狼の毛皮の男は知らん顔をしてわずかな所持品をまとめていたが、少年が顔を向けた。

「何か言おうとしているぞ」

少年は負傷した男の横に膝をついた。ものの言えない男は、動くほうの腕を持ち上げて指さした。

「ライフルが欲しいんだ」少年が言った。「起こして、ライフルを持たせてほしいんだ」

狼の毛皮の男は、規則的な早足で二人に近づいた。そして、少年の背中をまともに蹴飛ばした。「そこをどけ！」

男は少年のところから負傷した男のところまで、すばやく大股で歩いてきた。負傷した男の横たわる傍らに、手回り品を入れるカバン、ビーズ織りの鞘に入ったナイフ、手斧、ライフル、角《つの》でできた火薬入れ、といったわずかな財産が小さくまとめて置かれている。なすすべもなく見守る男の目の前で、狼の毛皮の男はかがみ込んでカバンを拾い上げた。そして、カバンに手を入れて火打ち石と火打ち金を探し出し、自分の革製のチュニックの前ポケットに入れた。つぎに、火薬入れをつかんで肩にかけ、太い革のベルトの下に手斧を押し込んだ。

「何をしてるんだ？」少年が訊いた。

男はもう一度かがみ込み、ナイフを拾い上げて少年に放り投げた。「そいつを取っておけ」少年はナイフを受け止め、手のなかの鞘をおそるおそる見つめた。ライフルだけが残った。狼の毛皮の男はライフルを手に取り、すばやく点検して装塡されていることを確かめた。「悪いな、グラス。あんたにはもうこいつは必要あるまい」

少年は呆気にとられた顔をした。「装備もないまま置いていくわけにはいかないよ」

狼の毛皮の帽子をかぶった男はちらりと顔を上げ、林のなかに姿を消した。

負傷した男は少年をじっと見上げた。少年はナイフ——男のナイフだ——を手に、しばらくその場に立ち尽くしていた。少年がようやく視線を上げた。はじめは何か言いたげに見えたが、すぐにくるりと向きを変えてマツの木立に逃げ込んだ。

負傷した男は、二人が消えた木立の入口に目を凝らした。怒りが頂点に達し、松葉を包み込んだ炎のように男を焼き尽くした。この手を二人の首に回して彼らを絞め殺すことができたら、ほかに欲しいものは何もなかった。

男は本能的に叫び声を上げようとした。その喉から生み出されるのはことばではなく、苦痛だけだということをまた忘れていた。男は左の肘をついてからだを起こした。右腕はわずかに曲げられるが、体重を支えることはできない。動くと、首と背中に激痛が走った。粗く縫合された皮膚が引きつれるのを感じた。脚に目を落とすと、血まみれの古いシャツの端切れがきつく巻かれていた。腿の筋肉を収縮させて脚を動かすことができなかった。

男は全身の力を振り絞り、のろのろと寝返りを打って腹這いになった。縫合の糸がぷつりと切れ、新たに流れ出した温かい血液が背中を濡らすのを感じた。こみ上げる怒りのせいで、痛みはまったく感じなくなっていた。

ヒュー・グラスは腹這いのまま前進をはじめた。

第一部

第一章

一八二三年八月二十一日

「私の運搬船《キールボート》は、もうすぐセントルイスから到着するはずです、ムシュー・アシュリー」恰幅のいいフランス人は、忍耐強いが有無を言わせぬ口調で重ねて説明した。「積荷はぜんぶ、喜んでロッキーマウンテン毛皮会社にお売りいたします――でも、ないものを売ることはできません」

ウィリアム・H・アシュリーは、粗削りなテーブルの上にブリキのカップを叩きつけるように置いた。アシュリーが奥歯を嚙みしめていることは、入念に整えられた白髪交じりの顎鬚でも隠せなかった。さらに言えば、このあとの爆発は奥歯を嚙みしめたところで抑えられそうもなかった。なにしろ、アシュリーは何より嫌いなこと――待つこと――にまたもや直面していたのだ。

カイオワ・ブラゾーという疑わしい名前のフランス人は、アシュリーを見守りながら不安を募らせていた。カイオワの人里離れた交易所にアシュリーが来ることなどめったにないチャンスで、この関係をうまく利用できれば、カイオワの事業の恒久的な基盤を築くことができる。アシュリーはセントルイスの財界と政界の大立者で、商取引を西部に持ち込む構想とそれを実現するカネの両方を持つ人物だ。「他人のカネ」、アシュリーはそう呼んでいた。気まぐれなカネ。臆病なカネ。ひとつの投機的事業からつぎの事業へと簡単に逃げていくカネだ。

カイオワは分厚いメガネの奥から、目を細めて見つめた。視力は弱いが、人を見抜く鋭い目を持っている。「もしよろしければ、ムシュー・アシュリー、船を待つあいだの慰めとなるものをひとつご提供いたしましょう」

アシュリーはいい返事をしなかったが、くどくどした非難を蒸し返すこともなかった。

「セントルイスに、商品の追加を頼む必要がありまして」カイオワが言った。「明日、使いの者にカヌーで川を下らせます。あなたから融資団に宛てた至急便を届けさせることもできますよ。レヴンワース大佐の敗走の噂が定着しないうちに、彼らを安心させることができるでしょう」

アシュリーは大きなため息をつき、不味《まず》いエールビールをゆっくりとひと口すすった。

ほかに打つ手はないので、この遅れは甘んじて受け入れるしかない。好むと好まざるとにかかわらず、このフランス人の助言には一理あった。戦いのニュースがセントルイスの町を縦横無尽に駆けめぐるまえに、投資家たちを安心させなければならないのだ。

カイオワは好機を見逃さなかった。アシュリーを営利追求の方針に繋ぎ止めようと、カイオワはすかさず動いた。フランス人は羽根ペンとインクと羊皮紙を取り出し、それをアシュリーの前に並べると、ブリキのカップをふたたびエールビールで満たした。「お仕事の邪魔にならないように、わたしは失礼します」退出のきっかけができたことを喜びながら、カイオワは言った。

獣脂ろうそくのほの暗い明かりのもとで、アシュリーは夜更けまで手紙を書いた。

ミズーリ川、フォートブラゾー

一八二三年八月二十一日

セントルイス

ピケンズ・アンド・サンズ気付

ジェイムズ・D・ピケンズ殿

拝啓、ミスター・ピケンズ
残念ながら、ここ二週間の出来事について私からお知らせしなければなりません。これらの出来事の性格上、これによってミズーリ川上流におけるわれわれの事業は変更——中止ではありません——する必要があります。

おそらく、すでにご存じのことと思いますが、ロッキーマウンテン毛皮会社の社員は誠意を持って六十頭の馬を買い入れたあと、アリカラ族の襲撃を受けました。アリカラ族は一方的に攻撃を仕掛け、十六名の社員を殺して約十二名に怪我を負わせたうえ、その前日に我々に売った馬を奪い返したのです。

この襲撃に遭遇し、私は下流への後退を余儀なくされました。同時に、レヴンワース大佐の率いるアメリカ陸軍に援助を要請し、アメリカ国民が妨害を受けずにミズーリ川流域を移動する絶対的権利に対する明らかな侮辱に対応するよう頼みました。また、当社の社員による支援も要請し、彼らはフォートユニオンの拠点から（アンドリュー・ヘンリー隊長に率いられ）危険を冒して私のもとに馳せ参じたのです。

八月九日には、レヴンワース隊の正規兵二百名（曲射砲二門）、ロッキーマウンテン毛皮会社社員四十名を含む七百名の連合部隊がアリカラ族に立ち向かいました。また、四百名のスー族の戦士を（たとえ一時的にせよ）味方につけることができました。スー族のアリカラ族に対する敵意は歴史的な恨みによるもので、原因は私の知るところではありません。

これだけは言っておきたいのですが、連合部隊の兵力は戦闘の主導権を握ってアリカラ族の背信行為に罰を与え、ミズーリ川での事業を再開するのに充分すぎるほどでした。そのような結果にならなかったのは、レヴンワース大佐の優柔不断な性格によるものです。

この不名誉な衝突の詳細はセントルイスに戻ってからお話ししますが、レヴンワース大佐が下位の敵と交戦することをたびたび躊躇したせいで、すべてのアリカラ族が我々の手からすり抜けた結果、フォートブラゾーからマンダン族の集落までのミズーリ川が事実上封鎖されました。フォートブラゾーとマンダン村のあいだのどこかで、おそらく九百人のアリカラ族戦士が、ミズーリ川をさかのぼる試みをことごとく妨害しようという新たな意図を持ってふたたび地歩を固めているはずです。

レヴンワース大佐はすでにフォートアトキンスンの駐屯地に戻っており、おそらく暖かい暖炉の前で自分のとるべき道を慎重に考えながら冬を過ごすことでしょう。私は大佐を待つつもりはありません。ご存じのとおり、我々の事業に八か月も空費する余裕はないのです。

アシュリーは、文面の陰気な調子がいやになって読むのをやめた。手紙はアシュリーの怒りを反映しているが、心の大部分を占める感情——根底にある楽天主義、つまり、自分の成功する能力への揺るぎない信頼——を伝えてはいない。神はアシュリーを無限の賜物の園に、旧約聖書に出てくるゴシェンの地に住まわせたのだ。そこでは、試みる勇気と不屈の精神さえあれば誰でも成功できる。アシュリー自身が率直に認めている彼の弱みは、強みを建設的に組み合わせることで乗り越えられる障壁にすぎない。アシュリーは後退を覚悟したが、失敗に甘んじるつもりはなかった。

我々はこの不運を強みに変え、競争相手が停滞しているうちに前進しなければなりません。ミズーリ川が事実上封鎖されているため、私は別のルートで二つの隊を派遣することにしました。ヘンリー隊長はすでにグランド川へ急行させました。彼はグランド川をできるだけ上流までさかのぼり、フォートユニオンに戻る予定です。ジェディダイア・スミスは二番隊を率いてプラット川をさかのぼり、グレートベースンの水域を目指します。

我々の遅延について、貴殿も私と同じようにさぞかし落胆されていることと思います。これからは失った時間を取り戻すため、思い切った行動をとらなくてはなりません。ヘンリーとスミスには、春になっても獲物をセントルイスまで持ち帰らないように指示してあります。逆に、我々が彼らの方へ出向くことにしました——途中で落《ラン》ち合い《デヴー》、毛皮と追加の供給品を交換するのです。この方法なら四か月が節約でき、少なくとも遅れの一部は取り戻せます。一方、セントルイスで新しい毛皮猟の遠征隊を募集し、私自身が指揮して春には出発するつもりです。

ろうそくの残りがパチパチ音を立て、悪臭のする黒い煙を吐いた。顔を上げると、急に夜が更けていることに気づき、極度の疲労を感じた。アシュリーは羽根ペンをインクにくぐらせ、ふたたび手紙に向かった。そして、こんどは断固とした調子で一気に報告書を書き上げた。

融資団の皆様に、ぜひとも――可能なかぎり説得力のあることばで――お伝えください。我々の試みがまちがいなく成功することに、私は全面的な自信を持っております。我々の前には神からのすばらしい賜物が置かれており、我々は何としても勇気を奮い起こして正当な分け前を要求しなければなりません。

敬具

ウィリアム・H・アシュリー

二日後、カイオワ・ブラゾーの運搬船《キールボート》がセントルイスから到着した。ウィリアム・アシュリーは部下たちに食糧を供給し、その日のうちに西へ送り出した。最初のランデヴーは一八二四年の夏に予定され、場所は伝達人を通じて知らせることになっている。

ウィリアム・H・アシュリーは自分の決断の重要性を完全には理解しないまま、この時代を特徴づけることになるシステムを考案したのだ。

第二章

一八二三年八月二十三日

十一人の男たちは、焚火もない野営地に坐り込んでいた。野営地はグランド川の低い土手を利用したものだが、平原には彼らの位置を隠す起伏がほとんどなかった。焚火は何マイルも先まで彼らの存在を知らせたはずで、つぎの襲撃に備える罠猟師にとって最良の味方は、発見されないことだった。男たちの大半は、日没までの一時間をライフルの掃除やモカシンの修繕や食事に費やした。少年は遠征隊が立ち止まった瞬間から、長い手足とみすぼらしい服を絡み合わせて眠りこけていた。

男たちは三、四人ずつに分かれ、土手に寄りかかってうずくまるか、岩やセージの茂みにからだを押しつけている。まるで、そういう小さな隆起が防護の役に立つとでもいうようだ。

野営地につきものの冗談はミズーリ川の惨事で湿りがちになり、つい三日前の二度目の襲撃で完全に消えてしまった。話をするにしても、遠征中に死んだ仲間への思いと行く手にいまも存在する危険への用心から、声を殺した沈んだ口調になった。

「兄さんは苦しんだと思うかい、ヒュー？　そのことが頭を離れないんだ。ずっと苦しんでいたんだろうか？」

ヒュー・グラスは顔を上げ、問いかけたウィリアム・アンダースンを見つめた。グラスはしばらく考えてから答えた。「おそらく苦しまなかっただろう」

「兄さんはいちばん年上なんだ。おれたちがケンタッキーを出るとき、家族が兄さんに、おれの面倒を見るように言った。おれには何も言わなかった。きっと、思いつかなかったんだろうな」

「おまえは兄さんのために最善を尽くしたよ、ウィル。つらい現実だが、三日前に弾が当たったときに兄さんは死んだんだ」

土手のそばの暗がりから、別の声がした。「あのときすぐに埋めればよかったな。二日間も引きずって歩いたりしないで」声の主は地面に坐り込んでいた。深まる闇のなかで、黒い顎鬚と白い傷痕のほかは顔がよく見えない。傷痕は口角のあたりからはじまり、口の周りに釣針のようなカーブを描いていた。傷痕の組織に毛が生えないので顎鬚のあいだを通る傷痕がいっそう目立ち、まるで一生消えることのない嘲笑のようだ。男は話しながら、右手に握った皮剝ぎナイフのがっしりした刃を砥石にこすりつけていた。ことばの合間に、ゆっくりと石をこする耳障りな音が交じった。

「黙ってろ、フィッツジェラルド。黙らないと、おれの兄さんの墓に誓って、おまえの舌を引きちぎってやる」

「おまえの兄貴の墓？　もう墓といえるような代物じゃないだろう」

聞いていた男たちが急に注目した。いくらフィッツジェラルドのことでも、この態度には驚いたのだ。

フィッツジェラルドは注目に気づいてますます調子づいた。「石を積み重ねただけだぜ。やつがまだあのなかで腐りかけていると思うか？」フィッツジェラルドがことばを切り、聞こえるのはナイフの刃が砥石をこする音だけになった。「怪しいものだ——おれの考えだが」ふたたび口をつぐんだ。話しながら、その効果を計算しているのだ。「確かに、鳥や獣なら石で防げるかもしれない。だが、コヨーテがやつの切れっ端を引きずって……」

アンダースンが両手を伸ばしてフィッツジェラルドを突いた。

応戦しようとして立ち上がったフィッツジェラルドが片脚を鋭く振り上げると、向こうずねがアンダースンの股間を思い切り直撃した。アンダースンは、見えない紐で首を膝の方へ引っ張られたかのようにからだを二つに折った。手も足も出ない男の顔面にフィッツジェラルドが膝を突き上げ、アンダースンはうしろ向きにひっくり返った。

フィッツジェラルドは体格の割にすばやく動いた。血を流してあえいでいる男に飛びかかり、その胸を膝で押さえつけた。そして、アンダースンの喉に皮剝ぎナイフを当てた。「兄貴のところへ行きたいか?」フィッツジェラルドがナイフを押しつけると、その刃が細い血のすじを描いた。

「フィッツジェラルド」グラスが、穏やかだが命令的な口調で言った。「それくらいにしておけ」

フィッツジェラルドが顔を上げた。グラスの命令に言い返そうとしたが、いまでは自分を囲んでアンダースンの哀れな境遇を目撃している男たちの輪に気づいて満足した。勝利宣言をするほうが得策だと判断したのだ。グラスの相手をするのは別の日にしよう。フィッツジェラルドはアンダースンの喉からナイフを離し、ベルトにつけたビーズ織りの鞘に突っ込んだ。「自分で始末のつけられないことを始めるな、アンダースン。このつぎは、おれが代わりに始末をつけてやる」

アンドリュー・ヘンリー隊長が、見物人の輪を押し分けて入ってきた。ヘンリーはフィッツジェラルドをうしろからつかみ、ぐいっと引いて土手に突き飛ばした。「こんど揉め事を起こしたら出ていってもらう、フィッツジェラルド」ヘンリーは野営地の外の遠い地平線を指さした。「まだ文句があるなら、ひとりで行ったらいいだろう」

隊長は残りの男たちを見まわした。「明日は四十マイル進む。まだ寝ていないなら、おまえたちは時間を無駄にしているぞ。さあ、最初の見張りに立つのは誰だ?」進み出る者はいなかった。ヘンリーの視線が、騒ぎを知らない少年の上で留まった。ヘンリーはつかつかと何歩か進み、崩れ落ちたままの人影に近づいた。「起きろ、ブリッジャー」

少年は大きく目を見開いて飛び起き、まごまごしながら銃をつかもうとした。錆びたマスケット銃は黄ばんだ角でできた火薬入れやひとつかみの火打ち石といっしょに、給料の前払いとして渡されたものだ。

「下流に百ヤード行ってくれ。川沿いの高い場所を見つけるんだ。ピッグ、おまえは上流へ行って同じことをしろ。フィッツジェラルド、アンダースン——つぎの見張りはおまえらだ」

フィッツジェラルドは前の晩に見張りに立ったばかりだ。一瞬、フィッツジェラルドは仕事の配分に抗議しそうに見えた。だが、思い直し、不機嫌な顔で野営地の外れに向かった。いまだに混乱している少年は、水際に沿って広がる岩場を躓《つまず》きそうになりながら歩いていき、遠征隊をじわじわ包み込もうとしているコバルトブルーの闇に消えた。

〝豚《ピッグ》〟と呼ばれた男は本名をフィニアス・ギルモアといい、ケンタッキー州の貧農の生まれだった。このあだ名に謎めいたところはない。とてつもない巨漢で、ひどく不潔なのだ。あまりに臭くて、人々を面食らわせるほどだった。ピッグの体臭に遭遇すると、誰もが発生源を探してあたりを見まわす。それほど、その臭いが人間から発するものとは信じがたいということだ。清潔さに特別な価値を認めない罠猟師ですら、できるだけピッグを風下に立たせようとした。ピッグはのろのろと立ち上がり、ライフルを肩にかけてゆっくりと上流へ向かった。

一時間も経たないうちに、太陽の光は完全に消えてしまった。見張りの確認に行っていた苦労性のヘンリー隊長が戻ってくるのを、グラスは眺めていた。眠っている男たちのあいだを、ヘンリーは月明かりを頼りに足もとに注意しながら歩いてくる。グラスは、起きているのは自分とヘンリーだけだということに気づいた。隊長はグラスの隣を選び、ライフルに体重をかけて大きなからだを地面に下ろした。休息は隊長の疲れた足から錘《おもり》を外してくれるが、もっとも重く感じる重圧を和らげることはできなかった。

「明日、おまえとブラック・ハリスに斥候を頼みたい」ヘンリー隊長が言った。手招きしている睡魔の誘惑に応えられないことにがっかりしながら、グラスは目を上げた。

「夕方になったら、何か獲物を見つけてくれ。危険を覚悟で火をおこすことにした」ヘンリーは罪の告白でもするように声をひそめた。「予定より遅れているんだ、ヒュー」それからしばらく、話そうとしていた指示をすべてグラスに与えた。グラスはライフルに手を伸ばした。どうせ眠れないなら、銃の手入れをしたほうがいい。その日の午後、川を渡るときに濡らしてしまったので、引き金の装置に新しいグリースを塗りたかったのだ。

「十二月の頭には寒さが厳しくなる」隊長はつづけた。「肉を貯えるのに二週間は必要だ。

十月になるまえにイエローストーン川まで行っていないと、秋の猟はできないだろう」

たとえヘンリー隊長が内心の不安に苦しんでいるとしても、その堂々とした体軀から弱さはみじんも感じられなかった。もとはミズーリ州セントジェネヴィーヴ地区の鉛鉱夫で、かつての仕事の名残の広い肩と胸の上で、鹿革のチュニックを飾るフリンジが人目を惹いた。胴回りは細く、太い革のベルトに一対の拳銃と大型のナイフを差している。ズボンは膝のところまで鹿革だが、そこから下は赤いウールだった。隊長のズボンはセントルイスで仕立てられた特注品で、未開地での豊富な経験の証拠だった。革は防護に優れているが、川を渡ると重く冷たくなる。それにくらべてウールは乾きやすく、濡れても暖かさが保てるのだ。

率いる隊は寄せ集めだが、ヘンリーは少なくとも〝隊長《キャプテン》〟と呼ばれることに満足していた。実のところ、この肩書きがごまかしだということはヘンリーも知っている。ヘンリーの罠猟師集団は軍隊とまったく関係ないし、およそ規則などというものを尊重する姿勢とも無縁だった。それでも、スリーフォークスを歩いて罠猟をしたことがあるのは、隊のなかでヘンリーただひとりだ。肩書きにはほとんど意味がないとしても、経験は通用した。

隊長はことばを切り、グラスの反応を待った。グラスはライフルから目を上げた。それがほんの短い時間だったのは、ライフルの二つの引き金《ツイントリガー》を囲む優雅な用心金《トリガーガード》のネジを緩めたばかりだったからだ。暗闇のなかでネジを落とさないように、グラスは二つのネジを注意深く手のひらに受けた。

グラスの視線に促され、ヘンリーはつづけた。「おまえにドルイラードの話をしたことがあるかな?」

「いや、隊長」

「どういう男か知ってるか?」

「ジョージ・ドルイラードですか——探検隊の?」

ヘンリーはうなずいた。「ルイス゠クラーク探検隊の隊員で、なかでも最高——斥候兼ハンターだった——のひとりだ。一八〇九年に、やつはおれの率いる——実際にはあいつが率いたんだが——スリーフォークスへの遠征隊と契約した。百名の隊員がいたが、スリーフォークスへ行った経験があるのはドルイラードとコルターだけだった。

ビーバーがまるで蚊のように群がっていた。ほとんど罠をかける必要さえないほどだ——棍棒を持っていけばいいんだからな。ところが、最初からブラックフット族と衝突した。二週間もしないうちに五人が殺された。交易所に立てこもるしかなくて、罠猟隊を出すこともできなかった。

ドルイラードもほかの連中といっしょに立てこもっていたんだが、一週間もすると、じっとしているのはうんざりだと言いだした。翌日、ドルイラードは出かけていって、一週間後に二十枚のビーバーの毛皮を持って帰ってきた」

グラスは全身を耳にした。セントルイス市民なら誰でもドルイラードにまつわる様々な逸話を知っているものだが、グラスが当事者から話を聞くのはこれがはじめてだった。

「ドルイラードはそれを二度も繰り返した。出かけていって、毛皮の束を持ち帰るんだ。三度目に出かけるとき、やつの最後のことばは〝三度目の正直〟だった。ドルイラードが馬で出かけていって三十分もすると、二発の銃声――一発はライフルで、もう一発はピストルだ――が聞こえた。二発目は、おそらくドルイラード自身が防壁を作ろうとして自分の馬を撃ったにちがいない。ドルイラードが見つかったのは、その場所――馬のうしろ――だったからな。ドルイラードと馬のあいだに、確か二十本の矢があったはずだ。ブラックフット族が刺さった矢をそのままにしておいたのは、おれたちにメッセージを残したかったんだろう。そのうえ、やつらはドルイラードを叩き切っていた――首を切り落としたんだ」

隊長はまたことばを切り、先のとがった棒で目の前の土を引っ掻いた。「おれはいまもドルイラードのことを考えている」

グラスは元気づけることばを探した。何も言えずにいるうちに、隊長が訊いた。「この川は、あとどれくらい西へ向かって流れているんだろう？」

こんどはグラスが隊長の目を探して瞳を凝らした。「これからは順調に進みますよ、隊長。さしあたって、グランド川をたどっていけばいいんです。イエローストーン川の北西のことならわかっているんですから」実をいうと、グラスは隊長についてかなり不安を募らせていた。まるで前日の煙のように、隊長には不運がつきまとっているように思える。

「そうだな」隊長は言い、こんどは自分を納得させるように言った。「確かにおまえの言うとおりだ」

その知識は災難を通して得られたものだが、ヘンリー隊長はこの世に並ぶ者のないほどロッキー山脈の地理に精通していた。グラスは経験豊富な平原の住民だが、ミズーリ川の上流に足を踏み入れたことはない。それでも、ヘンリーはグラスの口調に堅実で安心感を与える何かを感じた。聞いた話によると、グラスは若いころ船乗りだったそうだ。海賊のジャン・ラフィットの捕虜になったことがある、という噂さえある。もしかすると、さえぎるものが何もない外洋に身を置いた年月のせいで、グラスはセントルイスとロッキー山脈のあいだの単調な平原で安らぎを感じているのかもしれない。

「ブラックフット族がフォートユニオンの連中を全滅させていなければいいが。あそこに残してきた連中は、精鋭とはいえないからな」隊長はいつものように、つぎつぎと心配事を持ち出して話をつづけた。延々と、夜更けまで。ただ聞き流していればいいことはわかっている。グラスはたまに目を上げたりうなったりするだけで、ほとんどライフルに集中していた。

グラスのライフルは一世一代の贅沢品で、グラスが触発引き金《ヘアトリガー》のバネ機構にグリースを塗るとき、ほかの男なら妻子のためにとっておくような細やかな愛情が込められていた。それはいわゆるケンタッキー火打ち石式銃《フリントロック》のアンシュタットで、当時の一流銃器の大半がそうであるように、ペンシルヴェニアのドイツ人職人の手になるものだった。八角形の銃身の根本には、〝ヤコブ・アンシュタット〟という製作者の名と〝ペンシルヴェニア州カッツタウン〟という製造された地名が記されている。銃身は短く、三十六インチしかない。標準的なケンタッキー・ライフルはもっと長く、五十インチの銃身を持つものもある。短いということは軽いということで、軽いということは携行しやすいということなので、グラスは短い銃を好んだ。ごくまれに馬に乗るとき、短い銃なら馬の背中からでも扱いやすい。しかも、熟練した技術によるアンシュタットの旋条溝のおかげで、長い銃身がなくてもきわめて正確なのだ。触発引き金は軽く触れるだけで発射し、それもこの銃の精度を高めている。二百グレインの黒色火薬を装塡すれば、アンシュタットは五三口径の弾を二百ヤード近く飛ばすことができた。

西部の平原での経験がグラスに、ライフルの性能が生死を分ける場合もあるということを教えてくれた。むろん、大半の隊員は信頼できる銃器を持っている。グラスの銃を際立たせているのは、アンシュタットの優雅な美しさだった。

その美しさはほかの男たちの目を惹き、そのライフルを持ってみてもいいか、とよく訊かれたものだ。鋼のように堅いクルミ材の銃床は根元のところで優雅なカーブを描いているが、発射火薬の強烈な反動を吸収するのに充分な厚みがある。床尾の片側にはパッチボックスが、反対側にはチークピースがつけられていた。床尾が上品に湾曲した銃床は、まるで射手のからだの付属品のように肩になじむ。銃床は黒の一歩手前の深い褐色に着色されている。木目を近くで見ても気づかないが、よく観察すると、手塗りのワニスの皮膜の下では不規則な縞が生き生きと渦を巻いているようだった。

究極の贅沢は、このライフルの金属の付属品が一般的な真鍮製ではなくて銀製だということだ。床尾板、パッチボックス、用心金、引き金そのもの、槊杖《さくじょう》の両端の膨らんだ部分、どれも銃の美しさを引き立てていた。多くの罠猟師は、装飾のためにライフルの銃床に真鍮の鋲《びょう》を打ちつけている。グラスには、そういう俗悪で美観を損なう装飾を自分のアンシュタットに施すことは考えられなかった。

ライフルの機構に異常がないことに満足すると、グラスは用心金をもとの溝に戻し、それを留める二つのネジを締め直した。そして、火打ち石の下の火皿に新しい火薬を入れ、発射の準備ができていることを確認した。

ふと野営地が静まりかえっているのに気づき、グラスは頭の片隅で、隊長はいつ話をやめたのだろうと思った。グラスは野営地の中心に視線を向けた。隊長が断続的にからだをぴくぴくさせながら、横になって眠っていた。グラスの反対隣の野営地のいちばん端で、アンダースンがずんぐりした流木にもたれて眠っている。聞こえるものといえば、安らぎを与える川の音だけだった。

火打ち石式銃《フリントロック》の鋭い銃声が静寂を切り裂いた。それは下流の——あの少年、ジム・ブリッジャーがいる——方角から聞こえた。眠っていた男たちが一斉に動きだし、恐怖と困惑のなかで我がちに武器と隠れる場所を探した。下流から野営地へ向かって、黒い影が突進してきた。グラスの隣のアンダースンが、ひとつの動作で撃鉄を起こしながら銃を構えた。グラスはアンシュタットを構えた。野営地からほんの四十ヤードのところで、突進してきた影が形をとった。アンダースンが銃の狙いをつけ、一瞬、躊躇してから引き金を引いた。その瞬間、グラスがアンダースンの腕の下からアンシュタットを振り上げた。衝撃でアンダースンの銃身が空を向くと同時に、火薬が発火した。

突進してきた影が銃声で凍りついた。すでに距離が縮まり、大きく見開いた目と激しく波打つ胸が見て取れた。ブリッジャーだ。「おれは……おれは……おれは……」ブリッジャーはことばが出ないほど動転していた。

「何があった、ブリッジャー？」隊長が厳しい口調で尋ね、少年の背後に広がる下流の暗闇に目を凝らした。罠猟師たちは、土手を背に防御のための半円を作っている。ほとんどの男たちが片膝をつき、撃鉄を起こして射撃の体勢をとっていた。

「すみません、隊長。撃つつもりじゃなかったんです。物音が、藪のなかで大きな音がしたんです。おれが立ち上がったら、たぶん撃鉄が滑ったんだと思います。で、勝手に発射してしまったんです」

「本当は眠っちまったんだろ」フィッツジェラルドが、ライフルの撃鉄を戻して立ち上がった。「いまごろは、五マイル以内にいるインディアンが一斉にこっちへ向かっているだろうな」

ブリッジャーは口を開きかけたが、自分の恥辱と後悔の深さを言い表わすことばを虚しく探すばかりだった。彼は口を開けたまま立ち尽くし、自分の前に並ぶ男たちを恐怖の目で見つめていた。

グラスが足を踏み出し、ブリッジャーの手から旋条溝のない滑腔銃を取り上げた。そして、そのマスケット銃の撃鉄を起こして引き金を引き、火打ち石が火皿を叩く直前に親指で撃鉄を押さえた。グラスはその動作を繰り返した。「こいつは銃といえるような代物じゃないですよ、隊長。そいつにちゃんとした銃をやってください。そうしたら、見張りのときの問題が減るはずです」二、三人の男たちがうなずいた。

隊長ははじめにグラスを見つめ、つぎにブリッジャーを見つめて言った。「アンダースン、フィッツジェラルド——おまえたちの番だ」二人の男はそれぞれ上流と下流の持ち場についた。

見張りなど、もはや必要なかった。夜明けまでの数時間、誰ひとり眠らなかったのだ。

第三章

一八二三年八月二十四日

ヒュー・グラスは蹄《ひづめ》が二つに割れた足跡を見つめた。新聞紙のように明瞭な深いくぼみが、軟らかい土の上に残っている。異なる二組の足跡が川の縁からはじまっているところをみると、そこで鹿が水を飲んだにちがいない。足跡は密集したヤナギの茂みのなかへつづいていた。ビーバーの根気のよい作業が道を切り開き、いまでは様々な野生動物がそこを通っている。足跡の横に糞の山があったので、グラスは身をかがめてエンドウ豆ぐらいの粒に触れてみた――まだ温かかった。

西に目をやると、遠い地平線の台地の上にある太陽がまだ高い。日没までおそらく三時間はあるだろう。いまはまだ早いが、隊長やほかの隊員たちが追いつくまでにもう一時間ほどかかるはずだ。それに、ここは野営地として理想的だ。川は長い砂州と砂利の土手にぶつかって緩やかに曲がっている。ヤナギの向こうにハコヤナギの木立があり、焚火を隠すことができるし、燃料の薪にも困らない。ヤナギは燻製を作る台《ラック》にうってつけだ。グラスはヤナギのあいだにスモモの木が交じっているのに目を留めた。運がいい。果物と肉をすりつぶして混ぜれば、非常食のペミカンを作ることができる。グラスは川下に目をやった。(ブラック・ハリスはどこに行ったんだ?)

罠猟師が日々直面する課題に序列をつけると、食糧の調達が何より優先された。ほかの課題もそうだが、これには利益とリスクの複雑なバランスをとらなければならない。罠猟師たちはほとんど食糧を携帯せず、ミズーリ川で平底船を放棄して徒歩でグランド川をさかのぼりはじめてからはなおさらだった。なかにはまだ紅茶や砂糖を持っている者も二、三人いるが、大半の男たちは肉の保存に使うひと袋の塩しか持っていなかった。グランド川流域のこのあたりは獲物が豊富で、毎晩、新鮮な肉で食事ができるはずだった。ところが、獲物を獲るということは射撃を意味し、ライフルの銃声は何マイルも伝わってその範囲にいるすべての敵にこちらの位置を知らせることになるのだ。

ミズーリ川を離れてから、男たちはひとつの行動パターンを厳格に守ってきた。毎日、二人の斥候が先に出発する。隊の当面のルートは決まっている――ひたすらグランド川をたどるだけだ。斥候のもっとも重要な任務は、インディアンを避けること、野営地を選ぶこと、食糧を見つけることだ。彼らは二、三日に一度、新しい獲物を撃った。鹿かバッファローの子どもを撃ってから、斥候はその夜の野営の準備をする。獲物の血抜きをし、薪を集め、二、三か所の狭い長方形の穴に小さな火をおこす。ひとつの大きな焚火より複数の小さな火のほうが立ち上る煙の量が少ないし、肉を燻製にする場所も暖をとる熱源も多くなる。万一、夜間に敵に見つかった場合も、火の数が多ければこちらの人数が多いと錯覚させることができる。

火がおきると、斥候は獲物を解体してその日に食べる上肉を取り分け、残りは細い薄切りにする。そして、ヤナギの生木の細い枝で間に合わせの台《ラック》を作り、塩をすこしすり込んだ細切り肉を炎のすぐ上に吊るす。それは常駐する野営地で作るような何か月も保存できる乾燥肉ではないが、数日間は腐らないので、つぎに新鮮な獲物を獲るまで保たせるには充分なのだ。

グラスはヤナギの茂みから空き地に足を踏み出し、あたりを見まわしてすぐ先にいるはずの鹿を探した。

雌鹿より先に子熊が見えた。二頭の子熊が、遊び好きな犬のように鳴きながらグラスに向かって転がるように駆けてくる。子熊は春に生まれ、五か月経って体重が百ポンドぐらいになっていた。子熊たちがたがいに嚙みつき合いながら向かってくるその光景が、ほんの一瞬、滑稽に見えた。グラスは子熊のぐるぐる回る動きに目を奪われ、五十ヤード離れた空き地の端に視線を向けなかった。いや、子熊の存在が示す明確な意味を、グラスはまだ理解していなかったのだ。

突然、グラスは悟った。頭が真っ白になり、いきなり胃をつかまれたような気がしたと思うと、最初のうなり声が空き地にとどろきわたった。子熊たちが、グラスから十フィートと離れていないところで急に止まった。グラスは子熊たちに目もくれず、空き地の向こうの雑木林の入口に目を凝らした。

その大きさは目にするまえから音でわかった。雌熊が密集した灌木をまるで短い下草のようにかき分けたときのめりめりという音を聞くまでもなく、うなり声そのものでわかったのだ。それはまるで雷鳴か樹木の倒れる音のような太い音で、巨大なかたまりがぶつかり合うときにしか発しない低い音だった。

うなり声がしだいに大きくなり、雌熊が空き地に入ってきた。黒い目でグラスを見つめたまま頭を低く下げ、子熊の臭いに混じるなじみのない臭いを嗅ぎ分けようとしている。雌熊はグラスと正面から向き合い、からだを丸めて背中を四輪馬車《バックボード》の上の大きなバネのように高く持ち上げた。その動物の異常なまでに発達した筋肉に、グラスは度肝を抜かれた。がっしりした肩からつづく太い丸太のような前肢、それより何より、グリズリーであることを示す銀色の背中のこぶがあった。

過剰な反応をしないように努めながら、グラスは何ができるか考えた。むろん、本能は逃げろと叫んでいる。ヤナギの茂みを駆け戻れ。川に入れ。ひょっとしたら、潜ったまま下流に逃げられるかもしれない。だが、それには熊との距離が近すぎた。すでに、グラスからせいぜい百フィートしか離れていないところまで迫っている。グラスの目は、登れそうなハコヤナギの木を懸命に探した。もしかすると、手の届かないところまで登って上から撃つことができるかもしれない。いや、ハコヤナギの木立は熊のうしろにある。ヤナギの茂みもたいした隠れ場所にはならない。グラスの選択肢はどんどん減っていき、ひとつだけになった。このまま逃げずに撃つ。アンシュタットの発する五三口径の銃弾で、グリズリーを制止する唯一の可能性に賭けるのだ。

母親らしい防衛本能による怒りから憎しみのかたまりと化し、グリズリーはどろどろくような声で吠えながら向かってきた。うしろを向いて逃げろ、という本能の声に、グラスは危うく従いそうになった。だが、グリズリーは驚くべきスピードで距離をつめ、逃げても無駄なことがすぐにはっきりした。グラスは撃鉄を完全に起こして、アンシュタットを構え、その動物が巨大なうえに敏捷だということに気の遠くなるような恐怖を覚えながら照門をのぞき込んだ。そして、もうひとつの本能——すぐに撃て——と闘った。かつて、ライフルの銃弾を半ダース浴びても死なないグリズリーを見たことがあるのだ。グラスには一発の銃弾しかなかった。

激しく上下する雌熊の頭に狙いをつけようとするが、照準を合わせることができない。グリズリーは十歩進み、からだを持ち上げて直立の姿勢をとった。立ち上がった雌熊はグラスより三フィート高く、片足を踏み出しながら破壊的なかぎ爪ですばやく宙をなぎ払った。グラスは巨大な熊の心臓をまっすぐ狙い、至近距離から引き金を引いた。

火打ち石がアンシュタットの火皿に点火し、銃弾が発射された。煙と黒色火薬の燃える臭いがあたりに充満した。銃弾が熊の胸に撃ち込まれ、グリズリーが大きく吠えたものの、攻撃の勢いは弱まらなかった。グラスは役に立たなくなったライフルを捨て、ベルトにつけたナイフに手を伸ばした。熊が前肢を振り下ろし、グラスは長さ六インチのかぎ爪が自分の上腕と肩と喉の肉をえぐる吐き気を催すような感覚を味わった。その一撃はグラスを仰向けに投げ飛ばした。ナイフが手から離れ、グラスは死にもの狂いで地面を蹴ってヤナギの茂みに隠れようとしたが無駄だった。

グリズリーが、崩れるように四肢をついて、グラスにのしかかった。グラスはからだを丸め、なんとか顔と胸を守ろうとした。雌熊がグラスの首筋に嚙みついて地面から持ち上げ、背骨が折れるのではないかと思うほど激しく振り回した。グラスは雌熊の歯が肩胛骨に当たるのを感じた。かぎ爪が背中の肉や頭皮を何度も切り裂いた。グラスは苦悶の叫びを上げた。雌熊はグラスを落とし、こんどは太腿に深く歯を食い込ませてふたたび振り回してから、そのまま持ち上げて力任せに地面に叩きつけた。グラスはぐったりとなった――意識はあるが、もはや抵抗はできなかった。

グラスは仰向けに倒れたまま見上げていた。目の前に、グリズリーが後肢で立っている。恐怖や苦痛が薄れ、そびえ立つ動物への嫌悪と陶酔の入り交じった感情がとって代わった。

雌熊は最後にひと声吠え、その咆哮が遠い木霊《こだま》のようにグラスの心に刻みつけられた。グラスは、からだの上のとてつもない重量に気づいた。雌熊の毛皮のいやな臭いがそのほかの感覚を圧倒した。（これは何だろう？）心のなかで記憶をたぐると、小さな家の板張りのポーチで少年の顔を舐める黄色い雑種犬のイメージに行き着いた。

頭上の明るい空が消えていき、真っ暗になった。

川の湾曲部のすぐ先から銃声が聞こえ、ブラック・ハリスはグラスが鹿を撃ったのだと思った。ハリスは急いで、だが、音を立てないようにして前に進んだ。ライフルの銃声には様々な可能性があることを知っているからだ。熊の咆哮が聞こえ、ハリスは小走りになった。つづいて、グラスの悲鳴が聞こえた。

ヤナギの茂みで、鹿とグラスの足跡が見つかった。ビーバーが切り開いたけもの道をのぞき込み、ハリスは聞き耳を立てた。さらさらと流れる川の音のほかには物音ひとつしない。ハリスはライフルを腰に構え、親指を撃鉄に、人差し指を引き金の近くに添えた。そして、ベルトにつけた拳銃にちらりと目をやり、火薬が詰まっていることを確かめた。ハリスはじっと前を見据え、モカシンを履いた足を慎重に運びながらヤナギの茂みに入っていった。子熊の鳴き声が静寂を破った。

空き地の端で足を止めたブラック・ハリスは、目の前の光景に釘付けになった。巨大なグリズリーが、四肢を伸ばしてうつぶせに倒れている。目は開いているが、死んでいた。一頭の子熊が後肢で立ち、鼻を雌熊に押しつけて虚しくその生命のしるしを呼び起こそうとしている。もう一頭の子熊は鼻先で地面をほじくり、何かをくわえて引っ張り出そうとしていた。突然、ハリスはそれが人間の腕だということに気づいた。(グラス)ハリスはライフルを構えて手前の子熊を撃った。子熊は倒れてぐったりとなった。兄弟熊はハコヤナギの林に向かって一目散に駆けていき、姿を消した。ハリスは弾を込め直して歩きだした。

ヘンリー隊長と隊員たちは、二発の銃声を聞いて上流へ急いだ。一発目の銃声では心配しなかった隊長だが、二発目では心配になった。一発目は予想していた——前の晩に計画したとおり、グラスかハリスが獲物を仕留めたのだろう。二発の間隔が短ければ、それもよくあることだ。いっしょに狩りをしている二人が二頭以上の獲物を見つけたのかもしれないし、ひとりが撃ち損じたのかもしれない。だが、あの二発の銃声には数分の間があった。隊長は、ハンターたちが別々に仕事をしていることを願った。もしかすると、ひとりがもうひとりの方へ獲物を追い込んだのかもしれない。あるいは、幸運にもバッファローに出くわしたのかもしれない。バッファローはライフルの音に動じないことがあるので、そのときは弾を込め直してつぎの標的を選べばいいのだ。「離れるなよ、みんな。銃を確認しておけ」

ブリッジャーは、ウィル・アンダースンからもらった新しいライフルを確認した。この百歩で三度目だ。「兄さんにはもう必要ないからな」それが、アンダースンのことばだった。

空き地では、ブラック・ハリスが熊の死骸を見下ろしていた。その下から、グラスの腕だけが突き出している。ハリスはあたりに目を走らせてから地面に銃を置き、死骸を動かそうとして熊の前肢を引っ張った。持ち上げながら引っ張ると、血まみれの髪と頭皮が絡み合ったグラスの頭が見えた。(何てことだ!)この先何が出てくるのかという恐怖と闘いながら、ハリスは大急ぎで作業をはじめた。

ハリスは熊の反対側にまわり、そのからだによじ登って前肢をつかむと、自分の膝をてこ代わりにグリズリーのからだに押しつけて前肢を引っ張った。何度か試すうちにやっと熊の上半身がひっくり返り、巨大な動物が腰をひねって横たわる格好になった。つぎに、後肢を何度も引っ張った。最後にもう一度力を込めると、熊がどさりとひっくり返って仰向けになった。グラスのからだが自由になった。ブラック・ハリスは、グラスの銃弾が命中した熊の胸に乾いた血液がこびりついているのに気づいた。

ブラック・ハリスはグラスの横に膝をついたものの、どうしたらいいかわからなかった。負傷者に接した経験がないからではない。これまでに三人の男の矢や銃弾を抜いたことがあり、自分自身も二度撃たれたことがある。

だが、こんなふうに攻撃の痕が生々しい人間の死体を見たことはなかった。グラスは頭のてっぺんから足の先まで、ずたずたに切り刻まれていた。頭の片側に頭皮が垂れ下がり、一瞬、顔の造作がわからないほどだった。もっともひどいのは喉だ。グリズリーのかぎ爪がグラスの肩から首の反対側までまっすぐ横に切り裂き、深くてはっきりした三本の傷を残している。傷があと一インチ長ければ、頸静脈を切断していたにちがいない。実際、喉が切り開かれ、筋肉が削り取られて食道が露わになっていた。切り傷は気管まで達し、傷口からにじみ出る血液に大粒の泡が交じっているのをハリスはぞっとして見つめた。それは、グラスが生きているという最初の明確なしるしだった。

ハリスはグラスをそっと横向きにして背中を調べた。着ていた綿のシャツは跡形もなかった。首と肩の深い刺し傷から血液がにじみ出ている。右腕が不自然な形に垂れ下がった。背中の真ん中から腰まで、熊のかぎ爪が深い平行した切り傷を残していた。ハリスはかつて見た木の幹に、熊のテリトリーを示すマーキングがあったことを思い出した。だが、いま目の前にあるこのマーキングは、木ではなくて肉体につけられている。グラスの太腿のうしろ側に、鹿革のズボンを通して血がしみ出していた。

ハリスは、どこから手をつけていいのか見当もつかなかった。喉の傷の様子からどう見ても助からないと思ったとき、ほとんど気が楽になったほどだ。ハリスは数ヤード離れた草の生い茂る日陰までグラスを引きずっていき、そっと仰向けに寝かせた。泡の出ている喉には手をつけず、ハリスは頭部に注目した。少なくとも、頭皮があるという尊厳は守ってやらなければならない。ハリスはできるだけ泥を落とそうとして自分の水筒から水を注いだ。頭皮があまりにひどくはがれているので、まるで、落ちた帽子を禿頭に戻すようなものだ。ハリスは頭皮を引っ張ってグラスの頭蓋骨に広げ、はがれた皮膚を額のところで押さえて一部を耳のうしろに挟み込んだ。もしグラスがそれまで持ちこたえたら、あとで縫ってやればいい。

茂みのなかから物音が聞こえ、ハリスは拳銃を抜いた。ヘンリー隊長が空き地に入ってきた。厳しい表情をした隊員が、一列になってうしろからついてきた。男たちの視線がグラスから雌熊へ、ハリスから死んだ子熊へと移動した。

空き地を見まわした隊長は妙な無感覚に襲われ、自分の過去の経験からこういう場面を思い出そうとしていた。隊長は首を振り、いつもはよく見える目の焦点が一瞬、合わなくなったようだった。「死んだのか?」

「いいえ、まだ生きています。でも、ひどくやられてます。喉笛が切られているんです」

「熊はグラスが殺したのか?」

ハリスはうなずいた。「見つけたときはグラスの上で死んでいました。心臓に弾が撃ち込まれています」

「死ぬのが遅すぎたな」その声はフィッツジェラルドだった。

隊長はグラスの横に跪《ひざまず》き、汚れた指で喉の傷に触れた。その傷から、呼吸のたびにまだ泡が出ている。呼吸はますます困難になり、いまでは胸の上下に合わせてゼイゼイという弱い喘鳴《ぜんめい》が聞こえた。

「誰か、きれいな布と水を持ってこい――目を覚ましたときのために、ウィスキーもだ」

ブリッジャーが進み出て背負っていた小さなカバンをかきまわし、なかからウールのシャツを取り出してヘンリーに差し出した。「これを、隊長」

隊長は一瞬、少年のシャツを手に取るのを躊躇した。だが、すぐにシャツをつかみ、目の粗い布を細く裂いた。そして、自分の水筒の中身をグラスの喉にかけた。血が洗い流されると、すぐに粘り気のある液体が傷口からしみ出した。グラスが唾を吐き、咳き込みはじめた。まぶたがぴくぴく動き、やがて、恐怖に怯えた目を大きく見開いた。

気がついたとき、グラスは自分が溺れているのだと思った。からだが喉や肺から血液を取り除こうとして、グラスはまた咳き込んだ。一瞬、その目がヘンリーを見つめ、隊長はすぐにグラスを横向きにした。横向きの姿勢で二度息を吸い込むことができたが、こんどはひどい吐き気に襲われた。嘔吐すると、火のついたような激しい痛みが喉を襲った。グラスは思わず手を伸ばして首に触れた。右腕は動かないが、左手がぱっくり開いた傷口を探し当てた。自分の指が見つけたものへの恐怖と狼狽で、グラスは打ちのめされた。グラスの目が血走り、自分を囲む男たちの顔に安心の材料を見いだそうとした。だが、見えたのは正反対のもの――恐ろしいことに、グラスの恐怖を肯定するもの――だった。

グラスは話そうとしたが、喉からはもの悲しい不気味な泣き声しか出てこなかった。グラスは片肘をつき、からだを起こそうとしてもがいた。ヘンリーがグラスを地面に押さえつけ、その喉にウィスキーを流し込んだ。焼け付くような痛みが、ほかのすべての痛みにとって代わった。グラスはもう一度激しく身を震わせ、また意識を失った。「意識のないうちに傷口を塞いだほうがいい。布をもっと裂いてくれ、ブリッジャー」

少年はシャツを細長く裂きはじめた。ほかの男たちは葬式の棺持ちのように立ったまま、神妙な顔で見つめていた。

隊長が顔を上げた。「残りの者は仕事にかかれ。ハリス、このあたりの広い範囲を偵察してこい。あの銃声がこっちの方向へ注意を惹いていないことを確かめるんだ。誰か、火をおこしてくれ――薪が乾いているのを確認するんだぞ――おれたちに狼煙《のろし》は必要ないからな。それと、あの雌熊を解体するんだ」

男たちがその場を離れると、隊長はふたたびグラスの方を向いた。ブリッジャーから細長い布切れを受け取り、グラスの首のうしろに通して思い切りきつく縛りつけた。さらに二枚の布切れで同じことを繰り返した。血液がたちまち布に染み込んだ。ヘンリーはグラスの頭皮がずれないように、応急処置として別の布切れをグラスの頭に巻きつけた。頭の傷も出血がひどく、隊長は水とシャツを使ってグラスの目の周りに溜まった血をぬぐい取ってやった。そして、水筒の水を補充するためにブリッジャーを川に行かせた。

ブリッジャーが戻ってくると、二人でもう一度グラスを横向きにした。グラスの顔が地面につかないようにブリッジャーがからだを支え、ヘンリー隊長が背中を調べた。ヘンリーは熊の牙でできた刺し傷に水をかけた。深い傷だが、出血はほとんどなかった。だが、かぎ爪による五本の平行な傷となると話は別だ。そのうち二本はとくに深くグラスの背中を切り裂き、筋肉が見えてひどく出血していた。血液にかなり泥が混じっているので、隊長はまた水筒の水をたっぷりかけた。泥を落としてみると、いっそうひどく出血しているように見えたので、隊長は傷に手をつけなかった。そして、シャツから二本の長い布を切り取り、グラスの胴体に巻いてしっかりと縛りつけた。だが、それはうまくいかなかった。背中の出血を止めるには、細長い布切れなどほとんど役に立たなかったのだ。

隊長は手を止めて考え込んだ。「この深い傷は縫わなくちゃだめだ。でないと、出血多量で死んでしまう」

「喉はどうするんですか？」

「そっちも縫ったほうがいいだろう。だが、こんなにひどいと、どこから手をつけていいかわからない」ヘンリーは手回り品を入れているカバンをかきまわし、黒いごわごわした糸と太い縫い針を取り出した。

隊長の太い指が驚くほど器用に動いて針に糸を通し、その端に結び玉を作った。ブリッジャーはいちばん深い傷口が開かないように押さえ、ヘンリーがグラスの皮膚に針を刺すのを目を丸くして見守った。ヘンリーは針を左右に動かし、傷の中央に寄せた皮膚を四針で縫い合わせた。そして、太い糸の端を結んだ。グラスの背中につけられた五本のかぎ爪の傷のうち、二本は深くて縫合が必要だった。だが、どちらも端から端まで縫い合わせたわけではない。真ん中あたりを簡単に縫い合わせただけだが、それでも出血が少なくなった。

「さて、こんどは首を診よう」

二人はグラスを仰向けにした。応急の包帯をしたにもかかわらず、喉は相変わらず泡を出し、ゼイゼイという喘鳴をつづけていた。ぱっくり口を開けた皮膚の下から、食道や気管の白い軟骨が見える。泡が出ているところをみると、気管が切断されているか、あるいは傷ついているのはわかるが、ヘンリーにはどうやって治療したらいいのか見当もつかなかった。ヘンリーはグラスの口に手を当てて呼吸を確かめた。

「どうするつもりですか、隊長？」

隊長は針に通した糸に新しい結び目を作った。「まだ口からいくらか空気を取り込んでいる。おれたちにできるのは、せいぜい皮膚を塞ぐことぐらいだ——あとは、グラスが自力で回復するのを期待するしかない」ヘンリーはグラスの喉を一インチ間隔で縫い合わせた。ブリッジャーはヤナギの木陰で下草の一部を刈り、グラスの寝床を整えた。二人はそこにグラスをできるだけそっと寝かせた。

隊長はライフルを取って空き地を離れ、ヤナギの茂みを抜けて川へ戻った。

水際まで来ると、土手にライフルを置いて革のチュニックを脱いだ。手には血がべっとりこびりつき、ヘンリーはそれを洗い流そうとして流れに手を伸ばした。汚れの落ちない部分があると、川岸で砂をすくって汚れにこすりつけた。やがて、ヘンリーはついに洗うのをあきらめ、冷たい流れの水を両手ですくって髭面に押し当てた。いつもの不安がまたもや忍び寄ってきた。（またはじまった）

未熟者が未開の地に屈したとしても驚くことではないが、熟練者が犠牲になると衝撃を受ける。グラスはドルイラード同様、長年、辺境で過ごしてきた。グラスは船を支える竜骨《キール》のようなもので、黙ってそこにいるだけでほかの隊員を安心させた。だが、ヘンリーはグラスの命が朝までもたないと思っていた。

隊長は、前の晩にグラスと交わした会話を思い出した。（あれは昨夜のことだったのか？）一八〇九年、ドルイラードの死が終わりのはじまりだった。ヘンリーの隊は、スリーフォークスの谷間の囲い地を放棄して南へ逃げた。この移動でブラックフット族の力は及ばなくなったが、ロッキー山脈そのものの苛酷さからは逃れられなかった。隊は厳しい寒さや飢餓やクロウ族による略奪を耐え忍んだ。一八一一年、足を引きずるようにしてようやく山を下りたとき、毛皮取引の可能性は依然として未解決の問題だった。

それから十年以上が経ち、気がつけば、ヘンリーはまたもやロッキー山脈の手に入れにくい富を追求する罠猟師たちを率いていた。心のなかで、自分の過去のなかから最近のページをぱらぱらとめくってみた。セントルイスを出てから一週間後、ヘンリーは一万ドル分の商品を載せた運搬船を失った。ミズーリ川のグレートフォールズの近くで、二人の隊員がブラックフット族に殺された。アシュリーの救援のためにアリカラ村に駆けつけたが、レヴンワース大佐とともに敗走を余儀なくされたあげく、アリカラ族がミズーリ川を封鎖するのを目の当たりにした。陸路でグランド川をさかのぼりはじめて一週間もしないうちに、ふつうは友好的だが、夜間に敵と間違えて襲ってきたマンダン族に三人の隊員が殺された。そしていま、最高の隊員であるグラスが熊に遭遇して致命傷を負っている。（こんな災いに苦しめられるとは、私がどんな罪を犯したというのだろう？）

空き地では、ブリッジャーがグラスに毛布をかけてから熊に視線を移した。四人の男たちが熊の解体作業をしている。上肉――レバー、心臓、タン、腰肉、あばら肉――はすぐに食べるために取り分けられていた。残りは薄い細切りにして塩をすり込んであった。

ブリッジャーは巨大な熊の前肢に近づき、ナイフを鞘から取り出した。フィッツジェラルドが解体作業の手を止めて目を上げると、ブリッジャーが前肢からいちばん大きいかぎ爪を切り取ろうとしていた。その大きさ――長さが六インチ弱で、太さはブリッジャーの親指の二倍ある――に、ブリッジャーはぞっとした。かぎ爪の先端はカミソリのように鋭く、グラスを攻撃したときの血がまだこびりついていた。

「誰がおまえに爪をやると言った、小僧？」

「おれのためじゃないよ、フィッツジェラルド」ブリッジャーはかぎ爪を手に取り、グラスのところへ歩いていった。グラスの脇に、手回り品を入れるカバンが置いてある。ブリッジャーはカバンを開けてかぎ爪を入れた。

その夜、脂っこい肉の豊かな栄養に飢えていた男たちは、何時間もかけて肉をたらふく腹に詰め込んだ。つぎに新鮮な肉を食べられるのは何日も先のことだとわかっていたので、このときとばかりにご馳走を堪能したわけだ。ヘンリー隊長は二人の隊員を見張りに立たせていた。比較的人目につかない空き地だが、ヘンリーは焚火のことを心配していたのだ。

大部分の男たちは炎の近くに坐り、肉を刺したヤナギの焼き串に向かっていた。隊長とブリッジャーは、交代でグラスの様子を見にいった。グラスは二度、目を開けていたが、それは焦点の定まらないどんよりとした目だった。炎の明かりを映しているだけで、内側から輝いているようには見えなかった。グラスは一度だけ、発作に苦しみながらなんとか水を飲んだ。

男たちは細長いくぼみに何度も薪を足し、暖気と乾燥肉を作るための煙を絶やさないようにした。夜明け前にヘンリー隊長が様子を見にいくと、グラスは意識がなかった。呼吸が苦しげで、まるで全身の力を使って息をしているような耳障りな音を立てていた。

ヘンリーが焚火のところへ戻ると、ブラック・ハリスがあばら肉にかぶりついていた。

「誰にでもあることです、隊長――あんなふうにグリズリーを怒らせちまうことは。不運の理由なんて、誰にもわからないんです」

ヘンリーは黙って首を振った。運のことならよく知っているのだ。しばらく黙って坐っていると、東の地平線に見えるか見えないほどの赤みが差し、新しい一日の最初のしるしが現われた。隊長は、ライフルと角《つの》でできた火薬入れを手もとに引き寄せた。「日の出までに戻ってくる。みんなが目を覚ましたら、二人選んで墓穴を掘らせてくれ」

隊長は一時間ほどで戻ってきた。墓穴は掘りはじめられていたが、どうやらいくらも掘らずにやめてしまったらしい。隊長はハリスに目を向けた。「どうしたんだ？」

「だって、隊長――第一、やつはまだ死んでないんですよ。やつがあそこで寝てるっていうのに、掘りつづけるのはどうかと思ったんです」

隊員たちは、朝のあいだずっとヒュー・グラスが死ぬのを待った。グラスの意識は一度も戻らなかった。失血のために皮膚は蒼白で、相変わらず呼吸は苦しげだった。それでも、グラスの胸は上下動を繰り返し、粘り強く呼吸をつづけていた。

ヘンリー隊長は川と空き地のあいだを歩きまわっていたが、午前半ばになると、ブラック・ハリスを上流へ斥候にいかせた。太陽が頭上高く上ったころ、ハリスが帰ってきた。

インディアンの姿はなかったが、対岸のけもの道は人や馬に踏み荒らされていた。二マイル上流で、ハリスは野営の跡を見つけた。もはやこれ以上、待ってはいられなかった。

隊長は二人の隊員に、若木を切るように命じた。グラスの寝具を使って担架を作るつもりだったのだ。

「インディアンがものを運ぶのに使うトラボイを作ったらどうです、隊長？ラバに引かせたら？」

「川のそばでトラボイを引くのは危険だ」

「だったら、川から離れましょう」

「とにかく担架を作るんだ」隊長は言った。知らない土地では川だけが目印なのだ。ヘンリーは、川岸から一インチたりとも離れるつもりはなかった。

第四章

一八二三年八月二十八日

男たちは、障害物のところまで来てつぎつぎと立ち止まった。グランド川は切り立った砂岩の岩壁に直接ぶつかり、そこで流れの向きを変えていた。水が渦を巻き、岩壁のところに深い淵を作ってから対岸に向かって広がっている。ブリッジャーとピッグは、グラスをあいだに挟んで運びながら最後にやって来た。二人は担架を地面に下ろし、ピッグは肩で息をしながらどすんと腰を下ろした。そのシャツに黒っぽい汗のしみができていた。

そこまで来ると誰もが前方を見上げ、すぐに先へ進むには二つの選択肢しかないことを悟った。ひとつは切り立った断崖を登る方法で、不可能ではないが、そのためには足だけでなくて両手も使わなくてはならない。これはハリスが二時間前に通ったときに使ったルートだ。ハリスの足跡と、からだを持ち上げるときにつかんだセージの折れた枝が見える。担架の運び手やラバが登れないのは言うまでもなかった。

もうひとつの選択肢は川を渡ることだ。対岸は平坦で心をそそられるが、問題はそこへ行く方法だった。土手に沿ってできた淵は深さが少なくとも五フィートはありそうで、しかも、川の流れは速い。川の真ん中へ向かう水のすじが、流れの浅い場所を示している。そこから対岸まで渡るのは簡単だ。足もとの確かな者なら、銃と火薬を頭上に持ち上げて深い水のなかを歩くことができるかもしれない。それほど身軽でなければ転ぶかもしれないが、数ヤード先の浅瀬までならまちがいなく泳ぐことができる。

ラバを川に入れるのは問題なかった。この動物の水好きは有名で、男たちが〝ダック〟と呼んでいるほどだ。一日の終わりになると、ダックは垂れ下がった腹に届くような水のなかに何時間も立っていたものだ。実際、この風変わりな趣味のおかげで、ほかの家畜といっしょにマンダン族に略奪されるところを免れたのだ。ほかの動物が岸辺で草を食んだり眠ったりしているのに、ダックは砂州の浅瀬に立っていた。敵がダックを連れていこうとすると、ダックは泥にはまり込んで動けなくなっていた。結局、ダックを引っ張り出すには隊員の半数が必要だった。

というわけで、問題はラバではない。問題はむろんグラスだった。担架を水面より上に持ち上げて川を渡るのは不可能に決まっている。

ヘンリー隊長はどうすべきかと考え込み、もっと早く渡河の指示を残さなかったハリスを呪った。彼らは一マイル下流で渡りやすそうな浅瀬のそばを通ってきたのだ。ヘンリーはたとえ二、三時間でも隊を分けたくはなかったが、全員で引き返すのもばかばかしいと思った。「フィッツジェラルド、アンダースン――おまえたちが担架を運ぶ番だ。ベルノ――おまえとおれは、二人といっしょにさっき通った渡河地点まで戻る。あとの者はここで川を渡って待っていろ」

フィッツジェラルドが隊長をにらみつけ、小声でぶつぶつ言った。

「何か言いたいことでもあるのか、フィッツジェラルド?」

「おれは罠猟師として契約したんだぜ、隊長――ラバとしてじゃない」

「みんなと同じように交代しろ」

「そのみんなが面と向かって言えないことを、おれが代わりに言ってやろう。みんな思ってるんだ。あんたはイエローストーン川まで、ずっとこの死体を引きずっていくつもりだろうか、ってな」

「おまえやほかの隊員にしてやるのと同じことを、グラスにもしてやるつもりだ」

「あんたがおれたちにしてくれるのは、墓穴を掘ることだろう。いつまでインディアンの戦士団に出くわさずに、この峡谷を練り歩いていられると思ってるんだ? 隊員はグラスひとりじゃないんだぜ」

「おまえひとりでもないぞ」アンダースンが口を挟んだ。「フィッツジェラルドの言ってることはおれの考えじゃありません、隊長――きっと、ほかの連中もそうだと思います」

アンダースンは担架のところへ歩いていき、グラスの横に自分のライフルを置いた。

「おれひとりでグラスを引きずっていけっていうのか？」

この三日間、男たちはグラスを運んできた。グランド川の川岸は、砂地と石のごろごろした岩場が交互につづいている。ときおり見られるハコヤナギの木立は、水位の高くなる場所では、高さ十フィートにも達することのあるヤナギのしなやかな枝に道を譲っていた。浸食崖は大地が浸食によって、まるで肉切りナイフを使ったかのようにすっぱり切り取られた巨大なくぼみで、そこではよじ登らなければならなかった。隊員たちは春の氾濫で置いていかれた雑多な漂流物の山――積み上げられた石、絡み合った木の枝、日光で色あせた幹が水や石ころにもまれてガラスのようにすべすべになった丸のままの樹木――を迂回して進んだ。地形があまりに険しいときには川を渡り、濡れた鹿革のせいでますます重くなった荷物を持ってさらに上流を目指した。

川は平原の幹線道路とも言うべきもので、ヘンリー隊の隊員だけが川岸の旅人というわけではない。足跡や野営地の跡は数えきれないほどだ。ブラック・ハリスはこれまでに二度、小さな狩猟グループを目撃している。離れていたのでスー族かアリカラ族か見分けがつかなかったが、どちらの部族にしても危険なことに変わりない。ミズーリ川の戦い以来、アリカラ族は明確な敵だ。その戦いでは味方だったスー族も、いまではどういう立場かわからない。動ける隊員が十名しかいない小さな罠猟師の集団に、襲撃を抑止する力などないに等しかった。しかも、隊員たちの武器や罠、そしてラバさえ、魅力的な標的なのだ。ブラック・ハリスとヘンリー隊長の偵察能力だけで敵を避けようとしても、つねに待ち伏せの危険にさらされていた。

(急いで横断すべきテリトリーだ)隊長は思った。だが、隊は葬列のようにのろのろとした足取りで進んでいる。グラスは意識を失ったり取り戻したりしていたが、どちらの状態もたいした違いはなかった。ときおり水を飲むことはできたが、喉の傷のせいで固形の食物を飲み込むのは無理だった。途中で二度、担架から放り出されて地面に落ち、二度目は喉の縫い目が二か所切れた。男たちはすこしだけ立ち止まり、そのあいだに隊長が感染症で赤くなった首を縫い直した。わざわざほかの傷を調べようとする者はいなかった。どのみち、彼らにできることなどほとんどない。それに、グラスは文句を言うこともできないのだ。負傷した喉がグラスを無言にし、グラスが発する音といえば呼吸のときの痛ましい喘鳴だけだった。

三日目の終わりに、男たちは小さな支流とグランド川との合流点にたどり着いた。支流を四分の一マイル上ったところで、ブラック・ハリスがマツの生い茂る木立に囲まれた泉を見つけた。理想的な野営地だ。ヘンリーはアンダースンとハリスに獲物を探しにいかせた。

泉自体は源泉というより小さな湧き水といったところだが、冷たい水が苔むした石の上で濾過されて透明な水たまりを作っていた。かがみ込んで水を飲みながら、ヘンリー隊長はすでに下した決断のことを考えた。

グラスを運びはじめてからの三日間で、隊はおそらく四十マイルしか進んでいないだろう。本当なら、少なくともその二倍は進んでいなければならなかった。アリカラ族のテリトリーは通過したはずだが、ブラック・ハリスがスー族の痕跡を見つけることが日増しに増えていた。

自分たちがいる場所についての懸念のほかに、本来はどこにいるべきかということにもヘンリーは気をもんでいた。イエローストーン川に到着するのが遅れることを、何より心配していたのだ。肉を貯えるための二週間が確保できないと、遠征隊全員が危険にさらされる。晩秋の天候は、トランプの手と同じくらい当てにならないものだ。小春日和《インディアンサマー》になるかもしれないし、風の吹きすさぶ早めのブリザードに遭遇するかもしれない。

身体的な安全に加えて、ヘンリーは商売上の成功にとてつもない重圧を感じていた。運がよければ、秋の二、三週間の猟とインディアン相手の交易で、ひとりか二人の隊員を下流へ派遣するに足る量の毛皮を手に入れられるかもしれない。

隊長は、二月のある晴れた日に、毛皮を積んだカヌーがセントルイスに到着するときの反響を想像するのが大好きだった。イエローストーン川での彼らの成功を報じる記事が、

《ミズーリ・リパブリカン》紙に大見出しで掲載されるにちがいない。新聞は新しい出資者を引き寄せるはずだ。春の初めまでに、アシュリーは新規の資金を新しい毛皮の遠征隊に投入することができる。ヘンリーは、夏の終わりにイエローストーン川を行き来する組織された罠猟師隊を指揮している自分の姿を思い描いた。充分な隊員の投入と交易品によって、もしかするとブラックフット族と和平を結ぶことすらできるかもしれないし、ビーバーが豊富なスリーフォークスの峡谷でふたたび罠猟ができるかもしれない。来年の冬は、彼らの収獲したビーバーの皮を運ぶのに大型の平底船が必要になるにちがいない。

だが、すべては時間との勝負にかかっている。真っ先に大挙して乗り込むことだ。ヘンリーは、羅針盤のすべての方位から競争相手が押し寄せるのを感じていた。

北からはブリティッシュ・ノースウェスト毛皮会社が、南のマンダン族の集落あたりまでいくつもの交易所を設立していた。この会社は西海岸も支配していて、西海岸からはコロンビア川とその支流をたどって猛烈な勢いで内陸へ進んでいる。ブリティッシュ毛皮会社の罠猟師たちがすでにスネーク川やグリーン川まで進出している、という噂が広まっていたのだ。

南からは、コロンビア毛皮会社、フランス毛皮会社、ストーンボストウィック毛皮会社など、いくつものグループがタオスやサンタフェから北へ向かって手を広げている。なかでも目立つのは、東からの、同じセントルイスの競争相手だった。一八一九年、アメリカ陸軍が、毛皮交易の拡大という明確な目的を持って〝イエローストーン遠征〟を開始した。兵力はわずかだが、軍隊の存在に勇気づけられた企業家たちが、すでに熱心に毛皮の交易を推し進めようとしている。マニュエル・リサのミズーリ毛皮会社は、プラット川で交易を開始した。ジョン・ジェイコブ・アスターは、一八一二年戦争でイギリス軍によってコロンビア川から追い払われたアメリカ毛皮会社を再興し、セントルイスに新しい本部を置いた。すべての会社が、限られた資金源と従業員を奪い合っていた。

ヘンリーは、マツの木陰で担架に横たわるグラスにちらりと目をやった。グラスの頭皮は結局きちんと縫い直してやらなかった。頭皮はその場しのぎに頭に載せられたまま、いまでは縁の血が乾いて固定され、暗紫色になった縁のせいでまるで切り刻まれた人間がかぶるグロテスクな王冠のように見える。隊長はあらためて、同情と怒り、恨みと罪悪感といった正反対の感情が同時にわき上がるのを感じた。

グリズリーの攻撃はグラスのせいではない。熊は隊の行く手に現われる数多くの危険のひとつにすぎなかった。隊がセントルイスを発つとき、ヘンリーは隊員が死ぬことを覚悟していた。グラスの傷ついたからだは、隊員ひとりひとりに毎日ついてまわる危険を際立たせたにすぎない。ヘンリーはグラスを、技術と人柄の調和がとれた最高の隊員だと思っていた。もしかするとブラック・ハリスは例外かもしれないが、ほかの隊員はヘンリーには物足りなく思えた。グラスとくらべたら、彼らは若く、頭が悪く、軟弱で経験も乏しい。

この事件がグラスに起こるなら、誰にでも起こりえる。つまり、ヘンリー自身にも起こりえるのだ。隊長は、瀕死の男から顔を背けた。

リーダーとして、遠征隊の利益を守るために難しい決断を下さなければならないことはわかっていた。辺境では、自立と自給自足が何より尊重――要求――される。セントルイスから西では、保証された権利などまったくないのだ。それでも、辺境での共同体を構成するひとりひとりの荒くれ者が、堅く絡み合った共通の責任によって結びついている。成文化された法律こそないが、自己中心的な利益を超越した約束事を守るという大まかなルールはある。それは聖書のように深遠で、未開地の奥へと一歩踏み込むごとに重要性が増していく。まさかの事態が持ち上がると、誰かが友人に、あるいは仕事仲間に、そして知らない相手にも助けの手を差し出す。それは、それぞれの男たちが、いつか自分自身の生還が別の誰かの差し出す手に左右されるかもしれない、ということを知っているからだ。

隊長はなんとかして自分のルールをグラスに当てはめようとしてきたが、そのルールの有用性がだんだん小さくなっているような気がした。(グラスのためにできることは、すでにやり尽くしたのではないだろうか?)傷の手当をし、グラスを運び、せめて人間らしく埋葬してやれるように敬意を表して待っていた。隊員たちはヘンリーの決定に従い、隊全体に必要なことよりひとりの男に必要なことを優先してきた。それは立派なことだが、いつまでもつづけられるものではない。とくにこんな場所では。

隊長は、グラスを直ちに見捨てようかと思ったことがある。実をいうと、グラスの苦しみようがあまりにひどいので、一瞬、その頭に銃弾を撃ち込んでグラスの惨めさに終止符を打つべきだろうか、と考えたこともある。グラスを殺す考えはすぐに捨てたが、どうにかしてこの負傷した男に意思を伝え、遠征隊をこれ以上危険にさらすわけにはいかないことをわかってもらえないだろうか、と思った。避難場所を見つけてやり、火や武器や必需品を与えて残していけばいい。もしグラスの状態がよくなったら、ミズーリ川で合流することもできる。グラスのことをよく知るヘンリーは、もしグラスが自分で話せたら、そうしてくれと頼むのではないかと思った。グラスなら、ほかの男たちの命を危険にさらすことは決してしないはずだった。

だが、ヘンリー隊長はどうしても負傷した男を置いていく気になれなかった。熊に襲われてからのグラスとはまともな会話が一切なかったので、グラスの意思を確かめることはできなかった。そういう明確な意思表示がないのに、勝手な憶測をしたくなかった。ヘンリーはリーダーであり、グラスに対する責任があるのだ。

(だが、ほかの隊員に対しても責任がある)アシュリーの投資に対する責任もある。つねにロッキー山脈と同じくらい遠くに見えるヘンリーの商売上の成功を、セントルイスで十年以上も待ちつづけている家族に対する責任もある。

その夜、隊員たちは地面に掘った三つの小さな炉の周りに集まった。燻製にしなければならないバッファローの子どもの生肉があり、マツの木立が隠してくれるので、思い切って火をおこしたのだ。八月末の夕方は、日が落ちるとすぐに冷えてくる。寒くはないが、季節の変わり目が地平線のすぐうしろに潜んでいることを暗示していた。

隊長が立ち上がって男たちに話しかけた。形式張ったその態度から、話の深刻さがうかがえる。「遅れを取り戻す必要がある。そこで、グラスといっしょに残る二人の有志を募りたい。グラスが死ぬまでここで付き添って、きちんと埋葬してから隊を追いかけてほしい。ロッキーマウンテン毛皮会社は、残ることの危険手当として七十ドル支払う」

炉のなかでマツのこぶがはじけ、火花が澄みきった夜空に飛び散った。それを別にすると、野営地は静まりかえり、男たちはいまの状況とヘンリーの申し出について考えていた。避けられないこととはいえ、グラスの最期を看取るのは不気味だった。ジャン・ベルノというフランス人が十字を切った。ほとんどの男たちが黙って炎を見つめていた。

しばらくのあいだ、口を開く者はいなかった。誰もがカネのことを考えていた。七十ドルといえば、まるまる一年分の報酬の三分の一以上だ。実利的な冷めた目で見れば、グラスがもうすぐ死ぬのは確実だ。空き地に二、三日とどまり、その後、遠征隊に追いつくために一週間の苛酷な旅をするだけで七十ドルの報酬がもらえる。むろん、居残ることにかなりの危険が伴うことは誰もが知っている。十人でも襲撃に対する抑止力はほとんどない。二人ではまったくないだろう。万一、インディアンの戦士団に出くわしたら……。死んでしまったら、その七十ドルで何も買えないのだ。

「おれが残る、隊長」ほかの男たちが振り返り、志願者がフィッツジェラルドだと知って驚いた。

フィッツジェラルドの動機がうさん臭く思えたので、ヘンリー隊長は返答に窮した。

フィッツジェラルドはその躊躇を読み取った。「べつに愛のためってわけじゃないからな、隊長。純粋にカネのためだ。グラスの世話をさせたいなら、ほかのやつを選べ」

ヘンリー隊長は周囲の男たちを見まわした。「ほかに誰かいるか？」

ブラック・ハリスが、短い棒切れを火のなかに投げ込んだ。「おれが残ります、隊長」

グラスはハリスの友人だった。しかも、グラスをフィッツジェラルドといっしょに残していくのには抵抗がある。フィッツジェラルドはみんなの嫌われ者だ。グラスにはふさわしくない。

隊長は首を振った。「おまえはだめだ、ハリス」

「だめって、どういう意味です？」

「おまえはだめだ。おまえがグラスの友だちだったのは知っている。だから、すまないとは思う。だが、おまえは斥候に必要だ」

ふたたび長い沈黙がつづいた。ほとんどの男たちは、うつろな表情で炎を見つめていた。男たちはつぎつぎと、同じ気まずい結論に達していた。割に合わない。そのカネには命をかけるだけの価値がない。結局、グラスと残ることに価値がないのだ。それはグラスを尊重していないからではない。あのグラスのような男なら、なおさらだ。アンダースンのように、これまでの親切という無償の行為に特別な恩義を感じている者もいる。アンダースンは思った。もし隊長が、グラスの生命を守ってくれと頼んでいるなら話は別だ——ところが、今回の使命はそうではない。今回の使命は、グラスが死ぬのを待って埋葬することだ。そんなことに命をかける意味はないのだ。

フィッツジェラルドひとりに仕事を任せなければならないのだろうか、ヘンリーがそう思いはじめたとき、突然、ジム・ブリッジャーがおずおずと立ち上がった。「おれも残ります」

フィッツジェラルドが、あざけるように鼻を鳴らした。「よしてくれ、隊長、豚を食うようなガキといっしょに残るのは願い下げだ！　ブリッジャーが残るなら、おれには二人分の面倒を見る報酬として二倍のカネを払ってくれ」

このことばが、パンチのようにブリッジャーに突き刺さった。恥ずかしさと怒りで顔に血が上るのを感じた。「約束します、隊長——自分の務めは精いっぱい果たします」

これは隊長の期待した成り行きではなかった。グラスをブリッジャーとフィッツジェラルドの二人に任せるのは、彼を見捨てるのと大差ないような気もする。ブリッジャーは子どもに毛の生えたようなものだ。ロッキーマウンテン毛皮会社で働く一年のあいだに正直で有能なことは証明したが、フィッツジェラルドにはとうてい太刀打ちできない。フィッツジェラルドは欲得ずくの男だ。だが、そうは言っても、それがヘンリーの選んだ方法の本質ではなかったのか？　ヘンリーはカネで代理人を雇ったにすぎないのではないのか？　隊の共同責任をカネで肩代わりさせたのではないのか？　ヘンリー自身の責任を肩代わりさせたのではないのか？　だが、ほかに何ができただろう？　これに勝る選択はなかったのだ。

「よろしい、それでは」隊長は言った。「残りの者は夜明けに出発する」

第五章

一八二三年八月三十日

ヘンリー隊と別れて二日目の晩だった。フィッツジェラルドはブリッジャーに薪を集めにいかせ、自分はグラスと二人で野営地に残っていた。グラスは小さな炉の近くに横たわっている。フィッツジェラルドは、グラスに見向きもしなかった。

空き地を見下ろす切り立った斜面の上は岩場になっている。積み重なった岩のあいだには巨大な丸石がいくつかあり、まるで、巨大な手が石をひとつずつ積み上げてから押さえつけたかのようだ。

二つの大きな石のあいだから、一本のねじ曲がったマツの木が生えていた。この木は土着の部族がティピというテント小屋の骨組みに使うロッジポールマツの仲間だが、もともとふもとの森の肥沃な土壌に生えていた木の種がこの高さまで運ばれたものだ。何十年もまえに、一羽のスズメが松かさから種をほじくり出し、空き地の上の見上げるような高さまで運んでいった。スズメはその種を、石と石とのすき間に落としてしまった。すき間には土があり、タイミングよく降った雨で発芽した。岩が日中の熱を吸収し、地上部分の露出をいくぶん防いでくれた。直射日光が当たらないので、マツはまず横向きに成長し、すき間から這い出したあとで空に向かって曲がったのだ。ねじ曲がった幹から数本のこぶだらけの枝が伸び、それぞれの枝の先にみすぼらしい松葉の房がついている。ふもとのロッジポールマツは矢のようにまっすぐ成長し、なかには地上六十フィートの高さに達するものもある。だが、岩の上のねじ曲がったマツより高くなることはなかった。

隊長や遠征隊が出発してしまうと、フィッツジェラルドの戦略は簡単になった。グラスが死んだらすぐ移動できるように干し肉を貯えておく。それまではできるだけ野営地から離れている。

　本流からは外れているが支流のほとりのこの場所を、フィッツジェラルドはあまり信頼していなかった。小さな小川はまっすぐ空き地につづいている。黒焦げの焚火の跡が残っているところをみると、ほかにもこの人目につかない泉を利用した者がいることは明白だ。本当は、この空き地は野営地としてよく知られているのではないだろうか。たとえそうでなかったとしても、遠征隊とラバのくっきりした足跡が本流からつづいている。狩猟集団にしろ戦士団にしろ、グランド川のこちら側の岸を上ってきた者なら必ずその足跡を見つけるにちがいない。

フィッツジェラルドは苦々しげにグラスを見つめた。ほかの隊員たちが立ち去った日、フィッツジェラルドは病的な好奇心からグラスの傷を調べてみた。負傷した男の喉の縫合は担架から放り出されたときに縫い直したままだが、その周辺全体が感染症のせいで赤くなっている。脚と腕の刺し傷は治りかけているようだが、背中の深い切り傷は真っ赤に腫れ上がっていた。グラスにとって幸いなのは、大半の時間を意識のない状態で過ごしていることだった。(この野郎はいつになったら死ぬんだ?)

ジョン・フィッツジェラルドを辺境の地へ導いたのは、紆余曲折した道だった。それは一八一五年、酔ってかっとなったフィッツジェラルドが売春婦を刺し殺し、翌日、ニューオーリンズから逃げ出したことにはじまる。

フィッツジェラルドはスコットランド人の船員とケージャン商人の娘とのあいだに生まれ、ニューオーリンズで育った。父親は船がカリブ海に沈むまでの十年の結婚生活のあいだ、毎年一度、港に帰ってきた。ニューオーリンズに寄港するたび、父親は多産な妻に新しい家族の種を残した。夫の死を知った三か月後、フィッツジェラルドの母親は初老の雑貨屋店主と結婚したが、それは家族を養うことを最優先に考えたからだ。母親の実利的な判断のおかげで、ほとんどの子どもたちは立派に育った。八人が無事に成人したのだ。養父が死ぬと、長男と次男は雑貨屋を引き継いだ。ほかの息子たちもたいていまっとうな仕事に就き、娘たちはきちんとした結婚をした。ジョンは途中でどこかへ姿をくらました。子どものころから、フィッツジェラルドは暴力に訴える傾向とその能力を兼ね備えていた。口論を解決しようとしてすぐに拳や足を出し、十歳のときには同級生の脚に鉛筆を突き刺して学校から追い出された。父親のあとを継いで重労働の船乗りになる気はさらさらなかったが、港町の怪しげな無秩序のなかに身を置くことには熱心だった。フィッツジェラルドの喧嘩の技は十代を過ごした波止場で試され、磨きをかけられた。十七歳のときの酒場の喧嘩で、ひとりの船員がフィッツジェラルドの顔に切りつけた。その出来事がフィッツジェラルドに釣針の形の傷痕を残し、これまでにない刃物への関心を植え付けた。フィッツジェラルドはナイフに魅せられ、大きさも形も様々な刃物を収集するようになったのだ。

二十歳のとき、フィッツジェラルドは波止場の酒場で、ドミニク・ペローというフランス人の若い売春婦と恋に落ちた。それが二人の関係の経済的基盤だというのに、フィッツジェラルドはドミニクの商売の意味を完全には理解していなかったらしい。ドミニクが太った運搬船の船長を相手に商売に精を出しているところに出くわし、若い男は頭に血が上った。フィッツジェラルドは二人を刺し殺して裏町へ逃げ込んだ。そして、兄たちの店から八十四ドルを盗み出し、ミシシッピ川を北上する船に乗り込んだ。

それから五年間、フィッツジェラルドはメンフィスの酒場とその周辺で生計を立てていた。〈ゴールデン・ライオン〉という名前負けした酒場で、部屋と食事とわずかな給料を与えられてバーテンダーをしていたのだ。バーテンダーという仕事上の立場は、ニューオーリンズでは持っていなかったもの——暴力を振るうライセンス——をフィッツジェラルドに与えた。フィッツジェラルドは始末に負えない客を放り出すのが楽しみで、それには酒場の粗暴な客ですら度肝を抜かれたものだ。そのうち二度は、危うく相手を殴り殺すところだった。

兄たちの商売を成功に導いた数学の能力の一部はフィッツジェラルドにも備わっていて、彼はその生まれながらの才能をギャンブルに応用した。はじめのうちは酒場でもらったわずかな給料を注ぎ込むだけで満足していたが、しだいに大きな勝負に引き込まれていった。こういう新しい勝負にはもっと多くのカネが必要だったが、フィッツジェラルドはカネを貸してくれる相手に不自由しなかった。

商売敵の酒場の経営者から二百ドル借りてまもなく、フィッツジェラルドは一発当てた。クイーンと十のフルハウスという一手で千ドル勝ち、翌週は祝いの酒と女に溺れて過ごした。このカネがフィッツジェラルドに、自分のギャンブルの才能への間違った自信と、もっと稼ぎたいという欲を吹き込んだ。フィッツジェラルドは〈ゴールデン・ライオン〉の仕事を辞め、カードで生計を立てようとした。フィッツジェラルドの運は急に下降線をたどり、一か月後にはジェフリー・ロビンスンという高利貸しに二千ドルの借金ができていた。フィッツジェラルドは数週間のあいだロビンスンから逃げまわったが、やがて、二人の手下に捕まって腕を折られた。手下たちはフィッツジェラルドに、一週間のうちに耳をそろえて返せと言った。

自暴自棄になったフィッツジェラルドは、最初の借金を完済するために二人目の金貸し、ハンス・バングマンというドイツ人を見つけた。だが、二千ドルの現金を手にすると、まるで天の啓示のようにあることがひらめいた。メンフィスから逃げて新天地で出直そう。翌朝、フィッツジェラルドはふたたび北へ向かう船に乗り込んだ。そして、一八二二年の二月末、セントルイスに着いた。

新しい街に着いて一か月後、フィッツジェラルドは、二人の男が居酒屋で〝顔に傷痕のあるギャンブラー〟の居所を聞きまわっている、という話を耳にした。メンフィスの金貸しの小さな世界では、ジェフリー・ロビンスンとハンス・バングマンがフィッツジェラルドの背信行為の全容を知るのに時間はかからなかったのだ。ロビンスンとハングマンは二人の手下に、ひとりあたり百ドルの報酬でフィッツジェラルドを見つけて殺し、貸したカネをできるだけ取り戻すように命じた。カネが戻ることにはたいして望みを抱いていなかったが、フィッツジェラルドにはぜひとも死んでほしかった。二人は面目を保つ必要があり、二人の計画の噂はメンフィスの酒場の情報網を通じて広まった。

フィッツジェラルドは窮地に追い込まれた。セントルイスはミシシッピ川でもっとも北にある文明の前哨地だ。ニューオーリンズやメンフィスで危険が待ち構えているので、南へ向かう気にはなれなかった。その日、フィッツジェラルドは居酒屋で、興奮した客たちが《ミズーリ・リパブリカン》紙の新聞広告について話しているのを小耳に挟んだ。フィッツジェラルドは自分で読もうとして新聞を取り上げた。

進取の気性に富んだ若者たちへ。ミシシッピ川を源流までさかのぼり、そこで一年から三年働ける若者百人を求む。詳細の問い合わせは、ワシントン郡の鉛鉱山のヘンリー隊長まで。ヘンリー隊長は遠征隊に同行し、隊の指揮をとる予定。

フィッツジェラルドは即断した。ハンス・バングマンから盗んだカネのわずかな残りで、古びた革のチュニックとモカシンとライフルを買った。翌日、フィッツジェラルドはヘンリー隊長に会い、毛皮遠征隊の仕事に応募した。ヘンリーは最初からフィッツジェラルドにうさん臭いものを感じたが、えり好みできるほど多くの応募はなかった。隊長は百人の男を必要としていたし、フィッツジェラルドは適任に見えた。二度や三度の刃物沙汰ぐらい起こしていたとしても、かえって好都合だ。一か月後、フィッツジェラルドはミズーリ川を北上する運搬船に乗っていた。

チャンスを見つけてロッキーマウンテン毛皮会社から逃亡するつもりだったが、フィッツツジェラルドは辺境での生活が気に入った。ナイフの腕前がほかの武器でも発揮できることがわかったのだ。遠征隊にいる本物の猟師のような追跡技術は持ち合わせていないが、射撃の腕は一流だった。先日のミズーリ川での包囲戦では、狙撃手のような忍耐力で二人のアリカラ族を射殺した。ヘンリー隊の隊員の多くは様々なインディアンとの戦いで怖じ気づいていたが、フィッツジェラルドにとって戦いは爽快であり、快感ですらあった。

フィッツジェラルドはグラスにちらりと目をやり、負傷した男の横に置かれたアンシュタットに視線を落とした。あたりを見まわしてブリッジャーが戻ってこないのを確かめてから、ライフルを手に取った。そして、ライフルを肩に引きつけて狙いをつけた。銃が心地よくからだになじむのも、広い照門のおかげで標的をすばやくとらえられるのも、軽いので狙いが安定するのも気に入った。フィッツジェラルドは銃を標的から標的へと移し、上下に動かし、やがてグラスに照準を定めた。

このアンシュタットがもうじき自分のものになる、フィッツジェラルドはまたそのことを考えていた。それについて隊長と話し合ったことはないが、グラスとともに残った者を差し置いてライフルを受け取る権利のある者などいるだろうか？　当然、ブリッジャーより自分のほうに正当性がある。すべての罠猟師がグラスの銃を高く評価している。二人が負っている危険を考えれば、七十ドルなどはした金だ——フィッツジェラルドがここにいるのは、アンシュタットのためだった。これほどの銃を少年に持たせて宝の持ち腐れにするべきではない。それに、ブリッジャーは、ウィリアム・アンダースンの銃をもらって充分喜んでいるではないか。ブリッジャーには別のちょっとしたもの——なんならグラスのナイフでも——をやることにしよう。

グラスとともに残ることに志願したときから立てていた計画を、フィッツジェラルドはじっくり考えた。その計画は、時間が経つにつれてますます説得力があるように思えてきた。（グラスにとって一日にどれほどの違いがあるだろう？）それにひきかえ、自分自身が生き延びる可能性を考えると、一日がもたらす違いははっきりしていた。

フィッツジェラルドはアンシュタットを下ろした。グラスの頭の横に血まみれのシャツが置かれていた。（これをグラスの顔に二、三分押しつければ——朝のうちに出発できる）フィッツジェラルドはもう一度ライフルを見つめた。オレンジ色の松葉に映える焦げ茶色の銃床が印象的だった。フィッツジェラルドはシャツに手を伸ばした。

「グラスが目を覚ましたのかい？」両手に薪を抱えたブリッジャーがうしろに立っていた。

フィッツジェラルドはぎょっとして一瞬、口ごもった。「脅かすな、小僧！　もう一度、いまみたいにこそこそ近づいてみろ、ぶっ殺してやるからな！」

ブリッジャーは薪を下ろし、グラスのところへ歩いていった。「グラスに肉のスープを飲ませたらどうだろう」

「なんとご親切なことで、ブリッジャー。スープなんかすこしでも飲ませてみろ、明日は死ぬはずの男が一週間も生きつづけるかもしれないじゃないか！　おまえ、そしたらよく眠れるようになるっていうのか？　どうなんだ、スープを飲ませてやったら、こいつが起き上がってここから歩き出すとでも思っているのか？」

ブリッジャーは黙っていたが、しばらくして口を開いた。「グラスに死んでほしいみたいだな」

「ああ、もちろん死んでほしいとも！　こいつを見ろよ。こいつだって、死にたがってるさ！」フィッツジェラルドは効果を狙ってひと呼吸入れた。「学校へ行ったことがあるか、ブリッジャー？」フィッツジェラルドは答えを知っていた。

少年は首を横に振った。

「よし、すこし算数の授業をしてやろう。ヘンリー隊長やほかの連中はグラスを引きずっていないから、おそらく一日に三十マイルぐらい進むだろう。おれたちがそれより速く――たとえば四十マイル――進むとする。四十から三十を引くといくつかわかるか、ブリッジャー？」少年はぽかんとした顔で立っていた。

「教えてやろう。答えは十だ」フィッツジェラルドは、バカにしたように両手の指を出した。「これだけだ、小僧。連中がどれくらい先に出発したかに関係なく――あとから出発したおれたちは一日に十マイルしか距離を縮められないんだ。連中はもう百マイルくらい先に行っている。つまり、十日間は二人きりってことだぞ、ブリッジャー。しかも、これは今日グラスが死んで、おれたちが簡単に連中を見つけられると仮定しての話だ。十日のあいだ、いつスー族の狩猟団と出くわすかわからないんだぞ。そいつがわからないのか？一日ここでぐずぐずしてたら、三日余計に二人だけで過ごさなくちゃならないってことだ。スー族にやられたら、おまえはグラスよりひどいことになるぞ、小僧。頭の皮を剝がれたやつを見たことがあるのか？」

頭皮を剝がれた人間を見たことはあったが、ブリッジャーは何も言わなかった。ヘンリー隊長がブラックフット族に殺された二人の罠猟師を野営地へ連れ帰ったとき、ブリッジャーはグレートフォールズに近いその野営地にいた。その死体を、ブリッジャーはまざまざと覚えている。隊長は二人を、一頭のラバの背にうつぶせにしてくくりつけてきた。隊長が縄を切ると、二人は硬直したまま地面に落ちた。罠猟師たちは二人の周りに集まり、その朝、野営地で会った男たちの切り刻まれた死体を茫然と見つめていた。しかも、二人が失っていたのは頭皮だけではなかった。鼻も耳も切り取られ、目はくり抜かれていた。鼻のない頭部は顔というより頭蓋骨のように見えるものだということを、ブリッジャーは思い出した。男たちは全裸で、大事な部分もなくなっていた。二人の首と手首に、くっきりとした褐色のすじがあった。その線から先の皮膚は鞍の革のように硬くて茶色だが、からだの残りの部分はレースのように真っ白だった。それはほとんど滑稽にすら見えた。これほど残酷でなかったら、誰かが冗談のタネにしたような類いのものだ。むろん、誰ひとり笑わなかった。からだを洗うとき、ブリッジャーはいつもそのことを考える――誰でもからだの内側には、赤ん坊のように弱々しくてレースのように白い皮膚があるのだろうか。

ブリッジャーはフィッツジェラルドに言い返したくてうずうずしていたが、はっきり口に出して反論することはどうしてもできなかった。いつものようにことばが見つからないのではなく、むしろ理由が見つからなかったのだ。フィッツジェラルドの動機――ブリッジャーはカネだと思っている――を非難するのはたやすい。だが、ブリッジャー自身の動機は何だろうか？　カネではない。数字に関してはちんぷんかんぷんだし、いつもの給料だけでもブリッジャーにとっては見たこともないような大金だった。ブリッジャーは自分の動機を忠誠心だと、遠征隊の一員への忠節だと信じたかった。彼はグラスを心から尊敬している。グラスは親切で、細々《こまごま》と気を配ってくれた。ブリッジャーに仕事を教え、ばつの悪い思いをしないようにかばってくれた。ブリッジャーはグラスの恩に感謝しているが、果たしてそれだけだろうか？

ブリッジャーがグラスと残ると言ったときの、男たちの目に浮かんだ驚きと賞賛が忘れられない。見張りに立ったあの恐ろしい夜の、怒りや軽蔑とはなんという違いだろう。遠征隊が立ち去るとき、隊長がブリッジャーの肩を軽く叩き、その何気ない動作がブリッジャーを仲間意識で満たしたのを覚えている。まるで、はじめて男たちの仲間としてふさわしい者になれたような気がした。これこそ、ブリッジャーがこの空き地にいる理由――自分の傷ついた自尊心を慰めるため――ではないのか？　他人を癒やすためというより、自分を癒やすためではないのか？　他人の災難で利益を得るという点では、フィッツジェラルドとまったく同じではないのか？　フィッツジェラルドについてあれこれ言うことはできるが、少なくともフィッツジェラルドは、ここに残った理由について正直だった。

第六章

一八二三年八月三十一日

三日目の朝、ひとりで野営地にいたブリッジャーは何時間もモカシンの修理をして過ごした。モカシンは両足とも旅のあいだに穴が大きくなっている。そのせいで足に擦り傷やあざができ、少年は修理の機会ができたことを喜んでいた。遠征隊が立ち去るときに残していった原皮から革を切り取り、縁に沿って錐《きり》で穴を開けた新しい革で靴底を貼り替えた。縫い目は不揃いだがしっかりしていた。

作業の出来を点検していたブリッジャーは、グラスに目を留めた。傷口にハエがたかり、グラスの唇は乾いてひび割れている。少年はまた自問した。自分は道義上、フィッツジェラルドよりすこしでも高いところにいるのだろうか。ブリッジャーは自分の大きなブリキのカップを冷たい泉の水で満たし、それをグラスの口に運んだ。水が無意識の反応を引き出し、グラスが水を飲みはじめた。グラスが飲み終えてしまうと、ブリッジャーはがっかりした。自分が役に立っていると感じるのは気分がよかった。少年はグラスを見つめた。確かにフィッツジェラルドの言うとおりだ。グラスが死ぬことは疑う余地がない。（だが、グラスのためにできるだけのことをすべきではないか？　せめて最後の数時間、苦痛を和らげてやってもいいのではないだろうか？）

ブリッジャーの母親は、どんな植物からでも治療に役立つ成分を取り出すことができた。母親がバスケットを花や木の葉や樹皮でいっぱいにして森から戻ってくるときに、もっと注意を払っていればよかった。ブリッジャーは何度もそう思った。それでも基本はいくらか知っているので、空き地の端で、探していた糖蜜のようなねばねばした樹液がにじみ出ているマツの木を見つけた。ブリッジャーは錆びた皮剝ぎ用のナイフを使い、その刃に充分な量がつくまで樹液をかき取った。そして、グラスのところへ戻り、そのそばに跪いた。まず、グリズリーの牙でできた脚と腕の深い刺し傷に注目した。傷の周りに青あざが残っているが、皮膚そのものは治りかけているようだ。ブリッジャーは指を使って樹液を傷口に塗り込み、周囲の皮膚に塗り伸ばした。

つぎに、背中を診るためにグラスを横向きにした。担架から落とされたときに粗い縫合の糸が切れ、それより新しい出血の痕もある。だが、グラスの背中が真っ赤に見えたのは血液のせいではない。感染症のせいだった。五本の平行な傷口が、グラスの背中のほとんど上から下まで伸びている。傷の真ん中に黄色い膿が出て、傷の縁は火のように赤く輝いているようだった。その臭いがブリッジャーに腐ったミルクを思い出させた。どうしたらいいのかわからないまま、ブリッジャーは途中で二度マツのところへ行って樹液を追加しながら傷全体に塗りつけた。

最後に、首の傷に目を移した。隊長の縫合はそのまま残っているが、少年には単に皮膚の下の残骸を隠しているにすぎないように思えた。グラスが無意識に呼吸するたびに、まるで機械のなかの壊れた部品ががたつくようにゼイゼイという喘鳴がつづいている。ブリッジャーはふたたびマツの林に入り、こんどは樹皮のはがれかけた木を探した。そして、一本のマツを見つけてナイフで外側の皮を剝ぎ取り、内側の柔らかい樹皮を帽子に集めた。

ブリッジャーはふたたびカップに水を満たし、炉のおき火にかけた。湯が沸いたところでピンク色の樹皮を入れ、中身をナイフの柄で突きつぶした。ブリッジャーは、それが泥のように滑らかで粘り気のある液体になるまで作業をつづけた。そうしてできた湿布剤の粗熱が取れるのを待ってから、それをグラスの喉に載せて一部を傷口に詰め込み、残りは肩に向かって塗り伸ばした。それから自分の小さな荷物のところへ歩いていき、予備のシャツの残りを取り出した。ブリッジャーはその布で湿布剤を覆い、グラスの頭を持ち上げて首のうしろでしっかりと結んだ。

負傷した男の頭をそっと地面に戻したブリッジャーは、気がつくと驚いたことにグラスの開いた目をのぞき込んでいた。傷ついた肉体にしては意外なほど、その目は明るく強烈に燃えていた。ブリッジャーは、グラスが明らかに伝えようとしているメッセージを読み取ろうとして見つめ返した。(何を言おうとしているんだ?)

グラスはしばらく少年を見つめていたが、やがて、そのまぶたが自然に閉じた。意識を取り戻したわずかな時間に、グラスはある強い感覚に気づいた。まるで、不意に自分のからだの隠れた働きに気づかされたかのようだ。少年の努力のおかげで、局所的な痛みは和らいでいる。マツの樹液の穏やかな刺激には薬効があり、湿布剤の温もりがグラスの喉に包み込むような心地よさをもたらしていた。それと同時に、グラスは自分のからだが、これからの決定的な戦いの準備をしているのを感じた。それは表面的な戦いではなく、からだの奥深いところでの戦いだった。

フィッツジェラルドが野営地へ戻ったときには、夕方の薄れゆく光のなかに長い影が伸びていた。フィッツジェラルドは雌鹿を肩に担いでいた。雌鹿は獲ったその場で首を切り開き、内臓を取り除いてある。フィッツジェラルドは鹿を炉のそばに放り出した。生きているときの優美な姿とはあまりにもかけ離れた不自然な格好で、雌鹿は地面に落ちた。

フィッツジェラルドは、グラスの傷に巻かれた新しい包帯を見つめて顔をこわばらせた。「こいつのことで時間を無駄にしてたな」そう言ってことばを切った。「まあ、そんなことはどうでもいい。ただし、おれの時間まで無駄にしなければな」

ブリッジャーは返事をしなかったが、顔に血が上るのを感じた。

「おまえ、いくつだ、小僧？」

「二十歳」

「嘘つけ。甲高い声でしかしゃべれないじゃないか。きっと、おっぱいなんてママのしか見たことないんだろう」

少年は目をそらした。ブラッドハウンド並の鋭い嗅覚で、人の弱みを嗅ぎつけるフィッツジェラルドに憎悪を覚えた。

ブリッジャーの不快感を、フィッツジェラルドは栄養豊かな生肉のように味わった。彼は声を立てて笑った。「なんだと？　おまえ、女と寝たことがないのか？　図星だろう？　どうした、ブリッジャー――セントルイスを発つまえに、女を買う二ドルぐらい持っていなかったのか？」

フィッツジェラルドは巨体を地面に下ろし、もっと楽しもうとして坐り込んだ。「ひょっとして、女が嫌いなのか？　おまえ、そっちの趣味だったのか？　もしかして、おまえが夜中に妙な気を起こさないように、おれは仰向けで寝なくちゃならないかもしれないな」それでも、ブリッジャーは無言だった。

「でなけりゃ、もともとあれがないのかもな」

ブリッジャーは思わず跳ね起き、ライフルをつかんで撃鉄を起こすと、長い銃身をフィッツジェラルドの頭に向けた。「黙れ、フィッツジェラルド！　もうひと言でも言ったら、その頭を吹き飛ばしてやる！」

フィッツジェラルドは茫然としてライフルの黒い銃口を見つめた。そうしてしばらく坐ったまま、じっと銃口を見つめるばかりだった。やがて、フィッツジェラルドの黒い目がゆっくりと動いてブリッジャーの視線をとらえ、その顔に笑みがじわじわ広がって傷痕と繋がった。「なるほど、よくやった、ブリッジャー。この分なら小便をするときにしゃがんだりしないだろう」

フィッツジェラルドは自分の冗談に自分で笑い、ナイフを取り出して鹿の解体をはじめた。野営地の静寂のなかで、ブリッジャーは自分の荒い息の音と速い心臓の鼓動に気づいた。彼は銃を下ろし、床尾を地面につけて腰を下ろした。急に疲労を感じ、ブリッジャーは毛布を肩の周りに引き寄せた。

しばらくすると、フィッツジェラルドが声をかけた。「おい、小僧」

ブリッジャーは視線を向けたが、返事はしなかった。

フィッツジェラルドは、血まみれの手の甲で無造作に鼻をこすった。「おまえのその新しい銃は、火打ち石がないと撃てないんだぞ」

ブリッジャーはライフルに目を落とした。銃の発射装置から火打ち石がなくなっている。顔にまた血が上ったが、こんどはフィッツジェラルドと同じくらい自分自身に腹が立った。

フィッツジェラルドは声を立てずに笑い、刃渡りの長いナイフで手際よく仕事をつづけた。

実をいうと、そのときのジム・ブリッジャーはまだ十九歳で、華奢《きやしや》な体格のせいでいっそう若く見えた。ブリッジャーが生まれた一八〇四年はルイスとクラークが探検に出発した年で、その帰還が巻き起こした興奮に導かれ、一八一二年、ジムの父親はひと山当てるつもりでヴァージニアから西部へ移住した。

ブリッジャーの家族は、セントルイス近郊のシックス・マイル・プレーリーの小さな農場に落ち着いた。八歳の少年にとって、西部への旅はでこぼこの道、夕食のための狩り、木の下での野宿、といった壮大な冒険だった。新しい農場には、牧草地や林や小川のある四十エーカーにわたる遊び場があった。新しい土地に落ち着いて最初の週、ジムは小さな泉を発見した。その秘密の泉に父親を案内したときの興奮と、そこに二人で貯蔵小屋を建てたときの誇らしさを、ブリッジャーは鮮明に覚えている。ジムの父親は様々な商売に手を出し、そのひとつが測量だった。ジムはしばしば父親について歩き、ますます探検好きになった。

ブリッジャーの幼年時代は、十三歳のときに前触れもなく終わりを迎えた。一か月のあいだに、母も父も兄も熱病で死んでしまったのだ。少年は突然、自分自身と妹に対する責任を負うことになった。伯母のひとりが妹の世話をしにきてくれたが、家族を養うための経済的な負担はジムの肩にかかってきた。ジムは渡し船の経営者のもとで働くことになった。

ブリッジャーの少年時代のミシシッピ川は船であふれていた。南からは工業製品が川をさかのぼってセントルイスを活気づかせ、川下へ向かう流れが辺境の原材料を運んでくる。ブリッジャーは、大都会のニューオーリンズやその向こうの外国の港町の話を耳にした。

もっぱら肉体と意思の力だけで船を上流へ運ぶ、荒くれ者の船員たちとも出会った。レキシントンやテレホートから、生産物を運んでくる運転士たちと話をした。煙を吹きながら流れに逆らって進む蒸気船の姿に、ブリッジャーは川の未来を見た。

ところが、ジム・ブリッジャーの想像をかき立てたのはミシシッピ川ではなかった――ミズーリ川だったのだ。この二つの大河はブリッジャーの渡し場からほんの六マイルのところでひとつになり、日常生活の平凡な流れに辺境の荒々しい水が注ぎ込んでいた。それは古いものと新しいもの、既知のものと未知のもの、文明社会と未開地の合流点だった。毛皮商人や罠猟師が舳先のとがったマッキノーボートを渡し場に係留し、ときにはそこで野営することもあるめったにない機会を、ブリッジャーは心待ちにした。そして、野蛮なインディアンや豊富な獲物の話、果てしなくつづく平原や高くそびえる山々の話を聞いて驚嘆したのだ。

ブリッジャーにとっての辺境は、感じることはできるが確かめることのできないもどかしい存在で、聞いたことはあるが見たことのないものへと否応なしに引きつける磁石のような力になっていた。ある日、背中の曲がったラバにまたがった牧師がブリッジャーの渡し船に乗った。牧師はブリッジャーに、神がこの世でおまえに与えた使命を知っているかと訊いた。ブリッジャーは即座に答えた。「ロッキー山脈に行くことです」牧師はとても喜び、未開人を相手に伝道の仕事をしたらどうかと熱心に勧めた。ブリッジャーはインディアンのところへイエス様を連れていくことにはまったく興味がなかったが、この会話が頭から離れなくなった。西部へ行くことは単なる新しい場所へのあこがれを超えたものだ、と信じるようになった。それは自分の魂の一部であり、はるか遠い山や平原でしか埋めることのできない失われた部分だと考えるようになったのだ。

この思い描いた未来を背景に、ブリッジャーは動きののろい渡し船を漕いだ。前へうしろへ行ったり来たり、先へ進むことのない動きで、二つの船着き場の固定された地点から一マイルと離れることはない。それはブリッジャーが思い描いた自分の生活、未知の土地を歩きまわる探検の生活、決してもと来た道を戻らない生活とは正反対だった。

渡し船を漕いで一年、すこしでも西部に近づこうとする向こう見ずで的外れな努力の結果、ブリッジャーはセントルイスの鍛冶屋に弟子入りした。鍛冶屋はよくしてくれたし、どうにか妹や伯母に仕送りできる給料を払ってくれた。だが、徒弟奉公の条件ははっきりしている――五年間の隷属だった。

新しい職はブリッジャーを未開の地へ送り込んでくれなかったが、セントルイスではどのみちほかの話題がほとんどなかった。ブリッジャーは五年のあいだ、辺境の知識にどっぷり浸かっていたわけだ。平原の住民が馬の蹄鉄の打ち直しや罠の修理に来ると、ブリッジャーは気後れを克服して男たちの旅について質問を浴びせた。どこへ行ってきたのか？　何を見てきたのか？　少年は、裸のジョン・コルターが、彼の頭皮を奪おうとする百人のブラックフット族と競走して勝った話を聞いた。セントルイスの誰もがそうであるように、ブリッジャーもマニュエル・リサやシュートー兄弟のような成功した取引業者について詳しく知るようになった。何よりわくわくするのは、たまに自分の英雄たちの生身の姿が見られることだ。月に一度、ヘンリー隊長が馬の蹄鉄を打ち直しに鍛冶屋へやって来た。せめて二言か三言、隊長とことばを交わすチャンスがあればいいと思い、ブリッジャーは必ずその仕事を買って出た。ヘンリーとの短い出会いは信仰の再確認のようなもので、ほかでは伝説や物語のなかにしか存在しないものが実際に現われることだった。

　一八二二年の三月十七日、ブリッジャーの十八歳の誕生日に徒弟奉公の年季が明けた。たまたまジュリアス・シーザーの死んだ三月十五日《アイズ・オヴ・マーチ》と重なり、地元の俳優の一団がシェークスピアの《ジュリアス・シーザー》の公演をしていた。ブリッジャーは二十五セント払って席を買ったが、長い芝居はほとんど意味がわからなかった。床まで届くガウンを着た男たちがばかばかしく見え、俳優たちが英語をしゃべっているのかどうか、ずっと確信が持てなかった。それでも、壮大な見せ場は楽しめたし、しばらくすると、その堅苦しいことばのリズムが聞き分けられるようになってきた。そして、とどろくような声をしたひとりのハンサムな俳優が、生涯ブリッジャーの心から離れることのない台詞《せりふ》を言ったのだ。

人の成すことには潮時というものがある、
うまく満潮に乗りさえすれば、運が開ける……

それから三日後、鍛冶屋がブリッジャーに《ミズーリ・リパブリカン》紙に載っている広告の話をした。〝進取の気性に富んだ若者たちへ……〟ブリッジャーは自分の潮時が来たと思った。

翌朝、ブリッジャーが目を覚ますと、フィッツジェラルドがグラスの上にかがみ込み、負傷した男の額に手を当てていた。

「何してるんだ、フィッツジェラルド？」

「いつからこんなに熱があるんだ？」

ブリッジャーは急いでグラスのところへ行き、その肌に触れてみた。熱と汗でじっとりしている。「昨夜、様子を見たが、異常はなさそうだった」

「だが、いまは異常がある。こいつは死の汗だ。この野郎もやっとくたばるな」

ブリッジャーは自分が動揺しているのかほっとしているのかよくわからないまま、その場に立ち尽くしていた。グラスが身震いをはじめた。フィッツジェラルドが間違っている可能性はほとんどなさそうに思えた。

「いいか、小僧――出発の準備をしなくちゃならない。おれはグランド川の上流を偵察してくる。おまえは木の実を採って、この肉をつぶしてペミカンを作るんだ」

「グラスはどうするんだ？」

「グラスをどうするだと、小僧？　おまえ、ここで野営しているうちに医者にでもなったのか？　おれたちにできることはもうないんだぞ」

「やるべきことはできる――グラスを看取って、死んだら埋めてやることだ。それが隊長との取り決めだ」

「もしそれで気が済むなら、墓穴を掘ったらいい！　くそっ、なんなら祭壇でも作ったらどうだ！　だが、おれが戻ってきたときに肉の用意ができていなかったら、グラスよりひどいことになるまで鞭で打ってやるからな！」フィッツジェラルドはライフルをつかみ、小川を下っていった。

その日は九月初旬に特有の、朝は天気がよくて爽やかだが午後は暑い日だった。支流と本流がぶつかるあたりで地形が平坦になり、ちょろちょろ流れる水が砂州のところで広がってグランド川の激しい流れに注ぎ込んでいる。フィッツジェラルドの視線が、下流に散らばる毛皮遠征隊の足跡に引きつけられた。あれから四日経ったが、まだくっきり残っている。上流に目を走らせると、一羽のワシが歩哨のように枯れた木の枝に留まっていた。鳥は何かに驚いたらしい。翼を広げ、二度力強く羽ばたいて枝から飛び立った。片方の翼の先端を中心にきれいな輪を描き、鳥は向きを変えて上流へ飛び去った。

馬の甲高い嘶《いなな》きが、朝の空気を切り裂いた。フィッツジェラルドははじかれたようにうしろを向いた。朝の太陽が川面に浮かび、突き刺すような日光が水に溶けて踊る光の海を作っている。まぶしくて目を細めると、馬に乗ったインディアンたちのシルエットが見えた。フィッツジェラルドは地面に伏せた。(見つかってしまったか?) ほんのすこし地面に伏せているあいだに、呼吸がスタッカートに達していた。フィッツジェラルドは、唯一の隠れ場所になりそうな低いヤナギの木立に向かって這っていった。耳を澄ますと、また馬の嘶きが聞こえた——だが、何頭もの馬が突進してくるような足音は聞こえなかった。フィッツジェラルドはライフルと拳銃の装塡を確かめてから狼の毛皮の帽子を脱ぎ、頭を上げてヤナギのあいだから目を凝らした。

およそ二百ヤード離れたグランド川の対岸に、五人のインディアンがいた。四人は緩い半円を描いて五人目を囲み、五人目は尻込みするまだら馬に鞭を当てている。二人のインディアンが笑った。馬との格闘のせいで、全員が立ち往生しているらしい。

ひとりのインディアンは、頭をすっぽり覆うワシの羽根飾りをつけていた。熊のかぎ爪の首飾りを胸にかけ、三つ編みの髪にカワウソの皮を巻いているのが見える。インディアンのうち三人は銃を、二人は弓を携帯していた。男たちも馬も戦いのときに塗るウォーペイントを塗っていないところをみると、猟をしているようだ。部族はよくわからないが、フィッツジェラルドの経験によると、このあたりのインディアンならどの部族も罠猟師を目の敵《かたき》にしているはずだ。フィッツジェラルドは、インディアンたちがライフルの射程のすぐ外にいると判断した。彼らがこちらへ向かってくれば、その状況はすぐに変わる。もしインディアンがやって来たら、フィッツジェラルドにはライフルの銃弾一発と拳銃の銃弾一発しかない。インディアンが川を渡るのに手間取れば、ライフルを一度だけ装塡し直せるかもしれない。（五つの標的に三発か）フィッツジェラルドは、こんな確率に賭ける気にはなれなかった。

フィッツジェラルドは小川のそばのもっと背の高いヤナギの茂みに向かって、腹を地面につけたまま芋虫のように這っていった。遠征隊の残した足跡の真ん中を這いながら、自分たちの位置をそれほどはっきり示している痕跡を呪った。ヤナギの密集した茂みまで来てもう一度振り返ると、インディアンが相変わらず頑固なまだら馬に気をとられていたのでほっとした。だが、インディアンが小川とグランド川の合流点までやって来るのは時間の問題だろう。彼らは小川を見つけ、すぐに足跡を見つけるにちがいない。（忌々《いまいま》しい足跡め！）足跡はまるで矢印のように小川の上流を指していた。

フィッツジェラルドは、ヤナギの茂みからマツの木立まで苦労して進んだ。最後にもう一度、うしろを向いて狩猟団に目をやると、臆病なまだら馬が落ち着きを取り戻し、五人のインディアンは上流に向かって移動をつづけていた。（いますぐ出発しなければ）フィッツジェラルドは野営地までの短い距離を小川に沿って駆け上った。

ブリッジャーが鹿肉を石に叩きつけていると、突然、フィッツジェラルドが空き地に駆け込んできた。「五人のインディアンがグランド川を上ってくる！」フィッツジェラルドは、自分のわずかな所持品を包みのなかへ乱暴に詰め込みはじめた。そして、急に顔を上げ、緊張と恐怖と怒りに満ちた真剣な目で見つめた。「ずらかるんだ、小僧！ やつらはすぐに追ってくる！」

ブリッジャーは肉を革袋に詰めた。つぎに、自分の包みと手回り品を入れるカバンを肩にかけ、ライフルを取ろうと手を伸ばした。ライフルはグラスのアンシュタットと並べて木に立てかけてある。（グラス！）逃走の意味を完全に理解し、少年はいきなり頬を叩かれたような気がした。そして、負傷した男に視線を落とした。

その朝はじめて、グラスが目を開けていた。ブリッジャーが見つめると、最初は深い眠りから覚めたばかりのような、生気のないどんよりした目をしていた。だが、グラスが目を凝らしているうちに、だんだん焦点が合ってきたようだ。いったん焦点が定まると、見つめ返すグラスの目には一点の曇りもなかった。グラスがブリッジャー同様、インディアンが川にいることの意味を完全に理解しているのは明らかだった。

ブリッジャーの全身の毛穴が、一瞬、緊張で脈打つような気がした。だが、ブリッジャーにはグラスの目が静かな落ち着きを伝えているように思えた。（理解だろうか？　許しだろうか？　それとも、おれがそう信じたいだけなのか？）グラスを見つめるうちに、罪悪感が固く嚙みしめた牙のように少年を捕らえた。（グラスはどう思っているのだろう？　隊長はどう思うだろう？）

「そいつら、本当に川を上ってくるのか？」そう言うブリッジャーの声がかすれていた。自分が自制心を失っていることが、強さが要求されているときに明らかな弱さを見せていることが腹立たしかった。

「残って確かめたいか？」フィッツジェラルドは火のそばへ行き、干し肉用の台《ラック》から残りの肉をつかみ取った。

ブリッジャーはまたグラスに目を向けた。負傷した男はからからに乾いた唇を動かし、音をなくした喉からことばを絞り出そうとしていた。「何か言おうとしているぞ」少年は膝をついて懸命に聞き取ろうとした。グラスはゆっくりと片手を持ち上げ、震える指で一点を指した。（アンシュタットが欲しいんだ）「ライフルが欲しいんだ。起こして、ライフルを持たせてほしいんだ」

少年は背中に鈍い痛みを感じた。背中を力任せに蹴られ、気がつくと、うつぶせで地面に倒れていた。やっとのことで四つん這いになり、少年はフィッツジェラルドを見上げた。フィッツジェラルドの怒りの表情が、毛皮の帽子の狼のゆがんだ顔と重なって見えた。

「そこをどけ!」

ブリッジャーは驚いて目を丸くしながら慌てて立ち上がった。そして、フィッツジェラルドがグラスの方へ歩いていくのを見守った。グラスは仰向けで横たわり、その傍らに手回り品を入れるカバン、ビーズ織りの鞘に入ったナイフ、手斧、アンシュタット、角《つの》でできた火薬入れ、といったわずかな所持品が置かれていた。

フィッツジェラルドはからだをかがめてグラスのカバンを拾い上げた。そして、カバンに手を入れて火打ち石と火打ち金を探し出し、自分の革製のチュニックの前ポケットに入れた。つぎに、火薬入れをつかんで肩にかけ、太い革のベルトの下に手斧を押し込んだ。

ブリッジャーはわけのわからないまま見つめていた。「何をしてるんだ?」

フィッツジェラルドはもう一度かがみ込み、グラスのナイフを拾い上げてブリッジャーに放り投げた。「そいつを取っておけ」ブリッジャーはナイフを受け止め、手のなかの鞘をおそるおそる見つめた。ライフルだけが残った。フィッツジェラルドはライフルを手に取り、すばやく点検して装塡されていることを確かめた。「悪いな、グラス。あんたにはもうこいつは必要あるまい」

ブリッジャーは呆気にとられた。

「装備もないまま置いていくわけにはいかないよ」

狼の毛皮の帽子をかぶった男はちらりと顔を上げ、林のなかに姿を消した。ブリッジャーは手のなかのナイフを見下ろした。グラスに視線を向けると、まっすぐブリッジャーを見つめたグラスの目が、急にふいごの下のおき火のように活気づいた。ブリッジャーはからだが動かなくなったような気がした。心のなかで二つの相反する感情が闘い、自分の行動を決めようとしてあがいていたが、突然、一方の感情がもう一方を圧倒した。ブリッジャーは怖かったのだ。

少年はくるりと向きを変えて林のなかへ駆け込んだ。

第七章

一八二三年九月二日――午前

昼の光がある。動かなくてもそれだけはわかったが、はっきりした時刻は見当もつかなかった。グラスは二日前に力尽きた場所で、そのまま横たわっていた。怒りに任せて空き地の端までやって来たが、高熱のために先へ進めなかったのだ。

熊がグラスのからだを外側からえぐり、こんどは熱が内側からえぐり取った。まるで、からだの中身をくり抜かれてしまったような気がする。震えが止まらず、火の温もりが無性に恋しかった。野営地を見まわしたが、炉の燃え残りから煙は立ち上っていない。火はなく、温もりもなかった。

せめて、ぼろぼろになった毛布のところまで戻れないだろうか。グラスは試しに動こうとしてみた。全身の力を振り絞ったが、グラスのからだから返ってくる答えは広い谷間を渡るかすかな木霊のようだった。

その動きが、胸の奥にある何かを刺激した。グラスは咳き込みそうになり、腹筋に力を込めてそれをこらえた。それまでの度重なる闘いのせいで筋肉が痛み、こらえきれずに激しく咳き込んだ。深く刺さった釣針を抜き取るような痛みに、グラスは顔をゆがめた。まるで、喉に手を突っ込んではらわたを抜き取られたような気がした。

咳の痛みが治まると、グラスはふたたび毛布に意識を集中した。（からだを温めなくては）頭ひとつ持ち上げるにも、渾身の力を込めなければならなかった。毛布は二十フィート離れたところにある。グラスは横向きから腹這いに姿勢を変え、左腕をからだの前に持っていった。左脚を曲げ、それを伸ばしながら地面を蹴った。動くほうの腕と脚を使い、尺取り虫のようにすこしずつ空き地を横切っていった。二十フィートが二十マイルに感じられ、途中で三回止まって休んだ。息をするたびに喉にやすりをかけられているようで、切り裂かれた背中がまたずきずきと痛みはじめた。手の届くところまでくると、グラスは腕をいっぱいに伸ばして毛布をつかんだ。そして、毛布を肩の周りに引き寄せ、ハドソンベイ社製のずっしりとしたウールの温もりを味わった。やがて、グラスは意識を失った。

午前中ずっと、グラスの肉体は怪我による感染症と闘っていた。意識と無意識とその合間の朦朧《もうろう》とした状態を行ったり来たりしていたので、まるで偶然開いた本のページから連続性のない話を拾い読みするように、周囲の状況が断片的にしかわからなかった。意識のはっきりしているときは、せめて苦痛から逃げたいという一心でふたたび眠りに落ちることを切望した。けれども、眠りに落ちる直前には、いつも同じ思い――二度と目が覚めないかもしれないという恐ろしい考え――がつきまとっていた。(死ぬということは、こういうことなのか?)

ヘビが現われたとき、グラスは自分がどれくらいそこに倒れていたのか見当もつかなかった。ヘビがほとんど無頓着に林から空き地へ入ってくるのを、グラスは恐怖と陶酔の混じった思いで見守った。警戒すべき要素はある。ヘビは空き地の何もないところで動きを止め、舌をチロチロ出し入れして空気を確かめた。だが、これは一般的に、本来の生息地にいる捕食者が大胆に獲物を追う行動だ。ヘビはまた動きだした。ゆっくりしたヘビの動きがだんだん速くなり、急に驚くほどのスピードで進んできた。まっすぐグラスに向かってきたのだ。

グラスは転がって逃げたかったが、ヘビの動きにはどこか避けようのないところがあった。頭の片隅で、ヘビが出たときはじっとしていろという教えを思い出した。グラスはぴたりと動きを止めた。自分の意思というより、催眠術にかけられたように動けなかったのだ。ヘビはグラスの顔から二、三フィートと離れていないところまで近づいて止まった。グラスは、瞬きをしないヘビの凝視をまねようとして目を凝らした。だが、太刀打ちできなかった。ヘビの黒い目は疫病のように執念深い。グラスが催眠術をかけられたように見つめていると、ヘビがゆっくりととぐろを巻いた。からだ全体が、前に飛び出して攻撃するという唯一の目的のために整えられた。ヘビの舌が、探るように出たり入ったりしている。とぐろの真ん中で、ヘビの尾が前後に震えはじめ、そのカタカタという音が死までの短い時間を刻むメトロノームのように聞こえた。

最初の攻撃はあまりにもすばやく、グラスは身を退くこともできなかった。ガラガラヘビの頭が前に飛び出し、口が大きく開いて毒液の滴る牙が露わになるのを、グラスは恐怖にかられて見つめた。牙がグラスの前腕に食い込んだ。毒がからだをめぐり、グラスは苦痛に悲鳴を上げた。腕を振ったが、牙を食い込ませたままのヘビのからだがグラスの腕といっしょに空中を振り回された。ようやくヘビが腕から落ちると、その長いからだがグラスの上半身と垂直になった。グラスが逃げる間もなく、ヘビはふたたびとぐろを巻いて飛びかかった。こんどは悲鳴を上げることすらできなかった。ヘビの牙が、グラスの喉に食い込んでいたのだ。

グラスは目を開けた、太陽が真上にあり、それは空き地に直射日光が差す唯一の位置だった。まぶしい光を避けようと、グラスは慎重に寝返りを打って横向きになった。十フィートほど離れたところに、六フィートのガラガラヘビが全身を伸ばして横たわっている。ヘビは一時間前に、ワタオウサギの子どもを飲み込んでいたのだ。ウサギがヘビの消化管をゆっくりと進み、いまでは大きなこぶがヘビの形をゆがめていた。

グラスは慌てて腕に視線を落とした。牙の痕はどこにもなかった。ヘビがくっついているのではないかと半分覚悟しながら、おそるおそる首に手をやった。何もなかった。ヘビのことが——少なくともヘビに咬まれたことは——悪夢のなかで作り上げられた恐怖にすぎないのだとわかったとたん、グラスは安堵に包まれた。じっと動かないヘビにもう一度目を向けると、そのからだがせっせと獲物の消化をしていた。

グラスは喉に当てた手を顔へ持っていった。大量の汗をかいたせいでべたべたしているが、皮膚がひんやりとしていた。熱が下がっている。(水だ!)グラスの肉体が、水を飲めと叫んでいた。グラスはからだを引きずるようにして泉のところまで行った。切り刻まれた喉のせいで、ほんのすこしずつすするのが精いっぱいだった。だが、たとえ痛みは感じても、冷たい水はまるで酒のように感じられ、グラスのからだの内側から活力を与えて洗い清めてくれた。

ヒュー・グラスの非凡な人生は、フィラデルフィアでれんが職人をしていたイギリス人のウィリアム・グラスと妻のヴィクトリアの長男として平凡にはじまった。フィラデルフィアは世紀の代わり目に急速に成長し、建設業者は仕事にあぶれることがなかった。ウィリアム・グラスは決して裕福ではなかったが、五人の子どもを何不自由なく育てることができた。れんが職人のウィリアムは、子どもたちに対する親の義務は土台を積むことだと考えていた。子どもたちにきちんとした教育を受けさせることが、彼の人生で最高の業績だと思っていたのだ。

ヒューの学力の高さが明らかになったとき、ウィリアムは息子に法律家の道を志したらどうかと勧めた。ところが、ヒューは法律家の白いかつらやかび臭い本などには興味が持てなかった。ヒューには熱中するもの——地理学——があったのだ。

ロースソーン・アンド・サンズ海運会社は、グラス家と同じ通りに事務所を構えていた。その建物のロビーに、フィラデルフィアでは珍しい大きな地球儀があった。ヒューは毎日学校帰りに事務所に立ち寄り、地球儀をぐるぐる回しながら指で世界中の海や山をたどったものだ。事務所の壁には色とりどりに塗り分けられた地図が飾られ、当時の主な貨物船の航路が描かれていた。細い線が広々とした外洋を横切り、フィラデルフィアと世界中の重要な貿易港とを結んでいる。ヒューは、その細い線の先にある場所や人々のことを想像するのが好きだった。ボストンからバルセロナへ、コンスタンティノープルから中国へ。

息子をいくぶん牽制するつもりで、ウィリアムはヒューに地図作成の仕事を勧めた。ところが、ヒューにはただ地図を描くだけの仕事は消極的すぎるように思えた。ヒューを魅了しているのは様々な場所を抽象的に描いたものではなく、むしろ場所そのもの、なかでも〝未知の土地〟と記されている広大な領域だったのだ。当時の地図制作者は、そういう未知の領域をひどく空想的で恐ろしい怪物のスケッチ画で埋めていた。そういう動物は本当に存在するのだろうか、それとも、地図制作者のペンによる作り事にすぎないのだろうか、ヒューはそれが知りたかった。ヒューが父親に訊ねると、父は〝誰にもわからないのだ〟と答えた。父のもくろみは、ヒューを怖じ気づかせてもっと実用的な仕事に向かわせることだった。その戦術は失敗に終わった。十三歳のとき、ヒューは船の船長になるという決意を宣言したのだ。

一八〇二年、ヒューは十六歳になり、息子が船に乗るために家出することを恐れたウィリアムは、息子の意思を尊重することにした。ウィリアムはロースソーン・アンド・サンズ社の快速帆船のオランダ人船長と知り合いだったので、ヒューを給仕として乗せてくれるよう頼んだ。船長のヨツィアス・ファン・アールツェンには子どもがいなかった。アールツェンは真剣にヒューに対する責任を引き受け、十年間、力を尽くして海での流儀を教え込んだ。一八一二年に船長が死んだとき、ヒューは一等航海士になっていた。

一八一二年戦争によって、ロースソーン・アンド・サンズ社とイギリスとの伝統的な取引が中断された。会社はすぐに多角化し、危険だがカネになる新しい事業――封鎖破りの輸送――に乗り出した。戦争中のヒューは速い快速帆船でイギリスの軍艦を巧みにかわしながら、カリブ海の港から要塞化したアメリカの港までラムや砂糖を運んでいた。一八一五年に戦争が終わっても、ロースソーン・アンド・サンズ社はカリブ海での事業を継続し、ヒューは小さな貨物船の船長になった。

三十一歳になったばかりの夏、ヒューはエリザベス・ファン・アールツェンと出会った。

エリザベスは十九歳で、ヒューを教育した船長の姪だった。ロースソーン・アンド・サンズ社は独立記念日の祝賀会を主催し、そこではラインダンスが行なわれてキューバのラムがふるまわれた。列になって踊るダンスのスタイルは会話には向かないが、めまぐるしくてスリル満点の短いやりとりがたくさん生まれる。グラスは、どこか自信たっぷりで挑戦的なエリザベスに独特なものを感じた。気がつくと、グラスはすっかり魅了されていた。

翌日、グラスはエリザベスを訪ね、それからはフィラデルフィアに入港するたびに訪ねるようになった。エリザベスは旅慣れていて教養があり、遠く離れた人々や場所について話題が豊富だった。すべてを話さなくても、たがいに相手の考えていることがわかった。そして、相手の話によく笑った。フィラデルフィアを離れている時間がグラスにとっては拷問になり、航海のあいだは朝の太陽のきらめきにエリザベスの瞳を、月明かりにその青白い肌を思い出した。

一八一八年五月のうららかな日、制服の胸ポケットにヴェルヴェットの小袋を入れ、グラスがフィラデルフィアに帰ってきた。袋の中身は、繊細な金の鎖がついた輝く真珠だった。グラスはそれをエリザベスに贈り、結婚を申し込んだ。二人は、その夏に結婚式を挙げることにした。

一週間後、グラスはキューバに発った。キューバに着くと、グラスはハバナの港で足止めを食らってしまった。百樽のラムの引き渡しが遅れ、それをめぐる地元の紛争が解決するのを待たなければならなかったのだ。ハバナに来て一か月後、ロースソーン・アンド・サンズ社の別の船が到着した。その船が、父が亡くなったという母からの手紙を運んできた。母はグラスに、すぐにフィラデルフィアに帰ってきてほしいと懇願していた。

ヒューは、ラムをめぐる紛争の解決には何か月もかかると思った。そのあいだにフィラデルフィアへ行き、財産分与を済ませてからキューバへ戻ることができる。もしもキューバでの法的手続きがもっと迅速に進んだら、そのときは一等航海士が船の指揮をしてフィラデルフィアへ戻ればいい。グラスは、その週にボルティモアへ向けて出航するスペイン人貿易商のボニータ・モレーナ号を予約した。

結局、スペイン人の貿易商はフォートマクヘンリーの防衛線を越えることができなかった。そして、グラスは二度とフィラデルフィアを見ることがなかったのだ。ハバナから一日航海しただけで、旗を掲げていない船が水平線に現われた。ボニータ・モレーナ号の船長は逃げようとしたが、のろのろしたその船は速い海賊のカッター型帆船の敵ではなかった。カッター型帆船は貿易船の横に並び、ブドウ弾を装填した五門の大砲で攻撃してきた。五人の船員が甲板で殺され、船長は帆を下ろした。

船長は、船を明け渡せば命は助かると思っていた。ところが、そうは問屋が卸さなかった。二十人の海賊がボニータ・モレーナ号に乗り込んだ。首領は金歯と金の鎖をつけた黒《ム》人と白人《ラート》の混血で、その男は後甲板に礼儀正しく立っている船長に近づいた。

首領はベルトから拳銃を抜き、船長の頭をまっすぐ狙って撃った。乗組員や乗客はショックを受けて立ち尽くし、自分の運命を覚悟した。ヒュー・グラスはそのなかに立ち、海賊と海賊船を見つめていた。海賊たちは、クレオール語、フランス語、英語をごたまぜに話している。グラスは彼らをバラタリアン——ジャン・ラフィットという海賊の勢力を拡大している組織に属する歩兵——ではないかと思ったが、果たしてそれは正しかった。

一八一二年戦争以前、ジャン・ラフィットは何年間もカリブ海を荒らしまわっていたが、ラフィットの標的が主にイギリス船だったので、アメリカ人はほとんど注意を払わなかった。一八一四年、ラフィットはイギリスへの憎しみを晴らすことを正当化する道を発見した。サー・エドワード・パケナム少将の指揮で、ワーテルローの戦いを経験した六千人のイギリス兵がニューオーリンズを包囲したのだ。アメリカ軍を指揮するアンドリュー・ジャクスン将軍は、敵の数が五対一で味方の数を上回っていることに気づいた。ラフィットがバラタリアンの参戦を申し出たとき、ジャクスンは身元の照会すらしなかった。ラフィットとその部下は、ニューオーリンズの戦いで勇猛果敢に戦った。アメリカ軍の勝利に高揚したジャクスンがラフィットの過去の罪の全面的な赦免を進言すると、マディスン大統領は即座に承認した。

ラフィットに自分の天職を捨てる意思はなかったが、彼は主権者の後ろ楯のありがたみを知った。当時、メキシコはスペインと戦争をしていた。ラフィットはガルヴェストン島に居留地を設置してカンペチェと名付け、メキシコシティーに戦争協力を申し出た。メキシコ人はラフィットとその小規模な海軍に権限を委任し、あらゆるスペイン船への攻撃を認可した。ここで、ラフィットは略奪のライセンスを手に入れたというわけだ。

この協定の非情な現実が、いま、ヒュー・グラスの目の前で繰り広げられている。二人の船員が致命傷を負った船長を助けようとして足を踏み出すと、この二人も撃たれてしまった。ひとりの年老いた未亡人を含む三人の女性客はカッター型帆船に連れていかれ、そこでは好色な目をした海賊たちが三人を出迎えた。海賊の一団が積荷を調べるために船内に入り、別の一団がさらに念を入れて乗組員や乗客の値踏みをはじめた。二人の初老の男とひとりの太った銀行家が、所持品を身ぐるみはがれて海に突き落とされた。

ムラートの海賊はフランス語に加えてスペイン語も話すことができた。男は捕らえた乗組員の前に立ち、彼らに残された選択肢を説明した。スペインを捨てる意思のある者は、誰でもジャン・ラフィットの仲間に加わることができる。その意思のない者はすべて、船長の仲間に加わることになる。生き残った十人あまりの船員はラフィットを選んだ。半数はカッター型帆船に連れていかれ、残りの半数はボニータ・モレーナ号に乗っている海賊に加わった。

グラスはスペイン語をほとんど話せなかったが、ムラートが突きつけた最後通牒の内容は理解できた。男が拳銃を手にしてグラスに近づいてくると、グラスは自分を指してひと言フランス語で言った。「船員《マラン》」

ムラートは無言で値踏みするようにグラスを見つめた。口の端に面白がっているような笑みが浮かび、男が口を開いた。「役に立つのか《ア・ボン》？ オッケー、ムシュー・ル・マラン、船首三角帆《イセ・ル・フォク》を上げろ」

グラスは必死で自分の未熟なフランス語の隅から隅までくまなく探したが、〝イセ・ル・フォク〟の意味は見当もつかなかった。だが、これまでの流れから、ムラートのテストに合格するには一か八かの大勝負が必要だということははっきり理解していた。この難問は船員としての信用証明も兼ねているにちがいない、そう思ったグラスは自信たっぷりに大股で船首へ向かい、船を風に乗せる三角帆の綱に手を伸ばした。

「上出来《ビアン・フェ》だ、ムシュー・ル・マラン」ムラートが言った。それは一八一九年八月のことだ。ヒュー・グラスは海賊になった。

グラスはもう一度、フィッツジェラルドとブリッジャーが姿を消した林のすき間を見つめた。二人のしたことを考えると怒りがこみ上げ、すぐにも二人を追いたいという切実な思いがよみがえった。だが、いまは体力の衰えも感じていた。熊に襲われてからはじめて、頭がはっきりしている。はっきりすると同時に、自分の危険な状況がわかってきた。

グラスは不安におののきながら傷を調べはじめた。左手で頭皮の縁をなぞってみた。泉の水たまりにぼんやりと映る自分の顔がちらりと目に入り、危うく熊に頭皮を剝がれるところだったことがわかった。グラスは決してうぬぼれの強い男ではないし、とくに現在の状況ではこの外見など問題にならないと思った。もしも生還できたら、この傷痕のおかげで仲間から並々ならぬ尊敬を集めることすらできるかもしれない、そう思ったのだ。

本当に心配なのは喉だった。喉の傷は泉に映してもぼんやりとしか見えないので、指でそっと確かめるほかない。ブリッジャーの湿布は、前日の短い移動ではがれ落ちてしまった。グラスは縫合された傷口に触れ、ヘンリー隊長のつたない外科技術に感謝した。襲撃のあとで隊長がグラスを治療していたことはおぼろげに覚えているが、細かい部分やその順序はいまも曖昧なままだった。

首を下の方へ伸ばすと、肩から喉へかけての爪痕が見えた。熊はグラスの胸と上腕の筋肉に深い引っ搔き傷を残していた。ブリッジャーの松根タールが傷を塞いでいる。いくらか回復しているように見えるが、筋肉の鋭い痛みで右腕を上げることはできなかった。グラスは松根タールを見てブリッジャーのことを考えた。少年が傷の手当をしていたのを思い出した。だが、グラスの頭にこびりついているのは、手当をしているブリッジャーの姿ではなかった。そのかわり、盗んだナイフを手にして空き地の端で振り返ったブリッジャーの姿が目に浮かんだ。

グラスはヘビに目をやって思った。（あのナイフさえあれば）ガラガラヘビはまだ動い

ていなかった。グラスは、これ以上フィッツジェラルドとブリッジャーのことを考えまいとした。（いまのところは）

グラスは右脚に視線を落とした。太腿の刺し傷にブリッジャーのタールが塗りつけられている。その傷もかなりよくなっているように見えた。グラスはおそるおそる脚を伸ばした。脚は死体のように硬直している。試しに、体重を移動してからだの片側をすこし浮かせてから脚に力をかけてみた。傷から外側に向かって、耐えがたいほどの痛みが広がった。脚が重みに耐えられないのは明らかだった。

最後に、グラスは左手で背中の深い傷を探った。指で探りながら数えると、平行な傷が五本見つかった。べたべたする松根タールと縫合糸とかさぶたが手に触れる。その手を見ると、新しい血液がついていた。傷は腰からはじまり、背中の上の方へ行くに従って深くなっている。もっとも深い部分は肩胛骨のあいだだが、そこは手が届かなかった。

自分の診察を終えたグラスは、いくつかの客観的な結論に達した。グラスは無防備だ。もしインディアンか動物に見つかったら、まったく抵抗できない。空き地にとどまっているわけにはいかないのだ。何日この野営地にいたのかはっきりしないが、人目につかないこの泉は付近のインディアンによく知られているにちがいない。前日に発見されなかった理由は不明だが、この幸運がいつまでもつづかないことはわかっていた。川が水とインディアンの危険はあるものの、グランド川から離れるつもりはなかった。

食べ物と道案内を提供してくれるのは周知の事実だからだ。だが、ひとつ重大な問題がある。上流へ向かうべきか、それとも下流へ向かうべきか？　いますぐ裏切り者の追跡に出発したいのはやまやまだが、それが愚行だということはわかっている。敵の土地で武器も持たず、仲間もいなかった。熱と空腹で体力がない。そして、歩くこともできないのだ。一時的にせよ後退を考えるのは苦痛だったが、ほかに現実的な選択肢がないのもわかっていた。三百五十マイル下流のホワイト川とミズーリ川の合流点に、フォートブラゾーの交易所がある。そこまで行くことができたら、ふたたび装備を調えて本格的に追跡をはじめればいい。

（三百五十マイルか）健康な男で天候に恵まれれば、二週間で踏破できる。（おれは一日にどれくらい這うことができるだろう？）見当もつかないが、一か所にじっとしているつもりはなかった。片腕と片脚は炎症を起こしていないようだし、きっと時間とともに回復するだろう。グラスは、松葉杖を使えるようになるまで這っていくつもりだった。たとえ一日に三マイルしか進めなくても、それはそれで仕方がない。その三マイルが自分の前にあるより、うしろにあるほうがいい。それに、動いていれば食物が見つかる可能性も増すだろう。

ムラートと、男が分捕ったスペイン船は、カンペチェにあるラフィットの海賊の居留地を目指し、ガルヴェストン湾に向かって西へ進んでいた。ニューオーリンズの百マイル南で、彼らは別のスペイン商船を襲った。ボニータ・モレーナ号のスペイン国旗を隠れ蓑に、獲物を大砲の射程距離内へおびき寄せたのだ。新しい犠牲者のカスティリャーナ号に乗り移ると、海賊たちはまた野蛮な行為を繰り返した。今回は大砲のつるべ撃ちでカスティリャーナ号の喫水線の下に穴が開いたので、事態はより緊迫していた。カスティリャーナ号は沈みかけていた。

海賊たちは運がよかった。カスティリャーナ号は、小火器を積んでセビリャからニューオーリンズへ向かっていたのだ。船が沈むまえに銃を運び出すことができれば、莫大な利益を手にできる。ラフィットは大喜びするにちがいない。

一八一九年にはテキサスの開拓が本格的にはじまり、ガルヴェストン島のジャン・ラフィットの海賊居留地は入植地に補給するために仕事に精を出していた。リオグランデ川からサビーン川のあいだにいくつもの町が生まれ、そのすべてが食糧を必要としていたのだ。ラフィット独自の商品の入手方法は仲介者を排除した。はっきり言えば、仲介者を潰滅させたのだ。従来の貿易業者にはまねのできないこの競争力のおかげでカンペチェは繁栄し、様々な種類の密輸業者、奴隷商人、海賊、そのほか違法取引に寛容な環境を求めるすべての者を引きつけるようになっていった。テキサスの不確かな情勢も、カンペチェの海賊たちを外圧から守るのに役立った。スペイン船への襲撃はメキシコに利益を与え、スペインには抗議する力がなかった。アメリカ合衆国は当分のあいだ黙認するつもりだった。なんと言っても、ラフィットはアメリカ船には決して手出しをしなかったし、しかも、彼はニューオーリンズの戦いの英雄だったからだ。

ヒュー・グラスは身体的に拘束されているわけではないが、ジャン・ラフィットの犯罪組織によって完全に自由を奪われていた。船の上では、どんな形の反乱も死を招く。何度もスペイン商船の襲撃にかかわったグラスの経験から、反対意見に対する海賊たちの見解は明らかだった。グラスは自分の手による流血をなんとか避けてきたが、そのほかの行為は宿命論によって正当化していた。

そのうえ、カンペチェに上陸しているときも、無理なく逃亡できる機会はまったくなかった。島ではラフィットが全権を握っている。湾を挟んだテキサス本土の主な住人は、人食いの風習で有名なカランカワ族のインディアンだ。カランカワ族のテリトリーの向こうには、トンカワ族、コマンチ族、カイオワ族、そして、オセージ族がいる。これらの部族が白人を食べることは少ないが、決して温かくもてなすこともない。ところどころに存在する文明地域にはいまも多くのスペイン人がいて、海岸から上がっていく者は誰でも海賊として絞首刑にするらしい。メキシコ人の盗賊やテキサス人の自警団が、本土の混乱に最後の味付けをしているというわけだ。

結局、海賊の繁栄を黙認しようという文明世界の意向には限界があった。もっとも意義深いのは、合衆国がスペインとの関係を改善する決断をしたことだ。この外交上の試みは、多くは合衆国の領水で行なわれたスペイン船への度重なる襲撃のせいで、いっそう難しくなっていた。一八二〇年十一月、マディスン大統領は、ラリー・カーニー大尉の率いる二本マストの縦帆式軍艦エンタープライズ号とアメリカ海軍の艦隊をカンペチェへ送り出した。カーニー大尉はラフィットに明快な選択肢――島を出るか、粉々に吹き飛ばされるか――を提示した。

ジャン・ラフィットはならず者かもしれないが、実利主義者でもあった。持ち船に運べるかぎりの略奪品を積んでカンペチェに火を放ち、自分の海賊船《バカニーア》で出港したあと、二度と歴史の舞台に姿を現わさなかった。

その十一月の夜、ヒュー・グラスは大混乱のカンペチェの通りに立ち、自分の将来の進路について急いで決断を下した。逃げる海賊たちと行動をともにするつもりはなかった。かつては自由ということばと同義語だと思っていた海が、小さな船のなかに限定されたものにしか思えなくなっていたのだ。グラスは新しい方向へ舵を切る決意をした。

真っ赤に燃える炎が、カンペチェの最後の夜をこの世の終わりを思わせる輝きで包み込んだ。男たちはあちこちの建物に群がり、手当たり次第に金目のものを奪っていった。島ではもともと酒に不自由したことはないが、とくにこの夜はふんだんにふるまわれた。略奪品をめぐるいさかいはすぐに銃で解決し、町には断続的な小火器の爆発音があふれた。

アメリカ艦隊が町を砲撃しようとしている、というでたらめな噂が広まった。男たちは出航しようとしている船によじ登ろうとして狂ったように争い、乗組員たちは役に立たない乗客を剣と拳銃で追い落とした。

どこへ行こうかと考えていたグラスは、アレクサンダー・グリーンストックという男に出会った。グリーンストックはグラス同様、船が乗っ取られて無理やり働かされている捕虜だった。最近のメキシコ湾での急襲に、グラスはこの男とともにかかわっていた。「南海岸に小舟《スキフ》があるのを知ってるぞ」グリーンストックが言った。「おれはそれで本土へ行くつもりだ」数少ない選択肢のなかで、本土での危険はほかのものよりましに思えた。グラスとグリーンストックは、慎重に道を選んで町を通り抜けた。狭い道路を進んでいく二人の前に、樽や木箱を不安定に積み上げた一頭引きの荷車に三人の重装備の男が乗っているのが見えた。ひとりが馬に鞭を当て、あとの二人は略奪品の上から見張りをしている。荷車が石にぶつかり、木箱のひとつが地面に転がり落ちて壊れた。男たちは落ちた木箱に目もくれず、船に乗り遅れまいとして大急ぎで走っていった。

木箱の上には、〝ペンシルヴェニア、カッツタウン〟と書かれていた。中身は、ジョゼフ・アンシュタット鉄砲鍛冶店製の新品のライフルだった。グラスとグリーンストックは、自分たちの幸運が信じられない思いで一挺ずつ手に取った。そして、数少ない燃え残った建物のなかを探しまわり、やっと、銃弾と火薬と、交易に利用できる小さな装身具を見つけた。

島の東端を廻ってガルヴェストン湾を横切るには、ほとんど一晩中漕ぎつづけなければならなかった。燃えさかる入植地の明かりが水面に踊り、まるで湾全体が輝いているようだった。アメリカ艦隊の巨大な輪郭と、逃げていくラフィットの船がはっきりと見えた。本土の海岸から百ヤードのところまで来たとき、島で大爆発が起こった。グラスとグリーンストックが振り返ると、ジャン・ラフィットの住居兼兵器庫の〝メゾン・ルージュ〟から、キノコのような炎が噴き上がっていた。二人は最後の数ヤードを漕ぎ終え、浅い波打ち際に飛び降りた。グラスは歩いて上陸し、二度と海に戻らなかった。

この先の計画も行く当てもないまま、二人はゆっくり道を選んでテキサスの海岸を歩いていった。どちらへ行きたいかより、どちらを避けたいかによって進路を決めた。カランカワ族のことがたえず気がかりだった。海岸にいるのは無防備に思えたが、鬱蒼とした籐《トウ》のジャングルや沼のようなバイユーを思うと内陸に入る気にはなれなかった。スペインの部隊も心配だし、アメリカの軍艦も心配だった。

歩きはじめて七日後、遠くにナコドチェスの小さな前哨地が見えてきた。アメリカ軍によるカンペチェ襲撃のニュースが、すでに広まっているにちがいない。土地の者はガルヴェストンの方向から近づいてくる者をすべて逃亡した海賊とみなし、見つけたらすぐ絞首刑にするつもりだろう。グラスは、ナコドチェスがスペイン包領のサン・フェルナンド・

デ・ベハールの入口だということを知っている。二人はこの村を避けて奥地へ進むことにした。海岸から離れたところなら、カンペチェでの出来事はあまり知られていないだろうと思ったのだ。

二人の期待は外れた。六日後、二人はサン・フェルナンド・デ・ベハールに到着し、たちまちスペイン人に捕らえられた。窮屈な監房で一週間過ごしたあと、二人は地元の判事、ファン・パラシオ・デル・バリェ・レルスンディ少佐の前に引き出された。

パラシオ少佐はうんざりした顔で二人を見つめた。少佐は幻滅した軍人で、スペインが負けるとわかっている戦いの終盤、気がつくと、時代に取り残されたほこりっぽい場所の管理者になっていた自称征服者《コンキスタドール》だった。パラシオ少佐は目の前の二人を見つめ、もっとも無難な道は絞首刑を宣告することだと思った。二人はスペイン船で旅行中にラフィットに捕らえられたと主張しているが、ライフルと衣類だけを背負って海岸から歩いてきたところをみると、おそらく海賊かスパイにちがいない。

だが、パラシオ少佐は絞首刑を行なう気分ではなかった。一週間前、歩哨中に眠り込んだ罪で、違反行為の罰としては禁じられている死刑を若いスペイン兵に宣告していたのだ。その絞首刑で少佐はひどく気が滅入り、この一週間の大半を地元の神父《パードレ》への告解で過ごした。パラシオ少佐は二人の囚人を見つめ、彼らの話に耳を傾けた。この話は真実だろうか？　どうしたらそれが確かめられるのか？　確かめられないなら、どんな権限で二人の生命を奪えるのか？

パラシオ少佐はグラスとグリーンストックに取引を持ちかけた。ひとつの条件――北へ向かうこと――を呑めば、二人は釈放されてサン・フェルナンド・デ・ベハールを出ることができる。パラシオ少佐が恐れているのは、二人が南へ向かって別の部隊に捕らえられることだった。海賊を放免したといって叱責されるのは、何より避けたかったのだ。二人ともテキサスについてはほとんど何も知らなかったが、グラスは急に元気づき、すぐに大陸の奥地へとコンパスも持たない旅に出発することにした。

というわけで、二人は北東へ向かった。きっとどこかで、偉大なミシシッピ川にぶつかると思ったのだ。グラスとグリーンストックは千マイル以上もさまよい歩き、無防備なテキサスの平原を生き抜いた。獲物は豊富で、ときには何千頭もの野生の牛に出会うこともあったので、食べ物に困ることはめったになかった。危険なのは敵意のあるインディアンのテリトリーが連続していることだ。カランカワ族のテリトリーを無事に通り抜けた二人は、コマンチ族、カイオワ族、トンカワ族、オセージ族もうまく避けていった。

二人の運が尽きたのは、アーカンソー川の川岸だった。ちょうどバッファローの子どもを仕留めたところで、それを解体する準備をしていた。馬に乗った二十人のループ・ポーニー族が銃声を聞きつけ、蹄の音をとどろかせてなだらかな丘を越えてきた。樹木の生えていない平原には、隠れる場所はおろか岩さえない。馬のない二人に勝ち目はなかった。

グリーンストックが愚かにも銃を上げ、突進してくる戦士のひとりが乗っている馬を撃った。つぎの瞬間、グリーンストックが倒れ、その胸から三本の矢が突き出ていた。グラスの腿にも一本の矢が刺さっていた。

グラスはライフルを構えようともしないで、十九頭の馬が自分の方へ疾走してくるのを魅入られたように見つめていた。一瞬、先頭の馬の胸に塗られた塗料と青空に映える黒髪が目に入ったが、一撃棒《クーステイック》の丸い石が自分の頭を直撃するのはほとんど気づかなかった。

グラスはポーニー族の村で目を覚ました。頭がずきずき痛み、グラスは地面に打ち込まれた杭に首を繋がれていた。手首と足首も縛られていたが、両手を動かすことはできる。子どもたちがグラスの周りに群がり、グラスが目を開けると、興奮してしゃべりだした。

逆立てた髪を固めた年老いた首長が近づき、目の前の奇妙な男を見下ろした。男は首長が見たことのある数少ない白人のひとりだった。キッキング・ブルというその首長が、グラスには理解できないことばで何かを言うと、集まったポーニー族は明らかに大喜びで歓声を上げたり怒鳴ったりした。グラスは村の中央にある大きな円の端に横たわっている。かすんだ目の焦点が合ってくると、円の真ん中に丁寧に積み上げられた火葬用の薪が目に留まり、グラスはすぐにポーニー族の大喜びの原因に気づいた。ひとりの老婆が子どもたちを怒鳴りつけた。子どもたちが逃げていき、ポーニー族たちは儀式用の盛大な焚火の準備をするために散っていった。

ひとり残されたグラスは、自分の状況を見きわめようとした。集落の景色が二重に見え、目を細めたり片目をつぶったりしたときだけ像がひとつになる。脚に視線を向けると、ポーニー族は親切にも矢を抜いてくれていた。矢はたいして深く刺さったわけではないが、逃げるとしたら確実にグラスの足枷になるだろう。つまり、グラスはろくに目が見えず、走ることはおろか歩くこともままならなかったのだ。

グラスはシャツの前ポケットを軽く叩き、辰砂《しんしゃ》の塗料が入った小さな容器を落としていないのを確かめてほっとした。辰砂は、カンペチェから逃げるときに手に入れた数少ない交易品のひとつだった。グラスは自分の動きを見られないように横向きになると、容器を取り出してそれを開け、粉のなかに唾を吐いて指でかき混ぜた。つぎに、額からシャツの襟元まで、塗り残しのないように注意して塗料を顔に塗り広げた。さらに、濃い塗料をたっぷり取って両手の手のひらにすり込んだ。そして、小瓶の蓋を閉め、からだの下の砂地に埋めた。すべてが終わると、グラスは腹這いになり、片方の腕を曲げてその内側に顔を隠した。

死刑執行準備の興奮した様子に聞き耳をたてながら、グラスはインディアンが連れにくるまでその姿勢でじっとしていた。夜のとばりが下りたが、ポーニー族の集落の真ん中にある円は巨大な炎で明るく照らされていた。

自分の行為はある種の象徴的な最後の意思表示だったのか、それとも実際に起こった効果を本気で期待していたのか、本当のところはグラスにもよくわからない。未開人はたいてい迷信深い、という話は聞いたことがある。いずれにしても、効果は絶大だった。そして、結局、それがグラスの生命を救うことになった。

ポーニー族の二人の戦士とキッキング・ブル首長が、グラスを火葬用の薪のところへ連れていこうとして近づいてきた。グラスが顔を伏せているのを見ると、三人はグラスが怯えているせいだと思った。キッキング・ブルは杭につながれた縄を切り、二人の戦士がグラスの肩に手をかけて引き起こそうとした。グラスは腿の痛みもかまわず跳ね起き、首長や戦士や集められた住民に顔を向けた。

集められたポーニー族たちは、衝撃のあまり口をあんぐり開けてグラスの前に立ち尽くした。グラスの顔全体が血のように真っ赤で、まるで皮を剝がれたようだった。目の白い部分が、炎の明かりを浴びて秋の月のように光っている。大部分のインディアンは白人を見たことがないので、グラスの豊かな顎鬚が魔物のように思えた。グラスがひとりの戦士を平手で叩くと、その胸に朱色の手形がくっきりと残った。住民たちは一斉に息を呑んだ。長い静寂がつづいた。グラスがポーニー族を見つめ、ポーニー族は茫然としてグラスを見つめ返していた。自分の策略がうまくいったことにいくぶん驚きながら、グラスはつぎにどうすべきかを考えた。インディアンのなかに、不意に平静を取り戻す者がいるかもしれない、そう思うとぞっとした。グラスは大声で叫びはじめることにしたが、ほかに言うことを思いつかなかったので、甲高い声で主の祈りを唱えはじめた。

「天にまします我らの父よ、願わくは御名《みな》を……」

キッキング・ブル首長は、すっかり当惑して目を丸くしていた。これまで数えるほどの白人しか見たことがないが、この男はどうやら一種の黒魔術師らしい。そう考えると、この男の奇妙な歌が部族全体に何かの魔法をかけているように思えた。

グラスは大声でつづけた。「国と力と栄えとは、かぎりなく汝のものなればなり。アーメン」

白人がようやく叫ぶのをやめた。疲れ切った馬のように、肩で息をしながら立ち尽くしている。キッキング・ブル首長は周囲を見まわした。住民たちが、首長と狂気じみた悪魔の男を交互に見つめていた。キッキング・ブル首長には部族民たちの非難が感じ取れた。首長は部族に何をもたらしたんだ？　いまや、行動方針の転換を迫られていた。

キッキング・ブル首長はゆっくりとグラスに近づき、その前で足を止めた。そして、自分の首の周りに手を伸ばし、一対のタカの足がぶら下がっている首飾りを外した。首長は首飾りをグラスの首にかけ、探るような表情で悪魔の男の目をのぞき込んだ。

グラスは自分の前にある円の内側に目を向けた。円の中央にある火葬用の薪の近くに、ヤナギを編んで作った四脚の低い椅子が並んでいる。明らかにグラスの火あぶりの儀式という大がかりな見世物の特等席だ。グラスは足を引きずりながらそこまで歩いていき、一脚の椅子に腰を下ろした。キッキング・ブル首長が何かを言うと、二人の女が慌てて食べ物と水を持ってきた。つぎに、首長は胸に朱色の手形のついた戦士に何かを命じた。戦士は矢のように走り去ったかと思うと、アンシュタットを手にして戻り、それをグラスの横の地面に置いた。

アーカンソー川とプラット川に挟まれた平原で、グラスはループ・ポーニー族とともに一年近く暮らした。最初は遠慮がちだったキッキング・ブルだが、それを乗り越えてからはこの白人を息子のように扱った。未開の地で生き延びる方法について、カンペチェからの長旅で学ばなかったことを、グラスはその一年でポーニー族から学んだのだ。

一八二一年には、たまに白人がプラット川とアーカンソー川のあいだの平原を旅するようになっていた。その年の夏、グラスが十人のポーニー族と狩りをしていると、荷馬車に乗った二人の白人に出くわした。ポーニー族の仲間に待っていろと言い残し、グラスはゆっくりと馬で近づいた。男たちは、合衆国インディアン問題監督官のウィリアム・クラークに派遣された連邦職員だった。クラークは周辺のあらゆる部族の首長を、セントルイスに招待していたのだ。政府の誠意を示すため、荷馬車には贈り物――毛布、縫い針、ナイフ、鋳鉄製のポットなど――が積まれていた。

三週間後、グラスはキッキング・ブルとともにセントルイスに着いた。

セントルイスは、グラスを引きつける二つの力の境界にある。東からは、自分と文明社会——エリザベスや家族、仕事やグラスの過去——を結びつける強い力をあらためて感じた。西には、〝未知の土地〟や、よそにはない自由や、新しい出発という興味をかき立てる魅力がある。グラスはフィラデルフィアに三通の手紙を出した。エリザベスと母親、そして、ロースソーン・アンド・サンズ海運会社に宛てたものだ。そして、ミシシッピ船舶会社の事務員をしながら返事を待った。

返事が来るまでに、六か月以上かかった。一八二二年の三月上旬、弟からの手紙が届いた。手紙によると、母は父の死から一か月も経たないうちに、あとを追うように亡くなったという。

まだ先があった。「悲しいことですが、エリザベスが亡くなったことも伝えなければなりません。今年の一月、エリザベスは熱病にかかり、懸命に病気と闘いましたが、ついに帰らぬ人となってしまいました」グラスは椅子に崩れ落ちた。顔から血の気が失せ、自分も病気になるのではないかと思った。グラスはつづきを読んだ。「エリザベスは母さんの近くで眠っています。このことが、せめて兄さんの慰めになることを願っています。また、兄さんに対するエリザベスの貞節が揺らぐことは決してありませんでした。私たちみんなが、兄さんは亡くなったものと信じたときすらそうだったのです」

三月二十日、グラスがミシシッピ船舶会社の事務所に行くと、男たちの一団が《ミズーリ・リパブリカン》紙の広告を囲んでいた。ウィリアム・アシュリーが、ミズーリ川上流を目指す毛皮猟の遠征隊員を募集しているのだ。

一週間後、ロースソーン・アンド・サンズ海運会社から、フィラデルフィアとリヴァプールのあいだを運航するカッター型帆船の船長にグラスを任命したいという手紙が届いた。四月十四日の夜、グラスはその申し出をもう一度読み返してから火のなかに投げ入れ、炎が過去の生活との最後の具体的な絆を焼き尽くすのを眺めた。

翌朝、ヒュー・グラスは、ヘンリー隊長やロッキーマウンテン毛皮会社の隊員たちともに旅立った。三十六歳のグラスは、もはや自分を若者とはみなしていなかった。若者と違って、失うものが何もないとは思わなかった。西へ行くというグラスの決断は軽はずみなものでも強制されたものでもなく、グラスの人生のあらゆる場面で行なわれた選択と同じように、熟慮に熟慮を重ねた結果だった。だが、理由をはっきり説明することはできなかった。それは、理屈ではなく感覚でわかっているものだからだ。

弟へ宛てた手紙のなかで、グラスは書いている。「これまでの人生で経験のないほど、私はこの試みに強く引き寄せられている。理由ははっきり説明できないが、この行動が正しいことを確信しているのだ」

第八章

一八二三年九月二日——午後

グラスはもう一度ガラガラヘビをじっくり眺めた。ヘビは相変わらずじっと横たわったまま、獲物の消化に専念している。グラスが意識を取り戻してから、ヘビは一インチたりとも動いていなかった。（食べ物だ）

水のしみ出す泉で喉の渇きが癒やされると、グラスは不意に我慢できないような空腹に襲われた。最後に食事をしてからどれくらい経ったのかわからないが、最低限の栄養すら摂《と》っていないために手が震えている。頭を持ち上げると、自分を中心に空き地がゆっくり回りだした。

悪夢のイメージがいまも生々しいヘビに向かって、グラスは慎重に這っていった。ヘビから六フィート足らずのところまで近づいて動きを止め、クルミ大の石を拾い上げた。左手を使って石を転がすと、石は弾みながら転がってヘビのからだにぶつかった。ヘビは動かなかった。グラスはこぶし大の石を拾い、手の届くところまで這っていった。ヘビはのろのろと茂みに向かったが、もはや手遅れだった。グラスは石をヘビの頭に叩きつけ、死んだことを確信するまで繰り返し叩きつづけた。

ガラガラヘビを殺したものの、つぎの難問ははらわたを抜くことだった。グラスは野営地を見まわした。グラスの手回り品を入れるカバンが空き地の端に転がっている。そこでカバンのところまで這っていき、中身の残りを地面にぶちまけた。ライフルの手入れをする布切れが数枚、カミソリがひとつ、二つのタカの足がついたビーズの首飾り、そして、六インチもあるグリズリーのかぎ爪が入っていた。グラスはかぎ爪を取り上げ、その先端に厚くこびりついた血に目を凝らした。そして、どうしてそこに入っていたのか不思議に思いながらかぎ爪をカバンに戻した。火口《ほくち》に使えるかもしれないと思って布切れを拾い上げたが、本来の目的に使えないことを思うと悔しさがよみがえった。カミソリを見つけたのは収獲だった。その刃は脆弱で武器にはならないが、様々な用途に役立つかもしれない。さっそくヘビの皮を剝ぐのに使える。グラスはカミソリをカバンに入れ、肩にかけてヘビのところまで這い戻った。

ヘビの血まみれの頭にはすでにハエがたかっていた。グラスはハエよりも慎重だった。かつて、切り落とされたヘビの頭が、不運にも好奇心の強い犬の鼻に嚙みついたのを見たことがあるのだ。その不運な犬を思い出し、グラスはヘビの頭に長い棒を置いて左脚で押さえつけた。右腕を持ち上げると肩に激しい痛みが走るが、手の動きは正常だった。グラスは右手を使ってカミソリをノコギリのように動かし、ヘビの頭を切り落とした。そして、棒切れで空き地の端に向かって頭をはじき飛ばした。

グラスはヘビの首のところから腹を切り裂きはじめた。カミソリはすぐに切れ味が悪くなり、一インチごとに役に立たなくなっていく。ヘビの肛門までの五フィート近い長さを、グラスはやっとのことで切り終えた。グラスはヘビのからだを開き、内臓を抜いて脇に捨てた。つぎに、また首のところにカミソリを当て、鱗のある皮を筋肉から剝がしていった。

目の前の肉がぴかぴか光り、飢えに直面したグラスにはたまらなく魅力的だった。

グラスはヘビにかぶりつき、トウモロコシの穂を食べるように生肉をかみ切ろうとした。そして、ようやくひと切れの肉を食いちぎった。弾力のある肉を噛んでみたが、歯で嚙み砕くことはほとんどできなかった。空腹のことしか頭にないグラスは、肉を丸呑みするという間違いを犯した。それが傷ついた喉を通るとき、大きな生肉のかたまりが石に思えた。痛みで吐き気を催した。グラスは咳き込み、一瞬、肉のかたまりで窒息するかと思った。やがて、ついに肉が喉を通った。

グラスは教訓を学んだ。それから日暮れまでずっと、グラスはカミソリで肉を小さく切り取り、二つの石のあいだで強靭な肉を叩き潰してから、ひと口ずつ泉の水で流し込んだ。その食べ方は根気のいる方法で、しかも、尻尾まで食べてもまだ腹が減っていた。つぎの食事がこれほどたやすく手に入るとは思えないので、それが気がかりだった。日が落ちる直前に、グラスはヘビの尾の先端の音を出す脱皮殻を調べてみた。殻は十個あった。ヘビが生きているあいだ、殻は一年に一個ずつ増えていく。グラスはこれまで、十個もの脱皮殻を持つヘビを見たことがなかった。（十年、長い時間だ）グラスは、残忍な性質のおかげで十年間も生き延びて成長したヘビのことを考えた。ここまで成長してから、一瞬、寛容でない環境に身をさらすというただ一度の失敗で生命を落とし、心臓が止まるか止まらないうちに食い尽くされたわけだ。グラスはヘビの死骸から脱皮殻を切り取り、指でロザリオのようにまさぐった。しばらくして、グラスは脱皮殻をカバンに入れた。それを見るたびに思い出したかったのだ。

あたりは真っ暗になっていた。グラスは毛布をからだの周りに引き寄せ、背中を丸めて眠りに落ちた。

渇きと飢えで、グラスは途切れがちな眠りから目を覚ました。からだの傷という傷が痛んだ。（フォートブラゾーまで三百五十マイルある）それを考えてはいけないことはわかっている。全体として考えてはいけないのだ。（一度に一マイルずつ考えよう）グラスは、最初の目標をグランド川に定めた。遠征隊が本流をそれて源流をさかのぼったときは意識がなかったが、ブリッジャーとフィッツジェラルドの会話から川は近いと思ったのだ。

グラスはハドソンベイ毛布を引っ張って肩から外した。そして、カミソリを使ってウールの生地から三枚の細長い布を切り取った。一枚目は左膝——負傷していないほうの膝だ——に巻いた。這っていくつもりなら、当て布が必要だ。あとの二枚は、指が動くようにして両手の手のひらに巻いた。残りの毛布は筒状に丸め、その両端にカバンの長い肩紐を巻きつけた。グラスはカバンの口がちゃんと閉まっていることを確かめ、カバンと毛布を背中に載せた。そして、両手が自由に使えるように肩紐を肩にかけた。

ゆっくり時間をかけて小川の水を飲み、グラスは這いはじめた。実際には、這っているというより尺取り虫のような動きにすぎなかった。右腕はバランスをとるのに使えるが、体重を支えることはできない。右脚はからだのうしろに引きずっているだけだ。曲げたり伸ばしたりして筋肉をほぐそうとしたが、その脚は旗竿のようにこわばったままだった。

グラスは自分にできる最高のリズムを刻みはじめた。右腕を横に突き出してバランスをとりながら左半身に体重をかけ、左手を地面について身を乗り出してから左の膝を引き寄せる。そうやって、からだのうしろのこわばった右脚を引きずっていく。何度も何度も、一ヤードずつ。途中で何度か動きを止め、毛布と手回り品のカバンの位置を直した。ぎくしゃくした動きのせいで、荷物をくくっている紐がたえず緩んだ。そうしているうちに、グラスはようやく荷物が動かないようにする結び方を見つけた。

膝と手のひらのウールの布はたびたび調節が必要だが、当面はかなり役に立った。忘れていたのは右脚を引きずる影響だった。足の下の部分はモカシンで保護できるが、足首を守ることはできない。百ヤードも行かないうちに擦り傷ができてしまったので、グラスは止まって毛布を切り、地面に当たる部分に巻く布切れを作った。

小川を下ってグランド川まで行くのに二時間近くかかった。グランド川にたどり着いたときには、不慣れなぎこちない動きのせいで脚も腕も痛くなっていた。グラスは遠征隊が残した古い足跡を見つめ、どういう神の摂理でこの足跡がインディアンに見つからなかったのかと不思議に思った。

グラスに見えるはずもないが、答えは対岸の土手にはっきりと残っていた。もしもグラスが川を渡っていれば、ザイフリボクの茂みのあいだに無数の熊の足跡を発見したはずだ。ちょうど、五人のインディアンの馬の足跡と同じくらい明瞭な足跡だ。グラスはすこしもありがたくないだろうが、皮肉なことに、グラスをインディアンから救ったのはグリズリーだった。フィッツジェラルドと同じように、熊もグランド川のほとりのザイフリボクの茂みを見つけた。熊がその実を腹に詰め込んでいるところへ、アリカラ族の戦士たちが川を上ってきた。実をいうと、インディアンのまだら馬を怖じ気づかせたのは熊の臭いだったのだ。馬に乗った五人のインディアンの姿と臭いに狼狽し、熊は慌てて茂みに逃げ込んだ。戦士たちは熊のあとを追い、対岸の足跡には気づかなかったというわけだ。

身を隠せる松林を出ると、なだらかな孤立した丘《ビュート》と散在するハコヤナギの木立を除いて見渡すかぎり地平線が広がっていた。川沿いに生い茂るヤナギはグラスの前進を妨げるが、昼前の太陽の刺すような暑さはほとんど防いでくれない。グラスは背中や胸に汗が流れるのを感じ、その塩分が傷に染みてずきずき痛んだ。グラスは最後にもう一度、冷たい源流の水を飲んだ。水を飲み込む合間に上流をじっと見つめ、このまま追跡に向かうことをまた考えた。（いまはまだだめだ）

回り道をしなければならないことへの苛立ちは、グラスの決意という熱い鉄に水をかけるようなものだった――決意を固く、ゆるぎないものにしたのだ。グラスは生還を誓った。たとえその目的が自分を裏切った男たちに復讐することだけだとしても。

その日のうちに、グラスはもう三時間進んだ。おそらく二マイルほど進んだだろう。グランド川の岸には、砂地と草むらと岩場が交互につづいている。もしグラスが立ち上がれたら、浅瀬の多い川を何度も渡っていちばん歩きやすい場所を選ぶこともできただろうが。だが、川を渡ることはグラスの選択肢にないので、北側の岸を這っていくしかなかった。岩場はとくに難所で、止まったときにはウールの当て布がぼろぼろになっている。ウールのおかげで擦り傷は免れたが、打撲傷を防ぐことはできなかった。膝と手のひらが青あざだらけで、触れるとひりひりする。左腕の筋肉が痙攣しはじめ、食物不足のせいで震えがくるほど衰弱しているのをあらためて感じた。グラスの思ったとおり、簡単に手に入る獲物には出会わなかった。当面は植物に頼って生きていくしかなさそうだ。

ポーニー族と暮らした日々のおかげで、グラスは平原の植物について幅広い知識を身につけていた。地形が平らになって沼のような水たまりを作っているところには必ずといっていいほど大きなガマの茂みがあり、四フィートほどある細い緑色の茎の先に毛で覆われた茶色の穂をつけている。グラスは棒を使ってガマの地下茎を掘り起こし、外側の皮をむいて柔らかな若い茎を食べた。ガマが密集しているような沼地には蚊も多い。グラスの頭や首や腕のむき出しの皮膚の周りでは、蚊が絶え間なく羽音を立てていた。はじめのうち、グラスは蚊のことも忘れてガマの茂みで貪欲に茎を掘り起こした。やがて、ようやくグラスの空腹が和らいだ。というより、少なくとも蚊に刺されることが気になる程度には空腹が満たされた。グラスはさらに百ヤード川を下った。この時間に蚊から逃れることはできないが、湿地のよどんだ水から離れたところでは、蚊が少ないのだ。

グラスは三日間、這いながらグランド川を下っていった。相変わらずガマは豊富だし、食べられることがわかっている植物がほかにもいろいろ見つかった――タマネギ、セイヨウタンポポ、ヤナギの葉まで。二度ほど、小果実《ベリー》を見つけたときには、その場に止まって指が果汁で紫色になるまで実を摘んで腹に詰め込んだ。

ところが、グラスのからだが渇望しているものは見つからなかった。グリズリーに襲われてから十二日になる。置いていかれるまでに、スープをほんのすこし飲む機会が二回あった。それを別にすると、食べ物らしい食べ物はガラガラヘビだけだ。小果実や草の根でも二、三日は生きていけるかもしれない。だが、傷を癒やし、歩けるようになるには、肉でなくては摂れない豊かな栄養が必要なのだ。あのヘビは偶然の幸運ともいえるもので、同じことが何度も起こるとは思えなかった。

だが、じっとしていては幸運などやって来ない。翌朝になったら、また前に向かって這いはじめよう。もし幸運が向こうからやって来ないなら、自分で幸運を作り出すために全力を尽くすのだ。

第九章

一八二三年九月八日

バッファローの死骸は、それが見えるまえから臭いでわかった。音でもわかった。いや、少なくとも、皮と骨の大きなかたまりの周りを飛びまわるハエの大群の羽音でわかったのだ。腐食動物が死骸からすべての肉を取り去ってしまったが、大部分の骸骨は腱によって原形を保っている。毛むくじゃらの巨大な頭と堂々とした黒い角がかろうじてこの動物に威厳を与えているが、その威厳も鳥が目玉をほじくり出したせいで傷つけられていた。

その動物を目にしたグラスに嫌悪感はなかった。ただ、ほかの動物に先を越され、この潜在的な滋養の源にありつけなかったことが残念なだけだ。様々な足跡が周りを囲んでいる。死骸になってから四、五日といったところだろう。グラスは白骨の山を見つめた。一瞬、グラスは自分自身の骸骨――カササギやコヨーテに肉を食い尽くされ、平原の忘れられた片隅の荒涼とした土地に散らばっている――を思い浮かべた。ふと、「塵は塵に」という聖書の一節が頭に浮かんだ。（あれはこういうことだろうか？）

グラスの思考はすぐにもっと現実的な問題に移った。腹を空かせたインディアンが、獣の皮を煮出して食べられる膠質《にかわ》のかたまりを作っているのを見たことがある。可能なら迷わず同じことをしただろうが、グラスには湯を入れる容器がなかった。ただ、別の考えがあった。死骸の横に頭の大きさの石がある。グラスは左手で石を持ち上げ、並んでいる肋骨に向かって不器用に投げた。一本の骨がポキリと折れ、グラスは破片のひとつに手を伸ばした。目的の骨髄は乾燥していた。（もっと太い骨でないと）

バッファローの片方の前肢が、ほかの部分から離れたところに転がっていた。蹄までついたむき出しの骨だ。グラスは平らな石に骨を立てかけ、別の石で叩きはじめた。ようやく骨にひびが入り、ついにその骨が折れた。

グラスの思ったとおりだった――太い骨のなかに緑がかった骨髄が残っている。あとから思えば、臭いで食べてはいけないことがわかったはずだが、空腹がグラスの判断力を奪っていた。グラスは舌を刺す苦味もかまわず骨のなかの液体を吸い、折れた肋骨の破片で残りをほじくり出した。（飢え死にするより、一か八か賭けてみたほうがいい）いずれにしても、骨髄は飲み込みやすかった。食べ物のことを思って興奮し、食べる行為そのものに興奮し、グラスは一時間近くもバッファローの骨を折って中身をかき出す作業に熱中していた。

最初の腹痛が襲ってきたのはそのころだ。それは腸の奥の鈍痛としてはじまった。突然、自分の体重が支えられなくなり、グラスは横向きに転がった。頭のなかの圧力が高まって頭蓋骨の亀裂がわかるような気がした。そして、大量の汗をかきはじめた。腹の痛みが、ちょうどガラスのコップを通り抜けた日光のように、あっという間に一点に集中して火がついたようになった。まるで避けられないほど大きな津波のように、胃のなかに吐き気がこみ上げた。グラスは吐きはじめた。嘔吐の屈辱感など、傷ついた喉を胃液が通るときの耐えがたい痛みに比べたらたいした問題ではなかった。

グラスは二時間ものあいだその場に倒れていた。胃袋はすぐに空になったが、こみ上げる吐き気は治まらなかった。吐き気と吐き気のあいだは、動かないことで吐き気や痛みから逃れられるとでもいうように、じっと身じろぎひとつしなかった。

最初の吐き気が一段落すると、グラスは吐き気を催す甘ったるい臭いから逃れたい一心で死骸から離れた。動くと、頭痛と吐き気がふたたびはじまった。グラスはバッファローから三十ヤード離れたヤナギの木立のなかに這っていき、横向きに倒れてからだを丸めると、眠るというよりほとんど意識を失った。

グラスのからだは、一昼夜かけて腐った骨髄を追い出した。グリズリーに受けた傷の局所的な痛みが、いまでは全身の衰弱といっしょになっている。グラスは、自分の体力はまるで砂時計の砂のようだと思いはじめた。一分ごとに、体力の衰えを感じるのだ。砂時計のように孔から最後の砂粒が落ち、上の空間が空っぽになる瞬間が来ることはわかっていた。グラスはバッファローの骸骨のイメージを振り払うことができなかった。強大な動物が肉を剝ぎ取られて平原で朽ち果てている姿が、脳裏に焼き付いていた。

バッファローの一件から二日目の朝、グラスは空腹で目を覚ました。ひもじくてたまらなかった。グラスはそれを、からだから毒素が抜けた証拠だと思った。そして、下流への苦しい旅をふたたびつづけることにした。ひとつはほかの食べ物を見つける望みを捨てていないからだが、もっと大きな理由は止まっていることの意味に気づいたからだ。この二日間で、グラスは四分の一マイルも進んでいないだろう。病気がグラスに与えた損失は単に時間や距離だけではない。病気はグラスの体力を奪い、残っていたわずかな蓄えまで食い尽くしてしまったのだ。

これから二、三日も肉を食べずにいれば死んでしまうだろう。バッファローの死骸とその後の経験から、グラスはどんなに食べたくても殺したばかりの肉しか口にするまいと思った。はじめに考えたのは、槍を作るか、あるいは石でワタオウサギを殺すことだ。だが、右肩の痛みで腕を持ち上げることもできず、まして、致命傷を与えられるほどの力で投げるのは不可能だった。左手では正確に投げられないので、何かに命中させることはできない。

というわけで、狩りは除外された。すると、残るのは罠猟だ。縄と引き金用の木を削るナイフがあれば、グラスは罠で小さな獲物を獲る様々な方法を知っている。そういう必需品がないので、デッドフォールという罠を試すことにした。デッドフォールは簡単な仕掛けだ――棒切れに大きな石を不安定に立てかけ、不注意な獲物が引き金に躓いたら石が倒れるようにしておくのだ。

グランド川沿いのヤナギの木立には、獲物の通り道がジグザグに走っている。川のそばの湿った砂地に足跡が点々と残っていた。深い草むらに、鹿が夜の寝床にした渦巻き状のくぼみが見えた。だが、鹿をデッドフォールで捕らえるのは無理だろう。第一、充分な重さの石や木が自分に持ち上げられるとは思えない。そこで、ウサギに狙いを定めることにした。ウサギなら川沿いで始終目にしていたのだ。

グラスは、ウサギの好む密集した茂みの近くで足跡を探した。ビーバーが倒したばかりのハコヤナギの木が見つかり、葉の生い茂ったその枝が、巨大な蜘蛛の巣のような障害物兼隠れ場所になっている。その木に出入りするいくつもの足跡の上に、エンドウ豆ぐらいの大きさの糞が散らばっていた。

川のそばで適当な石を三つ見つけた。平べったいので、罠が倒れたときに当たる面積が広い。また、致命傷を与えるのに充分な重量がある。グラスの選んだ石は火薬樽ほどの大きさで、重さはひとつ三十ポンドほどだ。それをひとつずつ土手の上まで押し上げて木のところまで運ぶのに、グラスの不自由な腕や脚では一時間近くかかった。

つぎに、デッドフォールを支える三本の枝を探した。倒れたハコヤナギのおかげで、枝はより取り見取りだった。グラスは直径一インチほどの枝を三本選び、自分の腕と同じくらいの長さに折った。そして、それぞれを二つに折った。最初の枝を折ったとき、肩から背中にかけて飛び上がるような痛みが走ったので、あとの二本はハコヤナギの木に立てかけて石で叩き折った。

それが終わると、それぞれの罠に対して二つに折ったひと組の枝が用意できた。枝の折り口をふたたび組み合わせると、不安定ではあるが立てかけた石の重みを支えることができる。グラスは二本の枝を組み合わせた合わせ目に、餌をつけた引き金用の枝を割り込ませるつもりだった。引き金用の枝に何かが当たったり枝が引っ張られたりすると、ちょうど膝の力が抜けたときのように支えの枝が倒れ、疑いを持たない標的の上に致命的な重みがかかるはずだ。

グラスは引き金用に三本の細いヤナギの枝を選び、およそ十六インチの長さに切りそろえた。川のそばにタンポポが生えているのに気づいていたので、罠に餌を仕掛けるために片手いっぱいの葉を集め、たくさんの柔らかい葉を引き金用の枝に刺した。

糞に覆われた細いけもの道が、倒れたハコヤナギの葉のもっとも生い茂った部分へとつづいていた。グラスはこの場所を最初のデッドフォールに選び、仕掛けを組み立てはじめた。

デッドフォールの難しさは、安定と不安定のバランスをとることにある。安定させれば罠がひとりでに倒れるのを防げるが、安定させすぎるとまったく倒れないことになる。不安定なら獲物がかかったときにすぐ倒れるが、不安定すぎるとひとりでに倒れてしまう。このバランスをとるには体力と調和のとれた動きが必要だが、怪我がその両方をグラスから奪っていた。右腕では石の重みを支えられないので、動かない右脚に立てかけて仮の支えにした。そうしておいて、左手を使って悪戦苦闘しながら二本の支えの枝を押さえ、そのあいだに引き金用の枝を割り込ませた。何度も罠全体が崩れてしまった。二度は罠が安定しすぎていると判断し、グラスが自分で崩した。

一時間近くかかって、やっとちょうどいいバランスをとることができた。グラスはハコヤナギのそばのけもの道にもう二か所適当な場所を見つけて別のデッドフォールを仕掛け、その場を離れて川へ向かった。

切り立った土手の陰に、隠れる場所が見つかった。空腹の苦しみに耐えられなくなると、罠のために引き抜いたタンポポの苦い根を食べた。そして、その味を洗い流そうとして川の水を飲み、横になって眠ろうとした。ウサギがもっとも活動的なのは夜だ。朝になったら罠を見に行くつもりだった。

夜明け前、グラスは刺すような喉の痛みで目が覚めた。新しい一日の最初の光が、東の地平線を血のように染めている。グラスは肩の痛みを和らげようとして姿勢を変えたが、それは虚しい努力だった。やがて、痛みが和らぐと、早朝の空気の冷たさに気づいた。グラスは肩を丸め、ぼろぼろの毛布を首の周りにしっかりと引き寄せた。それから一時間、グラスは落ち着かない気持ちでその場に横たわり、明るくなって罠を調べられるようになるのを待った。

倒れたハコヤナギの方へ這っていくとき、口のなかにまだ苦みが残っていた。かすかに、スカンクの悪臭を嗅いだような気がした。だが、パチパチと音を立てる火の上で焼かれているウサギの肉を想像すると、それらの感覚は二つとも消え失せた。栄養豊かな肉、その匂いと味がグラスには感じ取れた。

五十ヤード離れたところから、デッドフォールが三つとも見えた。ひとつはそのまま立っていたが、あとの二つは崩れている――石が地面に落ち、支えの枝が倒れていた。そちらへ向かって急いで這いながら、グラスは鼓動を喉の奥で感じることができた。

最初の罠から十フィートのところまで行くと、狭いけもの道にたくさんの新しい足跡が見つかり、新しい糞の山があちこちに散らばっている。呼吸が速くなり、グラスは石のうしろをのぞき込んだ――何もはみ出していなかった。それでも望みを捨てずに石を持ち上げてみた。罠は空っぽだった。がっかりして心が沈んだ。（仕掛けが敏感すぎたのか？ひとりでに倒れてしまったのだろうか？）グラスはもうひとつの石のところまで急いで這っていった。正面からは何もはみ出していなかった。グラスは罠の反対側を見ようとして精いっぱい身を乗り出した。

黒と白のものがちらりと目に入ったかと思うと、ほとんど聞き取れないほどかすかなシューッという音がした。何が起こったのか理解できないうちに痛みを感じた。デッドフォールがスカンクの前肢を押さえつけていたが、この動物の有害なガスを噴射する能力は健在だった。燃えているランプの油を目に注がれたような気がした。さらなるガス攻撃を避けようと、無意味な努力をしてうしろへ転がった。まったく目の見えない状態で、グラスは這ったり転がったりしながら川へ向かった。

グラスは焼け付くような分泌物を洗い流そうと、必死で土手のすぐそばの深みに飛び込んだ。顔を水につけて目を開けようとしたが、痛みがひどくて開けられなかった。ふたたび見えるようになるまでに二十分かかり、そのうえ、痛みをこらえて細く目を開けると、視界に血のように赤い靄《もや》がかかっていた。グラスはようやく土手に這い上がった。まるで窓ガラスにこびりついた霜のように、グラスの皮膚や服に吐き気を催すスカンクの臭いが染みついている。あるとき、一週間も泥のなかを転げ回ってからだについたスカンクの臭いを消そうとしていた犬を見たことがある。その犬と同じように、この臭いはきっと何日もグラスにつきまとうにちがいない。

激しい目の痛みがゆっくりと退いていくと、グラスは急いでからだの傷を調べた。首に手を触れ、その指先に目をやった。血はついていなかったが、ものを飲み込んだり息を深く吸ったりすると、まだ喉の内側が痛む。ふと、自分が数日間も話そうとしていないことに気づいた。ためらいがちに口を開け、声帯のすき間から無理やり空気を吐き出してみる。そこから生まれたのは、鋭い痛みと哀愁に満ちた甲高い声だった。いつかふつうに話せるようになるのだろうか、グラスはそう思った。

首を伸ばすと、喉から肩に走る平行な傷が見えた。ブリッジャーの松根タールが、いまでもその範囲をべっとりと覆っている。肩は全体的に痛いが、傷は治りかけているようだ。まだ脚で体重を支えることはできないが、太腿の刺し傷もかなりよくなっているように見える。頭皮に触れるとその恐ろしい外観が想像できたが、すでに出血は止まって痛みもなくなっていた。

喉を別にすると、グラスがいちばん心配しているのは背中だった。からだが硬くなって傷を手で調べることはできないし、目で見ることもできないので恐ろしいイメージばかりが浮かぶ。ときどき妙な感覚があるのは、きっと、かさぶたが何度も破れたからだろう。ヘンリー隊長が縫合糸を結んだことはわかっている。ときどき縫合糸の端が皮膚に触れるのを感じた。

それより何より、猛烈に腹が減っていた。

このところの出来事ですっかり意気消沈したグラスは、疲れ果てて土手の砂地に横たわっていた。細い緑の茎に黄色い花をつけた植物がかたまって生えている。茎は野生のタマネギに似ているが、グラスは騙されなかった。リシリソウだ。（これが神の摂理なのか？　これはおれのために置かれているのだろうか？）グラスは、この毒がどういうふうに効くのかを知りたかった。安らかに永遠の眠りにつけるのか？　それとも、苦悶にのたうち回って死ぬのだろうか？　それはいまのグラスの状態とどれだけ違うのか？　いずれにしても、終わりは確実に来るのだ。

夜が明けるころ、土手に横たわっていると、対岸のヤナギの茂みから丸々と太った牝鹿が現われた。牝鹿は用心深く左右に目をやり、川の水を飲むためにおずおずと脚を踏み出した。三十ヤードほどしか離れていないので、グラスのライフルがあれば簡単に仕留められる。（アンシュタットがあれば）

その日はじめて、グラスは自分を見捨てた男たちのことを考えた。牝鹿を見つめているうちに怒りがこみ上げてきたのだ。見捨てるということばは、彼らの裏切りを表現するにはなまぬるいように思えた。見捨てるとは消極的な行為——逃げ出すこと、あるいは、何かを置き去りにすること——だ。もしもグラスの番人たちが彼を見捨てただけなら、グラスはこの瞬間、銃で牝鹿を狙っていまにも撃とうとしているはずだ。ナイフを使ってその動物を解体し、火打ち石と火打ち金で火を起こして料理しているはずだ。グラスは自分のからだに視線を落とした。頭から爪先までずぶ濡れで、傷つき、スカンクの臭いを放ち、口のなかにはまだタンポポの根の苦味が残っている。

フィッツジェラルドとブリッジャーがしたことは、見捨てると言うにはあまりにもひどいことだ。聖書のたとえ話にあるような、エリコへの道で目をそらして道の反対側に渡った通行人とは次元が違う。グラスにサマリア人の介抱を受ける権利があるとは言わないが、少なくとも自分の番人に危害を加えられるとは思ってもみなかった。フィッツジェラルドとブリッジャーは意志を持って行動し、グラスが自分の命を守るために使ったかもしれないわずかな所持品を奪ったのだ。そして、グラスからこのチャンスを奪うことで、二人はグラスを殺したのだ。心臓に刺さったナイフや頭に撃ち込まれた銃弾と同じくらい確実に、殺意を持って殺したのだ。彼らは殺意を持って殺そうとしたが、グラスは死ぬまいと思った。死んでたまるか、グラスは誓った。なぜなら、生き延びて自分を殺そうとした者たちを殺すつもりだからだ。

ヒュー・グラスはからだを持ち上げ、グランド川の土手を這って下流に向かった。

グラスは周囲の土地の起伏をじっくりと眺めた。五十ヤード先になだらかな低地があり、その三方が幅の広い涸《か》れた小峡谷《ガリー》につづいていた。セージや丈の短い草が低地を適度に覆っている。低地を見ると、グラスはふとアーカンソー川沿いの緩やかな丘を思い出した。

ポーニー族の子どもたちが仕掛けた罠のことを思い出したのだ。子どもたちにとって、罠を仕掛けることは遊びだった。いまのグラスにとって、それを実践することは真剣そのものだった。

グラスは低地の底までゆっくり這っていき、中心と思える地点で止まった。そして、角のとがった石を見つけ、堅く締まった砂地を掘りはじめた。

まず、四インチの直径で自分の上腕までの深さの穴を掘った。途中まで掘り下げると、下の部分を広げてワインボトルを立てたような形にした。そうしておいて、掘ったばかりの痕跡を消すために掘り出した土を撒き散らした。激しい運動で息が弾み、グラスは手を止めて休んだ。

つぎに、大きな平たい石を探しはじめた。穴から四十フィートほど離れたところで適当な石が見つかった。さらに、三つの小さな石を見つけてきて穴の周りに三角形に並べた。そして、上から屋根のように平たい石をかぶせ、その下に隠れ場所と錯覚されそうな空間を作った。

グラスは罠の周りを木の枝でごまかしてから、ゆっくり這って穴を離れた。ところどころに、ひと目でそれとわかる小さな糞が落ちている——いい徴候だ。グラスは穴から五十ヤード離れたところで止まった。這ってきたので、膝と手のひらがひりひりする。動いたせいで腿が痛み、また背中のかさぶたがはがれて出血したようないやな感覚があった。止まると一時的に傷の痛みが和らぐが、止まったことでかえって深い疲労に気づき、からだの奥で生まれた軽いうずきが外に向かって広がるような気がした。グラスは、目を閉じて睡魔の誘惑に屈したい衝動と闘った。食べなければ体力を回復できないことがわかっていたからだ。

グラスは力を振り絞って這う姿勢をとった。慎重に距離を測りながら、掘った穴を中心に大きな円を描いて進んでいく。一周するのに三十分かかった。グラスのからだがまたも休息を求めたが、いま止まると罠の効果が減ってしまう。グラスは穴に向かって、螺旋を描きながら這いつづけた。密集した茂みにぶつかると、止まって茂みを揺すった。こうして、グラスの円の内側にいるものはすべて、隠れた穴に向かってじわじわと追いやられていった。

一時間後、グラスは穴にたどり着いた。上の平らな石をどかして聞き耳を立てた。ポーニー族の子どもが同じような罠に手を突っ込み、悲鳴を上げて引き抜くとガラガラヘビが食いついていたのを見たことがある。子どもの失敗は強烈な印象を残した。グラスはあたりを見まわして手ごろな木の枝を探した。そして、長くて端が平らな枝を見つけると、それで何度も穴のなかを突いた。

罠にかかったのが何であれ、それが死んだことを確信すると、グラスは穴に手を突っ込んだ。そして、死んだ四匹のネズミと一匹のジリスをつぎつぎに引っ張り出した。この狩りの方法は賞賛に値するものではないが、グラスはこの成果に有頂天だった。

低地はいくらか人目につきにくいので、グラスは思い切って火をおこすことにしたが、火打ち石と火打ち金がないことが腹立たしかった。二本の棒をこすり合わせて火をおこすことができるのは知っているが、これまでそうやって火をおこしたことはない。たとえその方法で火をおこせるとしても、それには気の遠くなるような時間がかかるだろう。

グラスに必要なのは弓と心棒――原始的な火をおこす装置――だった。その装置は三つの部品で成り立っている。心棒を立てるためのくぼみがある平らな木片、太さ四分の三インチ、長さ八インチぐらいの丸い心棒、そして心棒を速く回すための弓――チェリストが使うような――だ。

グラスは小峡谷《ガリー》で部品を探した。平らな流木の破片や、心棒と弓にする二本の棒を見つけるのは難しくなかった。（弓に張る弦《つる》がいる）グラスは紐を持っていなかった。（カバンの肩紐だ）グラスはカミソリを取り出してカバンの肩紐を切り、それを棒の両端に結びつけた。つぎに、カミソリを使って平らな流木の破片を削り、心棒の太さよりほんのすこし大きいくぼみを作った。

弓と心棒がそろうと、こんどは火口《ほくち》と燃料を集めた。手回り品のカバンから布切れを取り出し、それを引き裂いて縁をほぐした。ガマの綿毛も残してあった。グラスは浅い穴のなかに火口をふわりと重ね、乾いた草をそれに足した。いくつかの乾いた木片を入れ、何週間も陽にさらされてからからに乾燥したバッファローの糞も加えた。

火をおこす準備が整うと、グラスは弓と心棒をつかんだ。平らな木片のくぼみに火口を詰め、そこに立てた心棒の周りに弓の弦を巻きつけた。這うときに使ったウールの布で手を保護したまま、右手の手のひらで心棒を支えた。グラスは左手で弓を動かした。弓を前後に動かすと、流木のくぼみに立てた心棒が回って摩擦熱が発生するのだ。

弓で心棒を回しはじめると、すぐに装置の欠点が明らかになった。心棒の一方の端——火をおこす方の端——が平らな流木のくぼみをこする。ところが、グラスの手のひらが当たっているもう一方の端も回ってしまう。グラスは、ポーニー族が手のひら大の木片で心棒の端を押さえていたのを思い出した。そこで、もう一度、適当な木片を探した。そして、ちょうどいい木片を見つけると、心棒の先端に合わせてカミソリでくぼみを作った。

左手の動きがぎこちないので、心棒を押さえたまま弓を規則正しく動かすリズムをつかむには何度かやってみなければならなかった。それでも、じきに心棒を滑らかに回せるようになった。数分後、くぼみから煙が立ち上りはじめた。突然、火口から炎が上がった。グラスはガマの綿毛をつかんで小さな炎の上に置き、片手で囲って消えるのを防いだ。綿毛に火がつくと、グラスは小さな穴のなかの火口に炎を移した。背中に突風が吹きつけるのを感じ、一瞬、火が消えるのではないかと慌《あわ》てたが、火口が燃えだし、つぎに乾いた草に燃え移った。二、三分すると、グラスは小さな炎のなかに乾燥したバッファローの糞を入れた。

ちっぽけな齧歯《げっし》類の皮を剥いで内臓を抜くと、肉はたいして残っていなかった。それでも、肉は新鮮だった。グラスの罠の方法は時間を食うかもしれないが、少なくとも簡単だという利点があった。

最後の齧歯類の小さな胸郭をよく味わって食べたが、グラスはまだ空腹だった。翌日はもっと早く移動を切り上げることにしよう。ことによったら、二か所に穴を掘ってもいい。旅の進行が遅くなることを思うと、グラスは苛々した。通行量の多いグランド川の土手で、いつまでアリカラ族を避けていられるだろう？（やめろ、あまり先のことは考えるな。一日の目標は翌朝なのだ）

食事の支度が終われば、もはや危険を冒して火を焚くメリットはない。グラスは火に砂をかぶせて眠りについた。

第十章

一八二三年九月十五日

目の前の峡谷は二つの孤立した丘《ビュート》に挟まれ、そのあいだの狭い水路をグランド川が流れていた。このビュートは、ヘンリー隊長と上流へ向かったときに見たことがある。グランド川に沿って東へ進むにつれ、特徴のある地形はしだいに少なくなっていった。ハコヤナギさえ、大草原の草の海に呑み込まれてしまったかに思える。

ヘンリーの率いる毛皮会社の遠征隊がこのビュートの近くで野営をしたので、グラスは何か役に立つものが残っているかもしれないと思って同じ場所で休むことにした。いずれにしても、ビュートのそばの高い土手がよい避難場所になるのを覚えていたのだ。西の地平線に、巨大な黒い積乱雲が不気味に居坐っている。二時間もしたら、このあたりは嵐になるにちがいない。グラスは嵐が来るまえに溝を掘りたかった。

グラスは野営地まで川沿いに這っていった。黒くなった石が円形に並び、最近火をおこしたことを示している。毛皮会社の遠征隊が火をおこさずに野営したことを思い出し、あとから来たのは誰だろうと思った。グラスはそこで止まり、手回り品のカバンと毛布を背中から下ろしてゆっくりと川の水を飲んだ。グラスはそこで止まり、手回り品のカバンと毛布を背中から下ろしてゆっくりと川の水を飲んだ。そのうしろは切り立った土手で、そこに身を隠したことを覚えている。インディアンを警戒して川の上流と下流に目を凝らすと、植物が少なそうなのでがっかりした。いつものように空腹で腹が鳴り、効果的なネズミの罠を掘るのに充分な下草があるだろうかと思った。（苦労する価値があるだろうか？）そして、身を隠しやすいというメリットと食物が手に入りやすいというメリットを天秤にかけてみた。グラスはこの二週間、齧歯類で命をつないできた。だが、それは立ち泳ぎ――溺れはしないが、安全な岸へ近づくこともない――をしているようなものだと思っていた。

微風が雲の近づいていることを知らせ、汗ばんだ背中がひんやりしてきた。グラスは嵐の様子を確かめようと、川を離れて高い土手に這い上がった。

土手の向こうの光景に、グラスは息を呑んだ。ビュートのふもとの谷間で数千ものバッファローが草を食《は》み、平原が一マイルにわたって黒く染まっていた。グラスから五十ヤードと離れていないところで、巨大な雄牛が見張りに立っている。雄牛は地面から背中のこぶまで七フィート近くあった。黒いからだにショールをかけたような黄褐色の長い毛が力強い頭と肩を強調し、角《つの》などほとんど添え物のように見えた。雄牛は鼻を鳴らして空気の匂いを嗅ぎ、渦を巻いている風に苛立っていた。雄牛のうしろでは、一頭の雌牛が背中を地面につけて土ぼこりを舞い上げながら転げ回っている。近くで、十頭ほどの雌牛や子牛が気にも留めない様子で草を食んでいた。

グラスがはじめてバッファローを見たのはテキサスの平原だった。それからずっと、様様な機会に大きな群れや小さな群れのバッファローを目にしてきた。それでも、この動物を見ると必ず畏敬の念を抱く。その計り知れない数と、それを養いつづける草原に対する畏敬の念だ。

グラスから百ヤード下流で、八頭の狼の群れが、こちらもやはり巨大な雄牛と雄牛が守る孤立した集団を見張っていた。セージの茂みのそばに、雄のボス狼が坐っている。ボス狼は、ようやく訪れたこの瞬間を、孤立した集団と残りの集団とのあいだに間隙ができる瞬間を、午後中ずっと辛抱強く待ちつづけていたのだ。間隙。それは致命的な弱点だった。大きな狼が不意に立ち上がった。

ボス狼は、体高は高いが痩せていた。四肢は不格好に節くれ立ち、それが真っ黒なからだと妙に調和していた。ボス狼の二頭の子どもが川岸でじゃれ合っている。何頭かの狼は裏庭の犬のように穏やかに眠っていた。全体として見れば、この動物たちは捕食者というよりペットのようだ。だが、ボスの急な動きで狼が一斉に活気づいた。

狼たちが動きだすと、彼らの破壊的な強さがはじめて明らかになった。その強さは、筋肉のたくましさや優雅ですばやい動きから生まれたものではない。むしろ、一致団結した知性から湧き出たもので、それが狼の動きを計算された執拗なものにしている。個々の動物が集まってひとつの破壊集団を作り、群れ全体として力を結集するのだ。

ボス狼は孤立したバッファローと大集団との間隙に向かって早足で駆けていき、数ヤード進んでからいきなり全速力で走りだした。残りの狼は扇形に広がり、軍隊を思わせるような的確で統一のとれた目的を持ってボス狼につづいた。狼の群れが間隙になだれ込んだ。子どもの狼さえ、この計画の目的をしっかりつかんでいるように思える。大集団の端にいるバッファローが子牛を追い立てながら後退し、つぎに頭を外に向けてぴったり肩を寄せ合って狼に対する防衛線を作った。この大集団の動きで間隙が広がり、孤立した雄牛と境界の外の十頭あまりのバッファローが立ち往生した。

巨大な雄牛が勢いよく飛び出して一頭の狼を角《つの》に引っかけ、甲高い鳴き声を上げるその動物を二十フィートもはじき飛ばした。狼たちは牙をむき出してうなり声を上げ、鋭い犬歯でバッファローの無防備な脇腹に食いついた。孤立したバッファローの大半は本能的に数の多いほうが安全だと悟り、大集団に向かって走りだした。

ボス狼が、一頭の子牛の柔らかい尻に噛みついた。面食らった子牛は集団から離れ、川岸の切り立った土手に向かった。狼は一斉にその致命的なミスに気づき、すぐに群れになって獲物を追った。子牛は大声で鳴きながら狂ったように突進した。そして、土手を飛び越え、転がり落ちて脚を折った。子牛は懸命に立ち上がろうとした。折れた脚が奇妙な方向にぶら下がり、子牛が足をつこうとすると完全につぶれた。子牛は地面に倒れ、そこに狼が群がった。牙が、子牛のからだのあらゆる部分に突き刺さった。ボス狼が子牛の柔らかい喉に歯を立てて食いちぎった。

子牛の最後の抵抗が行なわれたのは、グラスから七十五ヤードほどしか離れていない川岸だった。グラスは自分が風下にいることを感謝しながら、恐れと陶酔の入り交じった思いで見つめていた。狼の群れは全神経を子牛に集中している。ボス狼とその配偶者が、真っ先に血まみれの鼻先を獲物の柔らかい下腹に突っ込んで食べた。二頭は子どもたちには食べさせたが、ほかの狼には食べさせなかった。ときどきほかの狼が倒れた獲物に忍び寄るが、そのたびに大きな黒い雄が嚙みついたりうなったりして追い散らした。

子牛と狼を見つめながら、グラスはすばやく頭をめぐらした。子牛は春に生まれている。大草原で夏の太る時期を過ごし、百五十ポンド近い体重になっているだろう。(百五十ポンドの新鮮な肉だ)この二週間、ほんのひと口ずつしか食べていないグラスにとって、ほとんど想像もつかない賜物だった。はじめのうちは、狼の群れがグラスの分を残していくのではないかと期待した。ところが、グラスが見守っているうちに、賜物は恐ろしいペースで小さくなっていった。ボス狼と配偶者は自分たちが充分満足すると、切断された子牛の後肢を子どものために引きずりながら、ようやく死骸から離れてのんびりと歩いていった。ほかの四頭が死骸を貪りはじめた。

グラスはしだいに絶望的になり、何ができるか考えてみた。あまり長く待っていると、残り物があるかどうか怪しいものだ。この先ずっとネズミや草の根で生きていける見込みを考えた。たとえ生きていける量の獲物が見つかったとしても、その作業には時間がかかる。グラスが這いはじめてから、三十マイルと進んでいないのではないだろうか。いまのペースでは、寒くなるまえにフォートブラゾーに着けたらいいほうだ。それにむろん、毎日、川岸で身をさらしていたら、いつかインディアンに出くわすかもしれない。

バッファローの肉で得られる確かな体力が、グラスにはどうしても必要だった。どういう神の摂理か知らないが、子牛がグラスの前に置かれたのだ。(これはおれのチャンスだ)子牛の分け前が欲しいなら、戦って手に入れなければならない。そして、グラスはいますぐそうしなくてはならなかった。

武器になる材料を探してあたりを見まわした。石と流木とセージのほかには何もなかった。(棍棒は?)一瞬、狼を棍棒で撃退できるだろうか、と考えた。できるとは思えなかった。グラスには、打撃を与えるほどの力で振り回すことなどできないのだ。しかも、膝をついたままでは、高さで優位に立つこともできない。(セージだ)乾いたセージの枝が燃えるときの、時間は短いが華々しい炎を思い出した。(たいまつは?)

ほかに方法を思いつかないので、グラスは急いで火をおこす材料を探した。大きなハコヤナギの木が春の洪水で切り立った土手に打ち寄せられ、自然の風よけができている。グラスは木のそばの砂地に浅い穴を掘った。

少なくとも短時間で火をおこせる道具を持っていることに感謝し、グラスは弓と心棒を取り出した。手回り品のカバンから、最後の布切れとガマの綿毛の大きなかたまりを出した。下流の狼の群れに目をやると、まだ子牛を食いちぎっている。(くそっ!)

グラスは周囲を見まわして燃料を探した。その木のほかにハコヤナギは流されてほとんど残っていない。グラスは枯れたセージの茂みを見つけて五本の大きな枝を折り、火をおこす穴の横に積み上げた。

風よけのそばの穴に弓と心棒を据え、慎重に火口《ほくち》を置いた。そして、弓を動かしはじめた。最初はゆっくり、やがてリズムをつかむとスピードを上げた。二、三分すると、ハコヤナギの横の穴で小さな火が燃えはじめた。

グラスは下流の狼に目をやった。子牛から二十ヤードほど先で、ボス狼と配偶者と二頭の子どもがからだを寄せ合っていた。子牛の最初の分け前を食べて満足し、いまはのんびりとおいしい後肢の骨髄をかじっている。グラスは、彼らが来るべき戦いに参戦しないことを願った。それなら、残るは死骸のところにいる四頭だけだ。

ループ・ポーニー族はその名が暗示するように、その強さのために、とくにその狡猾さのために狼を崇拝している。グラスはかつて、狼を撃つポーニー族の猟師団と行動をともにしたことがある。狼の毛皮は、多くの儀式で大事な役割を果たしていたのだ。だが、これからしようとしていることは、グラスにも経験がなかった。狼の群れのなかに這っていき、セージのたいまつだけを武器に食べ物をめぐって戦いを挑もうというのだ。

五本のセージの枝は、巨大な年寄りの手のようにねじ曲がっていた。中心の枝から小さな側枝が短い間隔で突き出し、全体が細かい縒《よ》りのある樹皮と青緑色の脆い葉で覆われている。グラスは一本の枝をつかんで火に近づけた。すぐに火がつき、たちまち枝の先端から一フィートの炎が音を立てて燃え上がった。(燃えるのが速すぎる)行く手に待ち受ける戦いがどんなものであれ、そこで武器として使えるのだろうか。そもそも、狼のところへ行くまで炎がもつだろうか。グラスはリスクを分散することにした。いまここでぜんぶのセージに火をつけるのではなく、大部分の枝は火をつけずに持っていき、予備の弾丸のように必要に応じてたいまつに加えることにしよう。

グラスはもう一度狼に目をやった。狼が急に大きく見えた。グラスは一瞬、躊躇した。引き下がるわけにはいかない、グラスは決心した。(これはおれのチャンスだ)片手に燃えるセージを、もう一方の手に四本の予備の枝を持ち、グラスは狼に向かって這いながら土手を下りていった。五十ヤード離れたところで、ボス狼とその配偶者が子牛の後肢から顔を上げ、バッファローの子どもに近づいていくこの奇妙な動物を見つめた。二頭はグラスを、脅威というより珍しいものとみなしている。なんと言っても、二頭はすでに満腹だったのだ。

あと二十ヤードのところで風向きが変わり、死骸に群がっていた四頭が煙の臭いに気づいた。四頭が一斉に振り向いた。グラスは動きを止め、こんどは四頭の狼と向き合った。遠くからなら、狼を単なる犬だと考えるのは簡単だ。近くで見ると、狼は飼い慣らされた彼らの親戚とはまったくの別物だった。一頭の白い狼が血まみれの歯をむき出し、喉から低いうなり声を漏らしながらグラスの方へ半歩足を踏み出した。狼は肩を低く下げ、その動きはなぜか防御の体勢にも攻撃の体勢にも見えた。

白い狼は相反する二つの本能――獲物を守ろうとする本能と火を恐れる本能――と闘っていた。片方の耳の大部分が失われた二頭目の狼が、一頭目の狼に加わった。あとの二頭は子牛に注意を集中したほうがいいとでもいうように、相変わらずバッファローの死骸を食いちぎっている。グラスの右手の枝の炎が揺らめきはじめた。白い狼がグラスに向かってもう一歩足を進め、グラスは急に、熊の牙が肉を切り裂いたときのいやな感覚を思い出した。（おれはなんということをしてしまったんだ？）

突然、明るい閃光が走り、短い空白のあとで低い雷鳴が峡谷にとどろきわたった。雨粒がグラスの顔を打ち、風が炎に吹きつけた。グラスは吐き気がこみ上げるのを感じた。（やめてくれ――まだ早い！）急いで行動しなければならない。白い狼は攻撃体勢をとっている。（狼が恐れを嗅ぎ取るというのは本当だろうか？）グラスは思いもよらないことをしなければならない。狼に襲いかからなければならないのだ。

グラスは左手の四本のセージの枝を、右手に持った火のついた枝に加えた。炎が上がり、貪るように乾いた燃料を呑み込んだ。いまは両手で枝を支えなくてはならないので、左手でバランスをとることができない。脚に体重がかかって右腿の傷に激痛が走り、もうすこしで倒れそうになった。グラスはぐらりとよろめいたが、ありったけの力でなんとかからだを起こし、膝をついたままよろよろと前に出た。そして、できるかぎり大きな声を放ったが、それは薄気味の悪い悲しげな叫びにすぎなかった。グラスは燃えるたいまつを炎の剣のように振り回しながら前に進んだ。

グラスは片耳の狼にたいまつを突きつけた。炎が動物の顔を焦がし、動物は甲高い声で鳴きながらうしろへ飛び退いた。白い狼がグラスの脇腹に飛びつき、肩に牙を突き立てた。グラスは片膝を軸にして向きを変え、喉を嚙まれないように首を伸ばした。狼の顔がグラスの顔から数インチのところに迫り、動物の血なまぐさい息の臭いがした。グラスはふたたび懸命にバランスをとった。そして、腕を振り回して炎を狼に押しつけ、動物の腹と股間を焼いた。狼はグラスの肩を放して一歩退いた。

背後でうなり声が聞こえ、グラスは本能的に頭を下げた。グラスの首に食いつこうとした片耳の狼が狙いを外し、頭にぶつかってグラスを横向きに倒した。倒れた衝撃で、背中と喉と肩の痛みにまたもや火がつき、グラスはうめき声を上げた。束ねたたいまつが、地面に落ちて砂地に散らばった。火が消えないうちに拾い上げようと、グラスは必死で枝をつかんだ。それと同時に、懸命に膝をついて上体を起こした。二頭の狼はゆっくりと円を描きながら機会を狙っている。炎の味を知ったので警戒を強めているのだ。（うしろに回り込まれないようにしないと）ふたたび稲妻が光り、こんどはすぐに雷鳴がつづいた。まもなく嵐がやって来る。いまにも土砂降りになるだろう。（時間がない）雨はまだ降っていないが、それでもたいまつの炎が小さくなっていた。

白い狼と片耳の狼が近づいた。戦いのクライマックスが近いことを、狼も察しているようだ。グラスはたいまつで狼を脅した。狼の動きが鈍ったが、引き下がりはしなかった。グラスはじわじわと距離を詰め、子牛から二、三フィートしか離れていないところまで近づいていた。死骸に食らいついていた二頭の狼は首尾よく子牛の後肢を切り離し、戦っている狼と火を持つ奇妙な生物との騒動から離れていった。このときはじめて、グラスは死骸の周りに乾いたセージの茂みがあるのに気づいた。（これは燃えるだろうか？）

グラスは狼たちを見据えたまま、たいまつをセージに近づけた。雨はここ何週間も降っていない。火口《ほくち》のように乾燥した茂みは簡単に火がついた。死骸のそばのセージから、一瞬にして二フィートの炎が上がった。グラスは別の二つの茂みにも火をつけた。たちまち、三つの燃える茂みが死骸をとり囲む形となった。グラスは旧約聖書のモーセのように死骸の上に跪き、残りのたいまつを振り回した。稲妻が光り、雷鳴がとどろいた。茂みを包む炎に風が吹きつけた。雨が降りはじめたが、まだセージの火が消えるほどではなかった。

効果は絶大だった。白い狼と片耳の狼が周囲を見まわした。ボス狼と配偶者と子どもたちは大草原を軽やかに駆けていく。腹を満たしたところに突然の嵐がやって来たので、近くの洞穴の隠れ家に向かっているのだ。死骸から離れた二頭の狼も、子牛の後肢を苦労して引きずりながらあとを追った。

白い狼は身をかがめ、ふたたび攻撃の体勢をとったように見えた。ところが、片耳の狼が急に向きを変え、群れのあとを追って駆け出した。白い狼は立ち止まり、変わりつつある勝算を考えた。白い狼は群れのなかの自分の地位をよく知っている。ほかの狼が先導し、自分はそれに従う。ほかの狼が殺すべき獲物を選び、自分はそれを追い詰める手伝いをする。ほかの狼が先に食べ、自分は残り物で我慢する。今日現われたような動物を見るのははじめてだが、この狼はその動物が序列のどこに入るかきちんと理解していた。また頭上で雷鳴がとどろき、激しい雨が降りだした。白い狼はもう一度、バッファローと人間と燻《くすぶ》っているセージに目をやり、向きを変えて仲間のあとからゆっくり駆けていった。

グラスは、切り立った土手の向こうに消えていく狼たちを見つめていた。雨がセージを濡らし、グラスの周囲に煙が立ち上った。もう一分もすれば、無防備になってしまうだろう。グラスは肩の咬み傷に目を走らせ、自分の幸運に驚いた。二つの刺し傷からわずかな血が流れていたが、傷は深くなかった。

狼から逃げそこなった子牛は、グロテスクな姿で倒れていた。非情な牙が死骸を効率よく切り開いている。裂けた喉の下では、小峡谷《ガリー》の淡い黄褐色の砂の上に不気味な鮮紅色の新しい血液が溜まっていた。グラスに必要な栄養豊かな内臓は、狼たちがすでに目をつけていた。横たわった子牛を仰向けにしてみると、残念ながら肝臓は何も残っていなかった。胆嚢や肺や心臓もやはりなくなっている。だが、動物の腹から短い腸がぶら下がっていた。グラスはカバンからカミソリを取り出し、子牛の腹に左手を突っ込んでヘビのような臓器をたどり、胃のところで二フィートの長さの腸を切り取った。そして、食べ物を前にして我を忘れ、切り取った腸の端にそのままかぶりついた。

狼の群れは臓器のおいしいところを食べてしまったが、ありがたいことに獲物の皮をほとんど剝いでくれた。獲物の喉のところへ移ると、カミソリを使ってそこから柔らかい皮をむくことができた。子牛は餌が充分に足りている。丸々と太った首の筋肉に、おいしそうな白い脂肪がついていた。罠猟師たちはこの脂肪を〝羊毛《フリース》〟と呼び、ご馳走とみなしている。グラスは脂肪を厚切りにして口に詰め込み、ほとんど嚙まずに飲み込んだ。飲み込むたびに喉が焼けるような痛みがよみがえったが、空腹には勝てなかったのだ。そうして土砂降りの雨のなかで貪るように食べつづけ、ようやくほかの危険のことを考える余裕ができた。

グラスはもう一度切り立った土手に上り、四方の地平線に目を凝らした。あちこちに散らばるバッファローの集団が何も知らぬげに草を食んでいるが、狼やインディアンの気配はどこにもなかった。雷雨はすでに止んでいる。やって来たときと同じように、あっという間に通り過ぎてしまったのだ。傾いた午後の日差しがみごとに巨大な入道雲を突き抜け、天国から地上へと延びる虹色の光となって流れ出していた。

グラスはゆったりからだを落ち着け、自分の幸運を考えてみた。狼は彼らの分け前を持っていったが、土手の下には莫大な財産が残っている。グラスは自分の状況について決して幻想は抱いていない。だが、飢えることはないはずだ。

子牛のそばの切り立った土手で、グラスは三日間野営をした。はじめの数時間は火もおこさず、輝くばかりに新鮮な薄切り肉を欲望に任せて貪り食べた。そして、ようやくひと息つくと、人目につきにくい土手の近くに肉を焼いたり乾燥させたりする小さな焚火をおこした。

グラスは、近くのヤナギの木立から取ってきたみずみずしい枝で肉を乾燥させるための台《ラック》を作った。それから何時間も切れ味の悪いカミソリで死骸の肉を削り取り、たえず燃料を足しながら肉をラックにかけていった。そうやって三日のあいだに、必要なら二週間生き延びられる十五ポンドの乾燥肉を作った。もし途中で補給できれば、もっと長く生き延びられる。

狼たちはひとつだけ極上肉——舌《タン》——を残していった。グラスはそのご馳走を王様のように味わった。肋骨と残った脚の骨は一本ずつ火に載せて焼き、それを割って栄養豊かで新鮮な骨髄を取り出した。

グラスは切れ味の悪いカミソリで皮を取り除いた。数分で済むはずの作業に数時間もかかり、途中で、ナイフを盗んだ二人のことを苦々しく思い出した。グラスには時間も毛皮を適切に処理する道具もなかったが、皮が乾いて堅くなるまえに未加工の生皮を切り取った。乾燥肉を運ぶカバンが必要だったからだ。

三日目になると、松葉杖として使える長い枝を探しにいった。狼との戦いのとき、驚いたことに負傷した脚でかなり体重を支えられたのだ。そこで、この二日あまり、脚を伸ばしたり使ってみたりして訓練していた。松葉杖の助けを借りれば、もう立って歩けるにちがいない。三週間も脚の不自由な犬のように這っていたグラスにとって、これはうれしい見通しだった。グラスはちょうどいい長さと形のハコヤナギの枝を見つけた。そして、ハドソンベイ毛布から細長い布を切り取り、当て布として松葉杖の先に巻きつけた。

毛布はすこしずつ切り取られて小さくなり、いまでは幅一フィート、長さ二フィートほどしかない布切れになっていた。グラスはカミソリを使い、布の真ん中に頭の通る大きさの切れ込みを入れた。できあがった上着はマントと呼ぶには小さかったが、少なくともグラスの肩を覆って革製品が皮膚に食い込むのを防いでくれた。

ビュートのそばで過ごした最後の夜、また空気が冷え冷えとしていた。真っ赤に燃えるおき火の上のラックに、解体された子牛の最後のひと切れが干してある。焚火はグラスの野営地にほっとするような輝きを投げかけ、月明かりもない真っ暗な平原の真ん中に小さなオアシスを作っていた。グラスは最後の肋骨の骨髄をすすった。その骨を火のなかに投げ込み、ふと、腹が空いていないのに気づいた。グラスは染み入るような火の温もりを、当分は味わうことのできない贅沢を楽しんだ。

三日分の食べ物は、グラスの傷ついたからだを回復させるのに役立った。グラスは試しに右脚を曲げてみた。こわばった筋肉が痛むが、動かすことはできる。肩も回復していた。右腕はまだ力が戻っていないが、いくらか曲がるようになってきた。喉に触れてみるのはまだ不安だった。皮膚はふさがったものの、残った縫合糸が突き出ている。カミソリで切り取ったほうがいいだろうか、と思ったが、やってみる気にはなれなかった。狼に向かって叫んだのを別にすると、ここ何日も声を出してみたことはない。いまはまだ、試してみようとは思わなかった。声など、これからの数週間を生き延びることとほとんど関係ない。たとえ声が変わってしまったとしても、それはそれでかまわない。ものを飲み込むときにさほど痛みを感じなくなったことだけで、グラスはありがたかった。

グラスは、バッファローの子どもが自分の運を変えたと思った。だが、自分の置かれている状況に甘い評価を下すのは簡単だ。グラスはこれまで戦いの日々を生き抜いてきた。しかし、仲間はなく、武器も持っていない。グラスとフォートブラゾーとのあいだには、三百マイルの大草原が広がっている。その広々とした空間を進むための道しるべとなる川に沿って、インディアンの二つの部族──一方は敵意を持っている可能性があり、もう一方は確実に敵意を持っている──も移動しているのだ。そしてもちろん、グラスが痛いほどよく知っているように、行く手に待っている危険はインディアンだけではなかった。

眠らなければならないことはわかっている。翌日は、新しい松葉杖を使って十マイルから十五マイルほど進みたいと思っているのだ。だが、なぜかこのつかの間の安らぎ──満たされ、休息を与えられ、暖かい──にもうしばらく浸っていたかった。

グラスは手回り品のカバンに手を突っ込み、熊のかぎ爪を取り出した。焚火の淡い光のなかでゆっくりと回し、先端の乾いた血液──いまでは自分の血だとわかっている──をもう一度うっとりと見つめた。それから、かぎ爪の太い根元をカミソリで削りはじめ、まず細い溝を刻んでから慎重に深くしていった。つぎに、カバンのなかからタカの足がついた首飾りを取り出した。そして、かぎ爪の根元の溝に首飾りの紐を巻きつけてきつく結びつけた。最後に、紐の両端を首のうしろで結んだ。

グラスに傷を負わせたかぎ爪が、いまは生命をなくして彼の首に掛かっている、そう思うと、愉快になった。（幸運のお守りだ）やがて、グラスは眠りに落ちた。

第十一章

一八二三年九月十六日

（くそっ！）ジョン・フィッツジェラルドは目の前の川――もっと正確にいえば川の湾曲部――を見つめて立ち尽くした。

ジム・ブリッジャーがうしろから来て横に並んだ。「なんで東へ曲がっているんだ？」

フィッツジェラルドがいきなり手の甲で少年の口を殴った。ブリッジャーはひっくり返って唖然とした顔をした。「なにするんだ？」

「東に曲がってることくらい、おれにわからないとでも思ってるのか？　斥候を頼みたいときはそう言う！　そうじゃないときは、目だけ開いて口は閉じていろ！」

むろん、ブリッジャーの言うとおりだった。二人がたどるこの川は百マイル以上にわたってほぼ北へ流れていて、それはまさに二人が向かっている方向だ。フィッツジェラルドはこの川の名前すら知らないが、すべてが最終的にミズーリ川に流れ込むことはわかっている。この川がずっと北へ向かっているなら、フォートユニオンから歩いて一日もかからないあたりでミズーリ川と交わるにちがいない。ブリッジャーは二人が東へ寄りすぎていると主張したが、フィッツジェラルドはこの川が本当はイエローストーン川ではないかという淡い期待すら抱いていた。

いずれにしても、フィッツジェラルドはミズーリ川にぶつかるまで川から離れたくなかった。実をいうと、目の前に広がる広大な荒れ地に土地勘がなかったのだ。二人が慌ててアッパーグランド川の源流を離れたときから、地上にはほとんど特徴がなかった。二人の前には何マイルもの地平線が広がり、くすんだ色の草の海とどれも同じように見えるなだらかな丘がつづいていた。

川は確実な水先案内として役立ち、川から離れなければいつでも簡単に水が手に入る。だが、フィッツジェラルドは東へ――見たかぎり、川はそっちへ向かっている――進路を変えたくなかった。時間は相変わらず二人の敵だ。ヘンリー隊と別々に歩きまわる時間が長ければ長いほど、災難の確率も高くなる。

二人はしばらくその場に立ち尽くし、フィッツジェラルドはやきもきしながらにらみつけていた。終いに、ブリッジャーが深いため息をついて言った。「北西へ向かって近道をしたほうがいい」

フィッツジェラルドは少年を叱りつけようとしたが、自分にはどうしたらいいのかまったくわからなかった。彼は、地平線までつづく乾燥した草原を指さした。「あんな場所のどこに水があるか、知ってるんだな？」

「いや。だけど、この天気なら水はそんなに必要ないだろう」ブリッジャーはフィッツジェラルドの躊躇を感じ取り、それと同時に、自分の意見の説得力が増しているのを感じた。フィッツジェラルドと違い、ブリッジャーには広々とした土地での天性の勘がある。ブリッジャーの体内には、つねに目印のない土地で道案内をするコンパスがあるらしい。「ミズーリ川までほんの二日ぐらいだろう――それに、そこまで行けばフォートユニオンは近いかもしれない」

フィッツジェラルドは、もう一度ブリッジャーを殴りたい衝動を抑えた。実をいうと、少年を殺すことをまた考えた。もう一挺のライフルに依存しているという自覚がなかったら、すでにグランド川で実行していたにちがいない。二人の射手で充分とはいえないが、ひとりよりましだった。

「なあ、小僧、ほかのやつらと合流するまえに、はっきりさせておかなきゃならないことがある」グラスを見捨てたときから、ブリッジャーはずっとこの会話を予期していた。ブリッジャーは目を落とした。これから持ち出されるはずの話を、すでに恥じていたのだ。

「おれたちはグラスのために精いっぱいやった。たいていのやつなら、あんなに長いこといっしょにいてやらなかったはずだ。リー族に頭の皮を剝がれたら、七十ドルじゃ合わないからな」フィッツジェラルドはアリカラ族を短い呼び名で呼んだ。

ブリッジャーが何も言わないので、フィッツジェラルドはつづけた。「グラスはグリズリーにやられたときに死んでいたんだ。おれたちがやらなかったのは、やつを埋めてやることだけだ」ブリッジャーはまだ目をそらしている。フィッツジェラルドはまた怒りがこみ上げてきた。

「いいか、ブリッジャー？　おれたちがやったことを、おまえがどう思おうとかまわない。だが、これだけは言っておく――おまえが知ってることを何もかもぶちまけたりしたら、その喉を端から端まで切り裂いてやるからな」

第十二章

一八二三年九月十七日

アンドリュー・ヘンリー隊長は、目の前に広がる谷間の自然のままの輝きを満喫するために足を止めたわけではなかった。ミズーリ川とイエローストーン川の合流点を見下ろす高い断崖の眺めのよい場所から、ヘンリーと七人の仲間はずんぐりした台地で仕切られた広大な地平線を見渡した。台地の前にはなだらかなビュートがいくつもつづき、まるで亜麻色の波のように切り立った段丘とミズーリ川のあいだに広がっている。手前の土手の立木はすっかりなくなっているが、対岸の土手では密集したハコヤナギが秋に逆らってつかの間の緑をとどめていた。

ヘンリーは、二つの川の合流の哲学的な意味を考えるために立ち止まったわけでもなかった。ダイアモンドのように汚れのない水が旅をはじめる高い山の草原を、思い浮かべることもなかった。二つの大きな水上交通路によって巧みに商業を引き込むことのできる、交易所の立地の実用的な価値を賞賛するために、しばらくその場にとどまっていたわけでもなかった。

ヘンリー隊長は、現実に目の前にあるもののことより、むしろ見えないもののことを考えていた。馬が見えなかった。まばらな男たちの動きや大きな焚火の煙は見えるが、馬は一頭も目に入らなかった。（ラバすら一頭もいない）半ば挨拶代わりに、半ば苛立ち紛れに、ヘンリーは空に向かってライフルを撃った。野営地の男たちが動きを止め、銃声の出所を探した。二挺の銃から返礼の発砲があった。ヘンリー隊長と七人の男たちは、重い足取りでフォートユニオンに向かって谷間を下っていった。

アシュリーの応援に駆けつけるために、ヘンリーがフォートユニオンを発ってアリカラ村へ向かってから八週間になる。そのとき、ヘンリーは二つの指示を残していた。周辺の小川で罠猟をすることと、どんな犠牲を払っても馬を守ることだった。どうやら、ヘンリー隊長の運は決して変わらないらしい。

ピッグが右肩からライフルを持ち上げると、肩の肉に永久に消えそうもないくぼみが残っていた。重い銃を左肩に移そうとしたが、そこにはカバンの紐による擦り傷ができている。ついにあきらめて銃をからだの前に抱えると、腕がまたずきずき痛みだした。

ピッグはセントルイスの樽屋の奥の寝心地のいい藁のマットレスを思い出し、あらためてヘンリー隊長の隊に入ったのはとんでもない間違いだったという結論に達した。

人生最初の二十年間、ピッグは二マイル以上歩いたことがなかった。この六週間、二十マイル以上歩かない日は一日もなく、三十マイル以上歩くこともしばしばだった。二日前、ピッグの三足目のモカシンの底がすり切れて穴が開いた。ぱっくり開いた穴から、凍るような朝露が入り込んでくる。ぎざぎざの岩で擦り傷ができた。最悪なのは、とげの生えたサボテンを真上から踏んでしまったことだ。何度も皮剝ぎナイフでとげを抜こうとして失敗し、いまは爪先が化膿して足を下ろすたびに顔をしかめた。

言うまでもなく、ピッグの人生でこれほどの空腹を経験したのははじめてのことだ。ビスケットをグレービーソースに浸したり、太った鶏の脚にかぶりついたり、そういうささやかな楽しみが恋しくてたまらなかった。樽屋の女房が日に三度出してくれたブリキの皿に山盛りの食べ物を、ピッグは懐かしく思い出した。いまのピッグの朝食は冷たい干し肉だ――しかも、量が多くない。昼食のために足を止めることはめったになく、食べるのはやはり冷たい干し肉だ。隊長が銃声を気にするので、夕食さえたいてい――冷たい干し肉だった。そして、たまに新鮮な獲物が手に入ると、暴れる獲物の睾丸を叩き切ったり、苦労して骨を割って骨髄を取り出したり、それを食べるために悪戦苦闘した。辺境での食事には、それほどの労力が必要なのだ。食べるために必要な努力がピッグを空腹にした。

空腹で腹が鳴るたびに、痛む足を踏み出すたびに、ピッグは西部へ行こうとした自分の決断を疑った。辺境の富など相変わらずあてにならない。この六か月間、ピッグはビーバーの罠を仕掛けたことがなかった。野営地に入ってみると、失われたのは馬だけではなかった。（毛皮はどこだ？）交易所の板壁の前にあるヤナギの枠に、バッファローやヘラジカや狼などの雑多な毛皮に交じって数枚のビーバーの毛皮が掛かっていた。だが、それはヘンリー隊が戻ってくるときに期待していた大収獲にはほど遠いものだった。

太っちょ《スタビー》・ビルという男が進み出て片手をヘンリーに差し出した。

ヘンリーはその手を無視した。「馬はいったいどこにいったんだ？」

スタビー・ビルの孤独な手は、落ち着かない様子でしばらくその場にとどまった。やがて、スタビー・ビルがようやく手を下ろした。「ブラックフット族に盗まれました、隊長」

「見張りを立てるということを知ってるか？」

「見張りは立てました、隊長。でも、連中はどこからともなくやって来て、群れを逃がしたんです」

「あとを追ったか？」

スタビー・ビルはゆっくりと首を振った。「ブラックフット族が相手では、そんなにうまくいきません」それは微妙な暗示だが、効果的ではあった。ヘンリー隊長は深いため息をついた。「馬は何頭残っている？」

「七頭……いや、五頭、それとラバが二頭です。ぜんぶマーフィーが隊を率いてビーバー

・クリークの罠猟に連れていきました」
「猟はあまりやっていないようだが」
「やっていましたよ、隊長――でも、このあたりの獲物は獲り尽くされています。もっと馬がないと、どこにも行けないんですよ」

ジム・ブリッジャーは、すり切れた毛布の下で丸くなっていた。朝には地面に厚い霜が降りているだろう。少年は骨の髄まで染み通るような、じめじめした冷たさを感じていた。二人は今夜も火を焚かずに寝ている。突然、ブリッジャーの疲労が苦痛を圧倒し、ブリッジャーは眠りに落ちた。

夢のなかで、ブリッジャーは大きな深い割れ目の縁に立っていた。空は深夜のような黒に近い紫だった。あたりは真っ暗だが、かすかに残った明かりで物の形はわかる。はじめは、遠くにぼんやりした輪郭の幻影が現われた。それはゆっくり確実にブリッジャーに近づいてくる。近づくにつれて輪郭が形を取りはじめ、ねじ曲がって足を引きずった人間の形になった。ブリッジャーは逃げようと思ったが、背後の割れ目のせいで逃げることができなかった。

あと十歩というところで、恐ろしい顔が見えた。それは異様な顔で、顔の造作が仮面のようにゆがんでいた。頬や額にはいくつもの傷痕が縦横に交差している。鼻や耳は、バランスや対称性とは関係なくでたらめに配置されていた。その顔をもつれ合った長い髪と顎鬚が取り巻き、そのせいでいっそう、目の前の生き物はもはや人間ではないように思えた。

幻影がさらに近づくと、その目が燃えるように輝き、逃れられないような憎しみを込めてブリッジャーをにらみつけた。

幻影が死神の鎌のように腕を振り上げ、ブリッジャーの胸に深々とナイフを突き立てた。ナイフはブリッジャーの胸骨を切り裂き、その一撃の強さに少年は愕然とした。少年はよろめきながら後退し、最後にもう一度、燃える瞳を目の端にとらえて落ちていった。

ブリッジャーは深い割れ目に呑み込まれ、胸に突き立てられたナイフを見つめた。柄頭《つかがしら》の銀の金具に見覚えがあることに、ブリッジャーはたいして驚かなかった。それはグラスのナイフだった。ある意味で、ブリッジャーは自分が死ぬことにほっとしていた。罪の意識を抱えて生きるより楽だと思ったのだ。

ブリッジャーは脇腹に鋭い衝撃を感じた。ぎくっとして目を開けると、フィッツジェラルドが立っていた。「出かける時間だぜ、小僧」

第十三章

一八二三年十月五日

アリカラ村の焼け跡は、ヒュー・グラスに骸骨を思い出させた。焼け跡を歩くのは気味が悪かった。つい最近まで五百世帯の活気ある生活が満ちていたこの場所が、いまでは墓場のように静まりかえり、ミズーリ川を見下ろす高い断崖に建つ黒焦げのモニュメントとなっている。

この村はグランド川との合流点から八マイル北にあり、フォートブラゾーは七十マイル南にある。グラスがミズーリ川の上流へ進路を変えた理由は二つあった。バッファローの子どもで作った干し肉を食べ尽くし、ふたたび草の根や小果実に頼るようになっていた。グラスはアリカラ村が豊かなトウモロコシ畑に囲まれていたのを思い出し、残り物を探そうと思ったのだ。

それに加えて、村なら筏《いかだ》の材料が手に入ると思った。筏があれば、のんびり流れに乗ってフォートブラゾーまで下っていける。ゆっくり村のなかを歩きまわると、筏を作る材料には事欠かないことがわかった。丸太小屋と柵のあいだに、適当な丸太が大量に置かれていたのだ。

村のほぼ真ん中の明らかに共有の建物らしい大きな小屋で足を止め、グラスは内部をのぞき込んだ。暗い屋内で、一瞬、動くものが目に入った。鼓動が速くなり、よろめきながら一歩うしろに下がった。そこで立ち止まり、暗さに目が慣れたところでもう一度のぞき込んだ。もはや松葉杖は必要ないので、ハコヤナギの枝の先端を尖らせて間に合わせの槍にしてある。グラスは槍を構えた。

小屋の真ん中で、小さな子犬が鼻を鳴らしていた。ほっとすると同時に新鮮な肉への期待で興奮し、グラスはそろそろと足を進めた。そして、槍の向きを変え、尖っていないほうを前に向けた。犬をおびき寄せることができれば、すばやい一撃で頭蓋骨を砕くことができる。(肉を傷つけなくてすむ)犬は危険を察し、広々とした部屋の奥の暗がりへ逃げ込んだ。

グラスはすぐにあとを追ったが、犬がインディアンの老女の腕に飛び込んだので、驚いて足を止めた。老女は藁布団の上でうずくまり、ぼろぼろの毛布を敷いて堅いボールのように丸くなっていた。老女は犬を赤ん坊のように抱いている。犬のからだに顔を埋めているので、暗がりのなかで見えるのは老女の白髪だけだ。老女は大声で叫びだし、ヒステリックに声を上げて泣きはじめた。しばらくすると、その泣き声に一定のリズムが加わり、ぞっとするような不吉な詠唱に聞こえた。(彼女の死の詠唱だろうか?)

小さな犬をしっかり抱えた腕や肩は、革色の古い皮膚が骨から垂れ下がっているだけだった。グラスの目が慣れると、老女の周りに汚物やごみが散らばっているのが見えた。大きな土の壺に水が入っているが、食べ物らしいものはひとつもない。(どうしてトウモロコシを刈り取らなかったんだろう?)グラスは村に入る途中で、トウモロコシを何本か採ってきた。大部分の作物はスー族と鹿が奪ってしまったが、残り物はまちがいなくある。(足が不自由なのか?)

グラスは生皮のカバンに手を入れ、一本のトウモロコシを取り出した。そして皮をむき、からだをかがめて老女に差し出した。老女がむせび泣くような詠唱をつづけているので、グラスはそのままトウモロコシを差し出していた。しばらくすると、子犬がトウモロコシの匂いを嗅ぎ、すぐに舐めはじめた。グラスは手を伸ばして老女の頭に触れ、優しく白髪をなでた。老女がようやく詠唱をやめ、ドアから差し込む光の方へ顔を向けた。

グラスは息を呑んだ。老女の目は真っ白で、完全な盲目だった。アリカラ族が真夜中に逃げ出したとき、老女が置き去りにされた理由がやっとわかった。

グラスは老女の手を取り、そっとトウモロコシを握らせた。老女は意味のわからないことをぶつぶつとつぶやき、トウモロコシを口に押しつけた。歯が一本もないので、上下の歯茎で生のトウモロコシを嚙んだ。甘いトウモロコシの汁が空腹を目覚めさせたようで、老女は虚しくトウモロコシの芯まで嚙んでいた。（スープを飲ませたほうがいい）

グラスは小屋を見まわした。部屋の中央に掘られた炉の横に錆びた鍋があった。大きな土の壺に入った水に目を向けると、水は濁っていて水面に滓《おり》が浮いている。グラスは壺を持ち上げて外に運んだ。そして、水を捨て、村を流れる小さな小川で汲み直した。

グラスは小川のそばで別の犬を見つけ、こんどは逃がさなかった。すぐに小屋の真ん中に掘られた炉に火をおこした。犬の肉の一部は串に刺して火であぶり、一部は鍋で煮込んだ。犬の肉に加えてトウモロコシを鍋に放り込み、グラスはふたたび村の探索に出かけた。土造りの小屋の多くは火事の影響を受けていないので、うれしいことに筏を作るための縄が見つかった。ブリキのカップと、バッファローの角《つの》で作った柄杓《ひしゃく》もあった。

大きな小屋に戻ってみると、盲目の老女はグラスが出ていったときのまま、相変わらずトウモロコシの芯をしゃぶっていた。グラスは鍋に近づくと、ブリキのカップにスープを入れ、藁布団に坐った老女のすぐそばに置いた。子犬は同胞が火の上で焼かれる匂いに落ち着きをなくし、老女の足もとにすり寄った。老女もまた肉の匂いを嗅ぎつけた。老女はカップをつかみ、スープの粗熱がとれて飲めるようになるのを待って貪るように飲み干した。グラスはもう一度スープを注ぎ、こんどはカミソリで切った小さな肉片を入れてやった。グラスは三度カップを満たし、やがて老女は食べるのをやめて眠りに落ちた。グラスは老女の骨と皮ばかりの肩に毛布をかけ直してやった。

グラスは炉のそばに戻り、焼いた犬を食べはじめた。ポーニー族は犬をご馳走とみなし、白人が春生まれの豚を殺すように、ときどき犬科の動物をつかまえる。むろんグラスはバッファローのほうが好きだが、いまの状況では犬でも文句はなかった。グラスはトウモロコシを鍋から取り出して食べ、スープと煮込んだ肉はインディアンの女に残しておいた。

食べはじめて一時間ほど経ったころ、老女が大声を上げた。グラスは老女のところへ駆けつけた。老女は何かのことばを繰り返している。〝ヒー・トゥウェ・ヒー……ヒー・トゥウェ・ヒー……〟さっきの死の詠唱のような恐ろしい口調ではなく、大事な思いを懸命に伝えようとしている穏やかな声だった。ことばの意味は、グラスにはまったく理解できない。ほかにできることを思いつかなかったので、グラスは老女の手を取った。老女はグラスの手を弱々しく握り、自分の頬に押し当てた。二人はしばらくそうして坐っていた。やがて、老女の見えない目が閉じ、彼女はいつしか眠りに落ちていた。

翌朝、老女は死んでいた。

グラスは午前中の大半を費やし、ミズーリ川を見渡せる場所に間に合わせの火葬用の積み薪を組んだ。それが終わると、グラスは大きな小屋へ戻り、老女を毛布でくるんだ。老女を積み薪のところへ運んでいくグラスのあとから、まるで奇妙な葬列のように哀れな犬がついてきた。狼との戦いから何週間も経ち、グラスの肩も負傷した脚と同じようにすっかりよくなっている。だが、積み薪の上に死体を持ち上げたとき、グラスは顔をしかめた。背骨に沿って、不安をかき立てるいつものうずきを感じたのだ。背中はいまだに心配のタネだった。運がよければ、あと二、三日でフォートブラゾーに着くだろう。フォートブラゾーなら、きちんと手当のできる人間がいるはずだ。

しばらく積み薪のそばに立っていると、かつての風習が遠い過去からよみがえった。グラスはふと思った。母の葬式には、どんなことばが語られたのだろう。エリザベスには、どんなことばがかけられたのだろう。墓穴の横に積まれた、掘り返したばかりの土の山が目に浮かぶ。埋葬という概念は、昔からグラスに息苦しくて冷たいものだという印象を与えていた。グラスは、死体を高いところに置く――まるで、天国へ送ろうとするかのように――インディアンのやり方のほうがいいと思った。

犬が不意にうなり声を上げ、グラスはくるりとうしろを向いた。馬に乗った四人のインディアンが、七十ヤードしか離れていない村からゆっくりグラスに向かってくる。その服装や髪型から、ひと目でスー族だということがわかった。グラスは一瞬、パニックに陥り、密集した雑木林までの距離を測った。そして、ポーニー族との最初の出会いを思い起こし、その場に踏みとどまる決心をした。

罠猟師たちとスー族が同盟してアリカラ族を包囲してから、ひと月あまりしか経っていない。グラスは、スー族がレヴンワース大佐の戦術に愛想を尽かして戦いを放棄したとき、ロッキーマウンテン毛皮会社の男たちも同じ気持ちだったことを思い出した。(あの同盟はいまでも有効だろうか?)そこで、グラスは精いっぱい虚勢を張ってその場に立ち、インディアンが近づいてくるのを見つめた。

インディアンたちは若く、三人は二十歳そこそこだった。もうひとりはいくらか年上で、二十代半ばといったところだろう。若い戦士たちはまるで未知の動物に近づくように、武器を構えて慎重に近づいてくる。年上のスー族は、ほかの者より半馬身前を進んできた。ロンドン火打ち石銃を持ち、とてつもなく大きい鹿革色の種馬の首に銃身を載せてさりげなく手を添えている。馬の尻には〝U・S〟という焼き印が押されていた。(レヴンワース隊の馬だ)こんな状況でなかったら、グラスは大佐の災難を笑ったかもしれない。

年上のスー族はグラスから五フィート手前で手綱を引き、グラスを頭のてっぺんから足の爪先までじろじろと眺めた。つぎに、グラスのうしろの積み薪に目をやった。この傷だらけで汚れた白人と、死んだアリカラ族の女との関係を懸命に理解しようとしている。四人は遠くから、グラスが女の死体を足場に載せようと悪戦苦闘しているのを見ていたのだ。意味がわからなかった。

インディアンが片脚をうしろに振り上げ、大きな種馬の背中からひらりと地上に下りた。そして、グラスを黒い目で見据えて近づいてきた。グラスは胃袋をかきまわされるような気がしたが、怯まずに相手の視線を受け止めた。グラスが虚勢を張って示そうとしているものーー自信満々な態度ーーを、そのインディアンは努力せずに身につけていた。インディアンは名をイエロー・ホースといい、身長は六フィートを超え、がっしりした肩を持ち、力強い首と胸を際立たせる完璧な姿勢をしていた。堅く編んだ三つ編みの髪に、戦いで殺した敵の数を表わす刻み目をつけたワシの羽根を三本挿している。雌鹿の革のチュニックの胸に、装飾のある二本のベルトが下がっていた。そこには鮮やかな朱色と藍色に染められた何百本ものヤマアラシの針が編み込まれ、グラスはその細工の複雑さに目を留めた。

二人が面と向かって立つと、インディアンがグラスの首飾りにそろそろと手を伸ばし、巨大な熊のかぎ爪を指で回しながらじっくりと眺めた。そして、かぎ爪を手から放し、グラスの頭と喉の周りの傷痕に視線を這わせた。つぎにグラスの肩をそっと突いてうしろを向かせ、ぼろぼろのシャツに覆われた傷を調べた。男はグラスの背中を見るとほかの三人に声をかけた。ほかの戦士たちが馬を下りて近づき、グラスの背中を押したり突いたりしながら興奮した声を上げるのが聞こえた。（どうなってるんだ？）

インディアンたちを魅了したのは、グラスの背中の上から下まで伸びた深い平行な傷だった。傷なら何度も見たことがあるが、こんな傷ははじめてだった。その深い傷は動いていた。ウジ虫がうようよしていたのだ。

インディアンのひとりが、のたうち回る白い虫をやっとのことでつまみ上げてグラスに見せた。グラスはぞっとして大声を上げ、シャツの残骸を引きちぎると、届かない傷に虚しく手を伸ばした。そして、このおぞましい侵略者を思って気分が悪くなり、地面に四つん這いになって吐いた。

若い戦士のうしろにグラスを乗せ、インディアンたちはアリカラ村をあとにした。馬のうしろから、老女の犬が追いかけてきた。別のインディアンが止まって馬を下り、犬をなだめて呼び寄せた。そして、トマホークの刃の反対側で犬の頭を叩き割り、その後肢をつかんで仲間を追いかけた。

スー族の野営地はグランド川のすぐ南にあった。白人を連れた四人の戦士の到着はたちまち興奮をかき立て、ティピのあいだを馬で進む四人のあとから、まるでパレードのように大勢のインディアンがついてきた。

イエロー・ホースは、野営地から離れて建っている背の低いティピに行列を導いた。黒い雲から突き出す稲妻や、太陽の周りに幾何学的に配置されたバッファローや、焚火の周りで踊るぼんやりした人影などの原始的な模様がティピの外側を覆っている。イエロー・ホースが大声で呼びかけてしばらくすると、ティピの入口の垂れ蓋から日焼けして骨張ったインディアンの老人が現われた。老人は明るい日差しを浴びて目を細めたが、たとえ目を細めなくても、老人の目は深いしわの下でほとんど見えなかった。顔の上半分を黒い絵の具で塗り、右耳のうしろにしなびたカラスの死骸を縛りつけている。十月の寒さにもかかわらず、上半身は裸で腰から下は下帯をつけているだけだった。くぼんだ胸から垂れ下がった皮膚は、黒と赤の段だら模様に塗られていた。

イエロー・ホースは馬を下り、グラスにも下りるよう身振りで示した。慣れない馬に揺られてまた傷が痛みだしたグラスは、ぎこちなく馬を下りた。イエロー・ホースは、アリカラ族の廃村で奇妙な白人を見つけたこと、その白人がインディアンの老女の魂を解き放ったことを呪術医に話して聞かせた。また、先を尖らせた杖のほかには何も武器を持たない白人が、インディアンたちが近づいてもまったく恐れを見せなかったことも話した。そして、熊のかぎ爪の首飾りのことや、男の喉や背中の傷のことを伝えた。

イエロー・ホースの長い説明のあいだ呪術医はひと言もことばを挟まなかったが、仮面のような顔のしわの奥から真剣な目がのぞいていた。集まったインディアンたちは話を聞こうとして押し合い、背中の傷のウジ虫の描写にはざわめきが起こった。

イエロー・ホースが話し終えると、呪術医がグラスに近寄った。しなびた男の身長はかろうじてグラスの顎に届く程度で、この年老いたスー族は理想的な角度から熊のかぎ爪を調べることができた。老人はその信憑性を確かめるかのように、親指でかぎ爪の先端を押してみた。そして、グラスの右肩から喉へとつづくピンクがかった傷痕に触れようとすると、中風《ちゅうふう》にかかったその手がかすかに震えた。

終いに、呪術医はグラスをうしろ向きにして背中を調べた。そして、着古したシャツの襟に手を伸ばして引き裂いた。布地はほとんど手応えがなかった。イエロー・ホースの描写を自分の目で確かめようと、インディアンたちが押し寄せた。そして、一斉に耳慣れないことばで興奮したようにしゃべりだした。それほどの騒ぎを巻き起こす光景を想像し、グラスはまたもや胃袋がひっくり返るような気がした。

呪術医が口を開くと、インディアンたちがたちまち静まりかえった。呪術医はうしろを向き、ティピの垂れ蓋の奥に姿を消した。しばらくして現われたときには、いろんな種類のヒョウタンといくつかのビーズ織りの袋を抱えていた。呪術医はグラスのところへ戻り、地面にうつぶせになるように身振りで示した。それから、グラスの横にみごとな白い毛皮を広げ、その上にずらりと薬を並べた。容器のなかに何が入っているのか、グラスには見当もつかない。（かまうものか）重要なことはひとつだけだ。（あいつらをおれから追い出してくれ）

呪術医が若い戦士のひとりに声をかけると、戦士はすぐに駈け出し、水をなみなみと入れた黒いポットを手に二、三分で戻ってきた。そのあいだに、呪術医はいちばん大きいヒョウタンの匂いを嗅ぎ、様々な袋から取り出した物質を加えた。呪術医は作業をしながら低い声で単調な旋律を唱えはじめ、敬意を表わして静まりかえる村人のあいだにその声だけが響き渡った。

大きなヒョウタンに入っている主な物質は、夏のあいだに狩りで捕まえた大きな雄のバッファローの膀胱から採った尿だった。呪術医はその尿にハンノキの根と火薬を混ぜた。そうして作った収れん剤には、テレピン油のような効能があるのだ。

呪術医はグラスに長さ六インチの短い棒切れを渡した。一瞬、意味がわからなかったが、すぐにその目的を悟った。グラスは息を深く吸い、歯のあいだに棒切れをくわえた。

グラスが身構えると、呪術医が液体を注いだ。

収れん剤はグラスに、これまでに経験したことのない強烈な痛みをもたらした。まるで、人間の肉で作った鋳型に溶けた鉄を流し込んだかのようだ。はじめのうちは局所的な痛みで、五本ある切り傷の一本一本に、耐えがたい痛みをもたらす液体が一インチずつ染み込んでいくように思えた。だが、すぐに痛みが広がり、早鐘を打つ心臓の鼓動に合わせて背中全体が激痛で波打っているように感じた。グラスは柔らかい木の棒に歯を食い込ませた。治療の浄化効果を思い浮かべようとしたが、現実の痛みには勝てなかったのだ。

ウジ虫に対する収れん剤の効果は期待どおりだった。たくさんのうごめく白いものが、表に出ようとしてもがいていた。二、三分すると、呪術医は大きな柄杓で水をかけ、グラスの背中からウジ虫と焼け付くような液体を洗い流した。痛みがゆっくりと退いていき、グラスは肩で息をした。やがて、ようやく呼吸が整いはじめたかと思うと、呪術医がふたたび大きなヒョウタンから液体を注いだ。

呪術医は四回に分けて収れん剤をかけた。最後にすべてを洗い流し、マツとカラマツで作った熱い湿布剤を傷に当てた。イエロー・ホースがグラスに手を貸し、呪術医のティピに連れていった。インディアンの女が、調理したばかりの鹿肉を運んできた。グラスはずきずきする背中のことも忘れて料理を貪り、食べ終えるとバッファローの毛皮の敷物に横たわって深い眠りに落ちた。

ほとんど二日間、グラスは断続的に眠りつづけた。目が覚めるたびに、グラスの横に新しい食べ物と水が用意されていた。呪術医はグラスの背中の手当をし、湿布剤を二度取り替えてくれた。収れん剤の飛び上がるような痛みを経験したあとでは、湿布剤の湿った温もりが安らぎを与える母の手のように感じられた。

三日目の朝、グラスが目覚めると、早朝の淡い光がティピに差し込んでいた。静寂を破るものといえば、ときおり馬が餌をあさる音と悲しげな鳩の鳴き声だけだった。呪術医は骨張った胸にバッファローの毛皮をかけて眠っている。グラスの隣には、きちんと畳まれた鹿革の衣類――ズボン、ビーズ飾りのついたモカシン、飾りのない雌鹿の革のチュニック――が重ねられていた。グラスはゆっくり起き上がり、着替えをした。

ポーニー族はスー族を不倶戴天の敵とみなしていた。グラス自身もカンザスの平原で暮らしていたとき、スー族の狩猟集団と小競り合いを起こしたことがある。いまのグラスは認識を変えていた。イエロー・ホースや呪術医のサマリア人のような行為には、ただただ感謝するしかない。呪術医がもぞもぞと動き、からだを起こしてグラスに目を向けた。そして、グラスに理解できないことばを口にした。
二、三分もすると、イエロー・ホースがやって来た。イエロー・ホースは、グラスが床を離れたのを見てうれしそうだった。二人のインディアンはグラスの背中を調べ、満足げにことばを交わしていた。二人の話が終わると、グラスは自分の背中を指さし、〝大丈夫か?〟というように眉を上げてみせた。イエロー・ホースが口をすぼめてうなずいた。
その日、グラスはイエロー・ホースのティピを訪ねた。手まねや砂の上に描いた絵を交え、グラスは自分がどこから来たかということと、どこへ向かっているかということを伝えようとした。イエロー・ホースは〝フォートブラザー〟ということばを理解したようで、その証拠に自分で地図を描き、ミズーリ川とホワイト川の合流点にその交易所の位置を正確に記した。グラスは狂ったようにうなずいた。イエロー・ホースが、ティピに集まっている戦士のひとりに何かを伝えた。ことばの意味がわからないグラスは、その夜、眠りにつくとき、このままひとりで旅立つべきだろうか、と考えていた。

翌朝、呪術医のティピの外で馬の鳴き声が聞こえ、グラスは目を覚ました。外へ出てみると、イエロー・ホースとアリカラ村で出会った三人の若い戦士だった。四人は馬に乗り、そのひとりが誰も乗っていないまだら馬の手綱を握っていた。

イエロー・ホースが何かを言ってまだら馬を指さした。太陽が地平線の上にすっかり姿を現わしたとき、五人はフォートブラザーを目指して馬で南へ向かった。

第十四章

一八二三年十月六日

ジム・ブリッジャーの方向感覚は彼の期待を裏切らなかった。ブリッジャーがフィッツジェラルドを説得し、東へ向かうリトル・ミズーリ川を離れて陸路を突っ切ることにしたのは正しかったのだ。西の地平線が太陽をすっぽり呑み込んだころ、二人は自分たちがフォートユニオンに近づいたことを知らせる合図のライフルを撃った。ヘンリー隊長は、馬に乗った男を迎えによこした。

ロッキーマウンテン毛皮会社の男たちは、フォートユニオンに入ってくるフィッツジェラルドとブリッジャーを厳粛な面持ちで恭《うやうや》しく迎えた。フィッツジェラルドはグラスのライフルを、倒れた仲間の栄光の象徴とでもいうように抱えている。アンシュタットが前を通り過ぎるとき、ジャン・プートリンは十字を切り、何人かの男たちが帽子を脱いだ。それが避けられないことかどうかはともかく、男たちはグラスの死に直面して動揺していた。

男たちは宿泊所に集まり、フィッツジェラルドの説明を聞いた。フィッツジェラルドの狡猾で巧妙な嘘をつく才能に、ブリッジャーは舌を巻くばかりだった。「たいして話すことはない」フィッツジェラルドは言った。「みんな、結果はわかっていたんだ。おれはやつの友だち面をするつもりはない――だが、あいつみたいに戦う男を尊敬している。おれたちはやつを深く埋めてやった……ほじくり出されないように、充分な石で覆ってやった。隊長、本音を言うと、おれはすぐにも出発したかった――だが、ブリッジャーのやつが、墓に十字架を立てるべきだと言ったんだ」この最後のでまかせを耳にすると、ブリッジャーはぎょっとして目を上げた。二十の感服した顔がブリッジャーを見つめ、いくつかの神妙な顔が賛同するようにうなずいた。（とんでもない――尊敬なんてしてくれるな！）ブリッジャーがずっと求めていたものが、いまや自分のものになった。そして、それはブリッジャーには背負いきれないほどだった。結果はどうであろうと、ブリッジャーは二人の嘘――自分の嘘――というとてつもない重荷をあがなわなければならなかった。

ブリッジャーは、フィッツジェラルドの目の端から氷のような視線が注がれているのを感じた。（かまうものか）話そうとして口を開いたが、適切なことばが見つからないうちにヘンリー隊長が声をかけた。「おまえなら立派に務めを果たしてくれると思ってたぞ、ブリッジャー」遠征隊の男たちが、またもや賛同するようにうなずいた。（おれはなんてことをしてしまったんだ?)ブリッジャーは床に視線を落とした。

第十五章

一八二三年十月九日

フォートブラゾーの〝砦《フォート》〟という称号の根拠は、どう考えても希薄だった。おそらく、この名前をつけた動機は虚栄心――家族の名前を世間で通用させたいという願望――だったのだろう。あるいは、名称の効力だけで攻撃を思いとどまらせることができるのではないかと期待したのかもしれない。いずれにしても、フォートブラゾーの実体は名前負けしていた。

フォートブラゾーにあるものといえば、一軒の丸太小屋と粗末な船着き場と馬をつなぐ一本の杭、それだけだ。丸太小屋の狭い銃眼が、この建物の軍事的な側面がいくらかでも考慮されているという唯一の証拠で、それは矢を防ぐというよりむしろ光を妨げていた。交易所の周りの空き地に点々と見えるティピは、一部が交易に訪れたインディアンが一時的に張ったもの、一部はヤンクトン・スー族の酒飲みたちが恒久的に張っているものだ。

川を旅するものなら、誰もがここで夜を過ごす。たいていは星空の下で野営をするが、カネのある者は二十五セントで小屋のなかの藁のマットレスを敷いた空間を共有できる。

小屋の内部は雑貨店兼酒場だ。薄暗い店内で、まず気がつくのは臭いだった。前日の煙、新しい獣皮の脂っぽい臭い、蓋の開いた塩漬けタラの樽。酔っ払いの会話を別にすると、聞こえるのは絶え間のないハエの羽音と、屋根裏の垂木のあいだの寝床からときおり聞こえるいびきぐらいのものだった。

交易所の名前のもととなったカイオワ・ブラゾーは、目が異常に大きく見えるほど分厚いメガネ越しに、馬に乗って近づいてくる五人を見つめていた。五人のなかにイエロー・ホースの顔を見つけ、カイオワは少なからずほっとしていた。カイオワはスー族の意向が気がかりだったのだ。

ウィリアム・アシュリーはこのひと月の大半をフォートブラゾーで過ごし、アリカラ村での失敗を踏まえてロッキーマウンテン毛皮会社の今後について計画を練っていた。アリカラ族との戦いでは、スー族は白人と同盟関係だった。いや、正確に言うと、スー族がレヴンワース大佐のやる気のない戦い方に不満を募らせるまでは、同盟関係だった。レヴンワースの包囲攻撃の最中に、スー族はいきなり立ち去ったのだ。（もっとも、そのまえにアシュリーと米国陸軍の馬を盗む時間はあったが）アシュリーは、スー族の戦線離脱を背信行為とみなしている。カイオワはスー族の態度に密かな共感を覚えていたが、ロッキーマウンテン毛皮会社の創設者の機嫌を損ねる気はなかった。なんと言っても、アシュリーとその部下たちは以前からずっとカイオワの上得意で、実際、在庫品を丸ごと買い上げてくれるのだ。

だが、結局、フォートブラゾーのわずかな収入は土地の部族との交易に頼っている。アリカラ族との関係が劇的に変化してからというもの、スー族はますます重要になっていた。カイオワは、スー族のレヴンワースに対する蔑視が自分や自分の交易所に及ぶのを心配していた。イエロー・ホースやほかの三人のスー族戦士がやって来たのはいい徴候で、どうやら彼らに保護されたらしい白人を連れてきたのがはっきりするとなおさらだった。

ここに住んでいるインディアンや、荷物の運搬の途中で立ち寄った船頭たちが、新しい訪問者を出迎えようとして集まってきた。とくに、顔と頭にひどい傷痕のある白人に視線が集中した。ブラゾーが流暢なスー語でイエロー・ホースに話しかけると、イエロー・ホースは白人について自分が知っていることを話して聞かせた。グラスは何十もの目に見つめられて落ち着かない気分になった。スー語のわかる者は、熊に重傷を負わされ、武器も持たずにひとりでいるグラスを発見した、というイエロー・ホースの話に聞き入った。だが、残りの者は、この白人には積もる話があるにちがいない、と想像するしかなかった。

イエロー・ホースの話に耳を傾けていたカイオワは、話が終わると白人に話しかけた。

「あなたのお名前は？」白人はことばを発するのに苦労しているようだ。意味がわからないのだと思ったブラゾーはフランス語で言い直した。「キ・エト・ヴ?」

グラスは唾を飲み込み、そっと咳払いをした。ロッキーマウンテン毛皮会社の遠征隊が川をさかのぼる途中でここに立ち寄ったので、グラスはカイオワを覚えている。むろん、カイオワはグラスを覚えていなかった。グラスは自分の外見が大きく変わったからだと思った。もっとも、本人は熊に襲われてから自分の顔をよく見たことがなかったが。「ヒュー・グラス」ことばを発するのは苦痛だった。しかも、発した声は痛々しい金切り声だった。「アシュリーの隊員だ」

「ムッシュ・アシュリーとは行き違いでした。アシュリーなら、ジェド・スミスと十五人の隊員を西へ送り出してから、つぎの遠征隊を集めるためにセントルイスへ帰りましたよ」負傷した男がもっと情報をもたらすかもしれないと思い、カイオワはしばらく待った。男にそれ以上話すそぶりがないので、片目のスコットランド人が一同のもどかしさをことばにした。片目の男は間の抜けたスコットランド訛りで訊いた。「あんた、何があったんだ?」

グラスはゆっくりと、できるだけ無駄を省いて答えた。「グランド川の上流で、グリズリーに襲われた」哀れを誘う泣き声のような自分の声がいやでたまらなかったが、グラスはつづけた。「ヘンリー隊長は、二人の男といっしょにおれを残していった」グラスはまたことばを切り、傷ついた喉の痛みを和らげるために手を当てた。「連中はおれの道具を盗んで逃げてしまった」

「そこからここまでスー族が連れてきたのか？」スコットランド人が訊いた。

グラスの苦しげな表情を目にすると、カイオワが代わりに答えた。「この人がひとりでアリカラ村にいるところを、イエロー・ホースが見つけたそうだ。もし間違っていたら訂正してください、ムシュー・グラス、ひょっとして、あなたはひとりでグランド川を下ってきたんじゃありませんか？」

グラスはうなずいた。

片目のスコットランド人はさらに質問しようとしたが、カイオワがさえぎった。「ムシュー・グラスの話はあとのお楽しみにしましょう。まずは食事や睡眠をとってもらわないと」メガネがカイオワの顔に、知的で慈愛に満ちた雰囲気を与えている。カイオワはグラスの肩をつかんで小屋のなかへ導いた。小屋に入ると、長いテーブルの前にグラスを坐らせ、女房にスー語で話しかけた。女房は大きな鋳物の鍋から皿になみなみと注いだシチューを出した。グラスは貪るようにシチューを平らげ、さらにたっぷり二杯のお代わりをした。

カイオワはグラスの正面に坐り、気の利かない連中を追い払いながら薄明かりのなかで辛抱強く見守った。

食事を終えると、グラスは急に思い出したようにカイオワに顔を向けた。「カネを払えないんだが」

「あなたが大金を持っているとは思っていませんよ。アシュリーの隊員なら、わたしの交易所では付けが利くんです」グラスは了解のしるしにうなずいた。カイオワはことばをつづけた。「必要なものをそろえて、つぎのセントルイス行きの船に乗せてあげましょう」

グラスは激しく首を横に振った。「セントルイスには行かない」

カイオワは面食らった。「では、どこへ行くつもりですか？」

「フォートユニオンだ」

「フォートユニオン！　いまは十月ですよ！　うまくアリカラ族を避けてマンダン村にたどり着いたとしても、着くのは十二月になるでしょう。それに、そこからフォートユニオンまでまだ三百マイルもあります。冬のさなかに、歩いてミズーリ川をさかのぼるつもりですか？」

グラスは答えなかった。喉が痛かったのだ。それに、許可をもらおうとは思っていない。大きなブリキのカップの水をひと口すすってカイオワに食事の礼を言い、ぐらぐらする梯子を登って屋根裏の寝床へ行こうとした。だが、途中で足を止め、梯子を下りて外へ出た。

イエロー・ホースは交易所から離れたホワイト川のほとりで野営をしていた。イエロー・ホースとほかのスー族は馬の世話とすこしばかりの取引を終え、翌朝、発つつもりだった。イエロー・ホースはなるべく交易所を避けることにしている。カイオワとそのスー族の女房はいつも誠実に接してくれるが、施設全体がイエロー・ホースを憂鬱な気分にさせるのだ。交易所の周りで野営しながらつぎの一杯のウィスキーのために妻や娘に売春させる汚らわしいインディアンたちを、イエロー・ホースは軽蔑し、恥じてさえいた。男たちに昔の生活を捨てさせ、そういう不名誉な生き方をさせる害悪には憂慮すべきものがある。

フォートブラゾーが住人のインディアンたちに与える影響のほかに、交易所の別の側面がイエロー・ホースをたまらなく不安にさせた。銃や斧から上等な衣服や縫い針まで、イエロー・ホースは白人が作る商品の複雑さや品質に驚嘆した。だが同時に、そういうものを作ったり、イエロー・ホースには理解できない力を利用したりする白人に、漠然とした恐怖を覚えたのだ。それに、東にある巨大な白人の村の話、バッファローと同じぐらいの数の人間がいるという村の話はどういうことか。その話が本当とは思えないが、交易業者の数は年を追うごとにすこしずつ増えている。そんなところに、アリカラ族や軍人たちとの戦いが起こったのだ。確かに、白人が罰を与えようとしているのはアリカラ族で、それはイエロー・ホース自身も快く思っていない部族だった。それに実際、白人の軍人たちは臆病で無能だった。イエロー・ホースは、自分の不安を懸命に理解しようとした。イエロー・ホースの不吉な予感は、ひとつずつ取り上げればどれもたいしたことではないように思える。だが、ばらばらの紐を編むと一本の太い紐になるように、こういう個々のものが重なってイエロー・ホースがまだまったく気づいていない脅威になるような気がした。

イエロー・ホースが佇んでいると、グラスが野営地へ入ってきて、二人の顔を小さな焚火が照らした。グラスは世話になった礼にカネを渡そうかと思ったが、なぜか、イエロー・ホースが腹を立てるような気がした。何か小さな贈り物――ねじりタバコかナイフでも――を考えた。だが、そういうつまらないものでは、自分の感謝の気持ちを表わすには不充分に思えた。そこで、イエロー・ホースのところへ歩いていき、熊のかぎ爪の首飾りを外してインディアンの首にかけた。

イエロー・ホースはしばらくグラスを見つめていた。グラスはその目を見つめ返してうなずき、背を向けて小屋の方へ戻っていった。

グラスが屋根裏の寝床に上がると、大きな藁のマットレスですでに二人の船頭が眠っていた。ひさしの下の隅の狭い空間に、汚らしい獣皮が広げてある。グラスはからだを横たえ、たちまち眠りに落ちた。

翌朝、間仕切りのない下の部屋から聞こえる騒々しいフランス語の会話で、グラスは目を覚ました。話し合いの合間に陽気な笑い声が混じり、気がつくと、屋根裏にはグラスひとりしかいなかった。グラスはしばらくその場に寝そべり、暖かい避難所という贅沢を楽しんだ。そして、うつぶせから仰向けに寝返りを打った。

呪術医の荒療治が効いていた。グラスの背中はまだ完治したわけではないが、少なくともひどい感染症はよくなっていた。まるで、買ったばかりの機械の複雑な部品を調べるように、グラスは手脚を一本ずつ伸ばしてみた。歩くときはまだ明らかに足を引きずるが、片脚に全体重をかけられるようになった。筋力はまだ戻らないものの、腕や肩は正常に動かせる。ライフルの反動は鋭い痛みをもたらすだろうが、銃を扱う能力には自信があった。(銃)カイオワが快く装備を調えると言ってくれたことには感謝している。だが、グラスが欲しいのは自分の銃だった。グラスの望みは自分の銃を取り戻すことと、それを盗んだ男たちへの報復だ。フォートブラゾーにたどり着いたことがひどく虚しく思える。それは確かに重大な節目だ。だが、グラスにとって、この交易所は意気揚々と踏み越すゴールラインではなく、決意を胸に抱いて踏み出すスタートラインなのだ。新しい装備と日増しに回復しつつある肉体を手に入れ、いまのグラスはここ六週間のグラスになかった優位な立場に立った。だが、ゴールはまだ遠かった。

屋根裏で仰向けに寝ていると、テーブルの上に水の入ったバケツがあるのに気づいた。階下のドアが開き、壁のひび割れた鏡が朝の光をとらえた。グラスは立ち上がり、鏡のところまでゆっくりと歩いていった。

鏡のなかから自分を見つめ返している顔にはたいして驚かなかった。別人のように見えることは覚悟していたのだ。だが、何週間も想像するしかなかった傷痕を、ついに目の当たりにするのは妙な気持ちだった。三本の平行な爪痕が、頬を覆う濃い顎鬚に深いすじをつけている。グラスはインディアンが戦いのときに塗るウォーペイントを思い出した。ス一族が敬意を示したのも無理はない。ピンクがかった傷痕の組織が生え際に沿って頭を一周し、頭のてっぺんにいくつか深い傷があった。以前は褐色だった髪――とりわけ顎鬚――の伸びたところに、いまでは白髪が交じっている。グラスはとくに喉に注目した。そこにも、かぎ爪の通り道を示す平行な傷痕が見つかった。でこぼこの傷痕が、縫合糸が結ばれた場所を示していた。

背中を見ようとして雌鹿の上着を持ち上げたが、鏡が曇っていて長い傷の輪郭しかわからなかった。グラスの頭に、まだウジ虫のイメージがこびりついている。グラスは鏡の前を離れ、屋根裏から下りていった。

十人あまりの男たちが階下の部屋に集まり、長いテーブルに群がって夢中で話し込んでいた。グラスが屋根裏から梯子を下りていくと、会話が止んだ。

カイオワはすんなり英語に切り替えてグラスに挨拶した。このフランス人の語学力は、辺境のバベルともいうべき土地の真ん中にいる交易業者にとって財産だった。「おはようございます、ムシュー・グラス。たったいま、あなたのことを話していたんですよ」グラスは挨拶に応えてうなずいたが、何も言わなかった。

「あなたは運がよかった」カイオワがつづけた。「上流へ向かう船に乗せてあげられるかもしれません」グラスはたちまち興味を惹かれた。

「アントワーヌ・ランジュヴァンを紹介します」長い口髭のある小男が礼儀正しくテーブ

ルの前から立ち上がり、手を伸ばしてグラスと握手をした。グラスは小男の握力に驚いた。

「ランジュヴァンは、昨夜、上流から着いたんです。ムシュー・グラス、あなたと同じように、ちょっとした話を持ってきましてね。ムシュー・ランジュヴァンは、はるばるマンダン村からやって来たんですよ。ランジュヴァンの話では、我らが放浪の部族、アリカラ族は、マンダン村から南へたった一マイルの土地に新しい村を作ったそうです」

ランジュヴァンが、グラスにはわからないフランス語で口を挟んだ。

「いま、その話をするところですよ、ランジュヴァン」カイオワは話を中断させられて苛立った。「我々の友人は、ちょっとした歴史的事情を重大視しているんだと思います」カイオワは説明をつづけた。「ご想像のとおり、我々の友人のマンダン族は、彼らの新しい隣人が揉め事を持ち込むのを心配しています。マンダン族のテリトリーに住む条件として、マンダン族はアリカラ族に、白人への襲撃をやめることを約束させました」

カイオワはメガネを外し、長いシャツのすそでレンズを拭いてから赤らんだ鼻の上に戻した。「そこで、わたし自身の事情をお話しします。わたしの小さな交易所は、川の通行に依存しています。あなたのような罠猟師や取引業者に、ミズーリ川を上ったり下ったりしてもらわなくてはなりません。ムシュー・アシュリーや隊員のみなさんが、長年立ち寄ってくださることには感謝しています。でも、このあいだのアリカラ族との戦いのせいで、商売をやめることになりそうです。

わたしはランジュヴァンに、使節団を率いてミズーリ川をさかのぼってほしいと頼みました。贈り物を持っていって、アリカラ族との関係を修復してもらうんです。もしうまくいったら、ミズーリ川の交易が再開したことをセントルイスに伝えるつもりです。ランジュヴァンの船《バトー》には、六人の人間と荷物を載せる広さがあります。こちらはトゥーサン・シャルボノーです」カイオワは、テーブルについている別の男を指さした。その名に聞き覚えのあるグラスは、サカジャウィアという有名なインディアン娘の夫を興味深く見つめた。「トゥーサンはルイス＝クラーク探検隊の通訳でした。彼はマンダン語とアリカラ語と、そのほか途中で必要になるようなことばなら何でも話せるんです」

「それに英語も話せる」とシャルボノーが英語で言ったが、それはとうてい英語とは思えない発音だった。カイオワはほとんど訛りのない英語を話すが、シャルボノーの英語にはひどい母国語訛りがある。グラスは手を伸ばし、シャルボノーに握手を求めた。

カイオワは紹介をつづけた。「これがアンドリュー・マクドナルドです」カイオワが、前日の片目のスコットランド人を指した。グラスはスコットランド人が、片目のほかに鼻の頭のかなりの部分も失っていることに気づいた。「彼はわたしが会った人間のうちで、いちばん頭のめぐりの悪い男と言っていいでしょう」カイオワが言った。「でも、彼は一日中休まずにパドルを漕ぐことができるんです。わたしたちは彼を教授《プロフェスール》と呼んでいます」プロフェスールは自分の名前が挙がったのを聞きつけて見えるほうの目を細め、カイオワが視界に入るように首を傾けた。もっとも、皮肉のほうは明らかに聞き逃していた。

「最後は――ドミニク・カトワールです」カイオワは、細い陶器のパイプを吹かしている船頭を指さした。ドミニクは立ち上がり、グラスの手を握って言った。「はじめまして《アンシャンテ》」

「ドミニクの弟はルイ・カトワールといって、娼婦《ピュテン》たちの王様です。もしあの間抜け《アンドゥーユ》を娼婦のテントから引きずり出すことができたら、ルイもいっしょに行きます。わたしたちはルイを〝聖母《ラ・ヴィエルジュ》〟と呼んでいます」テーブルの周りの男たちが声を立てて笑った。

「そこで、あなたのことが頭に浮かびました。彼らは船を漕いで上流に向かうので、荷を軽くしなければなりません。野営で食べる肉を手に入れるために猟師が必要です。思うに、あなたは食べ物を見つけるのがかなりうまいんじゃないでしょうか。ライフルを持たせたら、おそらくもっとうまいでしょう」

　グラスはうなずいた。

「使節団に余分なライフルが必要な理由はもうひとつあります」カイオワはつづけた。「ドミニクが聞いた噂によると、エルク・タングというアリカラ族の隊長が部族から離脱したそうです。その男はマンダン村とグランド川のあいだのどこかで、小さな戦士団とその家族を率いています。正確な場所はわかりません――でも、その男はアリカラ村襲撃の復讐を誓っているのです」

　アリカラ村の黒く焼け焦げた残骸を思い浮かべ、グラスはうなずいた。

「で、同行しますか？」

本音を言うと、足手まといになる同行者などいらなかった。グラスは、ミズーリ川をひとりで歩いてさかのぼる計画だった。その日のうちに出発するつもりで、待つことなど考えたくもなかった。だが、チャンスだということは認めた。男たちがすこしでも有能なら、数が多ければ多いほど安全になる。カイオワの使節団の男たちはベテランらしいし、喧嘩好きな船頭ほど優秀な漕ぎ手はいないということはグラスも知っている。それに、グラスのからだはまだ治りかけで、徒歩では時間がかかることもわかっていた。手漕ぎの船で川をさかのぼるのも時間がかかるが、ほかの連中が漕いでいるあいだ乗っているだけなら、もう一か月かけて回復を待つことができる。

グラスは喉に手を当てた。「そうしよう」

ランジュヴァンがフランス語でカイオワに話しかけた。耳を傾けていたカイオワが、グラスに向き直った。「ランジュヴァンが言うには、船の修理に今日いっぱいかかるそうです。出発は明日の夜明けになります。さあ、何か召し上がってください。そのあとで、あなたに必要なものを用意しましょう」

カイオワは小屋の奥の壁際に商品をずらりと並べていた。二つの空樽に渡した厚板がカウンター代わりだ。グラスはまず、銃身の長い武器に目を留めた。選択肢は五挺あった。そのうち三挺は年式の古い錆びたノースウェスト・マスケットで、明らかにインディアンとの取引を目的にしたものだ。残る二挺のライフルのうち、はじめはどちらを選ぶか一目瞭然だと思った。一挺は銃身の長い第一級のケンタッキー・ライフルで、光沢のあるクルミ材仕上げの美しい工芸品だった。もう一挺は一八〇三年式のアメリカ歩兵用ライフルで、ひびの入った銃床が生皮で補修してあった。グラスは二挺のライフルを手に取り、カイオワに伴われて外に出た。大事な決断を下さなければならないので、充分な明るさのところで調べたかったのだ。グラスが銃身の長いケンタッキー・ライフルを調べているのを、カイオワは期待に満ちた顔で見守っていた。「すばらしい銃ですよ」カイオワが言った。「ドイツ人ときたら、料理はからきしですが、銃の作り方なら知り尽くしています」

グラスも同意見だった。ケンタッキー・ライフルの優美な線を、グラスは昔から高く評価していた。だが、問題が二つある。ひとつは、残念ながらライフルの口径が小さいことで、グラスが思ったとおり三二口径だった。二つ目は、並外れた長さのせいで重くて持ち歩きにくく、装塡しにくいことだ。ヴァージニア州でリス狩りでもしている豪農にうってつけの銃だ。グラスに必要なのはそういう類いの銃ではなかった。

グラスはケンタッキー・ライフルをカイオワに渡し、一八〇三年式を手に取った。ルイス＝クラーク探検隊の隊員の多くが携行していた銃と同じものだ。グラスはまず、割れた銃床の補修の出来を調べた。亀裂の周りに濡れた生皮を巻いてしっかり縫い合わせ、そのまま自然乾燥させてある。乾くにつれて生皮が堅くなって縮み、岩のように頑丈なギプスになるのだ。見てくれは悪いが、触れてみるとしっかりしていた。つぎに、発射装置と引き金を調べた。新しいグリースが塗られ、錆の出ている様子はない。グラスは銃床の半ばまでゆっくりと手を這わせ、そのまま短い銃身の先まで手を進めた。そして、大口径の銃口に指を入れ、満足そうな顔で五三口径だということを確かめた。

「大口径の銃がお好みなんですね」

グラスは黙ってうなずいた。

「大口径の銃は役に立ちますよ」カイオワが言った。「試してみてください」カイオワは皮肉な笑みを浮かべた。「その手の銃なら、熊を倒すこともできます！」カイオワは角でできた火薬入れと秤をグラスに渡した。グラスはたっぷり二百グレインの火薬を量って銃口に入れた。カイオワはベストのポケットから、五三口径の弾丸とグリースを染み込ませた布切れを出して渡した。グラスは弾丸を布切れで包んで銃口に入れた。つぎに、槊杖《さくじょう》を取り出し、弾丸を銃の尾筒にしっかりと押し込んだ。そして、火皿にも火薬を注ぎ、撃鉄を完全に起こして標的を探した。

五十ヤード先の大きなハコヤナギの木の股に、一匹のリスがのんびり坐っていた。グラスはリスに照準を合わせて引き金を引いた。火皿の火薬に点火するのとほとんど同時に、銃身の奥で本格的な爆発が起こった。あたりに煙が立ちこめ、一瞬のうちに標的が見えなくなった。銃の反動による肩への強力な一撃で、グラスは顔をしかめた。

煙が晴れると、カイオワはハコヤナギの根元へゆっくりと歩いていった。足を止めてぼろ切れのようなリスの残骸を拾い上げると、ふさふさした尾のほかはほとんど残っていなかった。カイオワはグラスのところまで戻り、その足もとにリスの尾を放り投げた。「その銃はリスには向かないと思いますよ」

こんどはグラスも笑みを返した。「こいつをもらおう」

二人は小屋へ戻り、グラスはそのほかの必需品を選んだ。ライフルの補助として、五三口径の拳銃を選んだ。弾丸の鋳型、鉛、火薬、火打ち石。トマホークと大型の皮剝ぎナイフ。武器を携帯するための太い革のベルト。雌鹿のチュニックの下に着る二枚の赤い綿のシャツ。ハドソンベイ社製の大きなコート。毛糸の帽子とミトン手袋。五ポンドの塩と三本のねじりタバコ。針と糸。ロープ。そして、新しく手に入れた宝物を持ち歩くために、複雑なビーズ細工の縁飾りがついたカバンを選んだ。グラスは船頭たちの誰もが、腰にパイプとタバコを入れた小さな袋をつけていることに気づいていた。グラスも同じような袋を買い、新しい火打ち石と火打ち金を入れて手もとに置くことにした。

品物を選び終えると、グラスは王様のように裕福になった気分だった。背中にかけた布のほかに何も持たない六週間のあとでは、どんな戦いが待ち受けていようと万全な準備が整ったような気がした。カイオワが代金を計算すると、合計で百二十五ドルになった。グラスはウィリアム・アシュリーに短い手紙を書いた。

一八二三年十月十日

拝啓、ミスター・アシュリー

私の装備一式が遠征隊の二人の隊員に盗まれ、私はこの二人に恨みを晴らすつもりでおります。ミスター・ブラゾーは私の支払いを、ロッキーマウンテン毛皮会社の名前で付けにしてくれました。勝手ながら、添付の商品の代金を給料の前払いとしてお支払いください。私は所持品を取り戻し、それを質に入れてあなたへの借金を返すつもりです。

敬具

ヒュー・グラス

「あなたの手紙に明細入りの請求書を添えて送ることにします」カイオワが言った。

その晩、グラスはカイオワや五人のうち四人の新しい仲間とともに心づくしの夕食を食べた。五人目のルイ・〝聖母《ラ・ヴィエルジュ》〟・カトワールは、いまだに娼婦のテントから出てこない。ルイの兄、ドミニクによると、ラ・ヴィエルジュはフォートブラゾーに着いた瞬間から酒と女のあいだを行ったり来たりしているそうだ。グラスに直接かかわる話のほかは、船頭たちはほとんどフランス語で話していた。グラスはカンペチェにいたことがあるのでたまに理解できる単語やフレーズに出会うことはあるが、会話についていくことはできなかった。

「朝までに弟に準備させろよ」ランジュヴァンが言った。「やつのパドルが必要だからな」

「大丈夫だ」

「それと、頼んだ仕事を忘れないでくださいよ」カイオワが口を挟んだ。「マンダン村で冬を越したりしないように。アリカラ族が川で交易業者を襲撃しないという確証が欲しいんです。年明けまでに連絡をもらえないと、春の計画に間に合うようにセントルイスに連絡できませんからね」

「自分の仕事はわかっている」ランジュヴァンが言った。「あんたの欲しい情報は持ってくるさ」

「情報といえば」カイオワは、途切れることなくフランス語から英語へと切り替えた。「みんな、あなたの身に何が起こったのか、正確なところを知りたいんです、ムシュー・グラス」これを聞くと、プロフェスールの曇った目さえ好奇心できらめいた。

グラスはテーブルを見まわした。「話すことはたいしてない」カイオワがグラスのことばを通訳し、それを聞いた船頭たちは声を立てて笑った。

カイオワも笑った。「おことばですが、あなた《モ・ナミ》、話があることは、あなたの顔が物語っています──でも、詳しい話を聞きたいんです」

面白い話になることを期待し、船頭たちはゆったりと坐り直して長いパイプに新しいタバコを詰めた。カイオワはベストのポケットから凝った銀製の嗅ぎタバコ入れを取り出し、鼻にひとつまみ詰め込んだ。

グラスは喉に手を当てた。相変わらず自分の甲高い声が気恥ずかしかった。「グランド川で、大きなグリズリーに襲われた。おれが死んだら埋めるために、ヘンリー隊長はジョン・フィッツジェラルドとジム・ブリッジャーを残していった。ところが、二人はおれの荷物を盗んだ。おれは自分のものを取り返して、正義が行なわれるのを見るつもりだ」

グラスが話し終えると、カイオワが通訳した。期待に満ちた長い沈黙がつづいた。

ついに、プロフェスールがひどい訛りで訊いた。「それだけかい？」

「気を悪くしないでほしいが、ムシュー」トゥーサン・シャルボノーが口を挟んだ。「あんたは話し上手《ラコントゥール》とはいえないな」

グラスは見つめ返したが、それ以上詳しい話はしなかった。

カイオワが口を開いた。「熊との格闘について詳しい話をしたくないというなら、それはあなたの自由です。でも、グランド川については、話してくれるまで放しませんよ」

仕事をはじめて間もなく、カイオワは自分の商売が商品以外に情報も扱っているのだと悟った。人々は買えるものだけではなく、知ることのできるものも求めて交易所を訪れるのだ。カイオワの交易所はミズーリ川とホワイト川の合流点にあるので、ホワイト川のことはよくわかっている。北のシャイアン川についても同様だ。グランド川については多くのインディアンからできるかぎりの情報を集めたが、細かいことはまだあまりわかっていなかった。

カイオワが女房にスー語で話しかけると、女房はすり切れた本を持ってきた。二人とも、一家に代々伝わる聖書でもあるかのようにその本を扱った。ぼろぼろの表紙に長い表題がついている。カイオワはメガネの位置を直し、表題を声に出して読んだ。「〝探検記……〟」

グラスがあとをつづけた。「〝……ルイス隊長とクラーク隊長の指揮のもとで〟」

カイオワが興奮して顔を上げた。「おやおや《ア・ボン》！　我らが傷ついた旅人は学者ですぞ！」

グラスも興奮し、話すたびに感じる苦痛をしばし忘れていた。「ポール・アレン監修。一八一四年に、フィラデルフィアで出版された」

「では、クラーク隊長の地図もご存じですか？」

グラスはうなずいた。長いこと待ちわびた回顧録と地図が出版されたときに味わった、強烈な興奮をよく覚えている。幼いころの夢に形を与えた地図と同様、グラスがはじめて〝探検記〟を目にしたのは、ロースソーン・アンド・サンズ社のフィラデルフィアの事務所だった。

カイオワが背表紙を下にして本を立てると、本が開いてクラークの地図が現われた。〝ミシシッピ川から太平洋まで、北アメリカ西部地区を横断したルイスとクラークの足跡を示す地図〟という表題がついている。この遠征の準備のため、クラークは地図制作法と道具の使い方を集中的に学んでいた。クラークの地図は当時としては驚嘆すべきもので、その詳しさと正確さにおいて、それまでに作られたどんな地図より優れている。セントルイスからスリーフォークスまでのミズーリ川に注ぎ込む主な支流が、その地図には正確に描かれていたのだ。

ミズーリ川に流れ込む川は正確に描かれているが、細部の多くは合流点の近くで終わっていた。これらの川の進路や源流については、ほとんど知られていないのだ。いくつかの例外はある。一八一四年、ドルイラードとコルターによるイエローストーン盆地での発見が地図に組み入れられた。そこには、南ロッキー山脈におけるゼブロン・パイクの足取りが記されている。カイオワはプラット川を地図に描き込み、それには大まかな推測による南北の支流も含まれていた。また、イエローストーン川とビッグホーン川の合流点には、マニュエル・リサが放棄した交易所が記されていた。

グラスは食い入るように資料を見つめた。興味を惹かれたのは、クラークの地図そのものではなかった。ローソーン・アンド・サンズ社での長い経験や、その後セントルイスで仕入れた知識から、この地図についてはよく知っていたのだ。グラスが興味を惹かれたのは、カイオワによって描き加えられた詳細な部分だ。この十年間にすこしずつ増えていった知識を鉛筆で描き込んだものだった。

繰り返し出てくるのは水に関するもので、名前はその土地にまつわる話に関係している。あるものは戦いを記念している——ウォー・クリーク、ランス・クリーク、ベア・イン・ザ・ロッジ・クリーク。ほかに、その土地の植物や動物を示すものがある——アンテロープ・クリーク、ビーバー・クリーク、パイン・クリーク、ローズバッド川。なかには、水そのものの特徴を説明しているものもある——ディープ・クリーク、ラピッド・クリーク、プラット川、サルファ・クリーク、スウィート・ウォーター。いくつかはもっと神秘的なものを暗示している——メディシン・ロッジ・クリーク、キャッスル・クリーク、ケヤパハ川。

カイオワはグラスを質問攻めにした。グランド川の上流の分岐点まで歩いて何日かかったのか？　支流が流れ込んでいる場所はどこか？　進路を見分ける目印は何か？　ビーバーやほかの獲物を見つけるための目印は？　樹木の量は？　ツイン・ビュートまでの距離は？　インディアンの痕跡は？　どういう部族がいるのか？　カイオワはとがった鉛筆を使って新たにわかった細部を描き加えていった。

グラスにとっても、与えたものと同じくらいの収獲があった。大まかな地図は頭に入っているが、内陸をひとりで横断するとなると、こんどは細部のことを知る必要が出てくる。

マンダン村からフォートユニオンまで何マイルあるのか？　マンダン村より上流にある主な支流は何か、そして、それぞれのあいだは何マイルくらい離れているのか？　地形はどうか？　ミズーリ川が凍結するのはいつごろか？　どこなら川の湾曲部を突っ切って時間を短縮できるのか？　グラスは今後の参考にするためにクラークの地図の重要な部分を写し取った。マンダン村とフォートユニオンのあいだの広大な空間に注目し、フォートユニオンから数百マイル上流にわたってイエローストーン川とミズーリ川の地図を描いた。

ほかの者はいつの間にかテーブルを離れたが、カイオワとグラスは夜更けまでそうしていた。石油ランプのほの暗い光が、小屋の壁にぼやけた影を投げかけている。知的な会話の機会に飢えていたカイオワは、グラスを放そうとしなかった。メキシコ湾からセントルイスまで歩いたというグラスの話に、カイオワは目を丸くした。そして、新しい紙を取り出し、グラスにテキサスとカンザスの平原の大まかな地図を描かせた。

「あなたのような人なら、わたしの交易所で充分やっていけますよ。旅行者はあなたの持っているような情報に飢えているんです」

グラスは首を横に振った。

「本当ですよ、モ・ナミ。冬のあいだはここで過ごしたらどうです？　わたしがあなたを雇いますよ」単なる話し相手としてでも、カイオワは喜んでカネを払ったにちがいない。

グラスはもう一度、こんどはきっぱりと首を振った。「おれにはやるべきことがある」

「すこし馬鹿げた冒険ですね。あなたほどのベテランにしては。冬のさなかにルイジアナを歩きまわったというのに。裏切り者は、春になってから追跡すればいいでしょう。もし、まだその気があったらの話ですが」

さっきまでの会話の熱気が、部屋から逃げていくようだった。まるで、寒さの厳しい冬の日にドアが開いていたかのようだ。グラスの目がきらりと光り、カイオワはすぐに自分の言ったことを悔やんだ。

「その件について、あんたの助言は求めていない」

「ええ、ムシュー。そのとおりです」

太陽が昇るまで、もう二時間しかなかった。グラスは疲れ果て、ようやく屋根裏への梯子を上がった。だが、船を下りたあとのことを考えると、ほとんど眠れなかった。

野卑な怒鳴り合いで、グラスは目を覚ました。声のひとりは男で、フランス語で叫んでいる。ひとつひとつのことばは理解できないが、状況からみてだいたいの意味はわかった。

声の主は〝聖母《ラ・ヴィエルジュ》〟・カトワールだった。酔っ払ってぐっすり眠っているところを、たったいま兄のドミニクに叩き起こされたのだ。弟の狂態にうんざりしたドミニクは、ふつうに脇腹を蹴飛ばしても起きないので別の作戦を試した。弟の顔に小便をかけたのだ。このひどく無礼な行為が、ラ・ヴィエルジュの怒号のきっかけとなった。ドミニクの行為は、ラ・ヴィエルジュが一夜をともにしたインディアン女の怒りをも買っていた。女は、自分のティピで繰り広げられる数々のみだらな行為には寛容だった。ときには、彼女のほうから挑発することもある。だが、ドミニクの見境ない小便で彼女のいちばんいい毛布が汚れ、それが彼女を激怒させたのだ。女は怒ったカササギのような鋭い金切り声で叫んでいた。

グラスが小屋から出て行ったときには、怒号の応酬から殴り合いに移っていた。古代ギリシアのレスラーのように、ラ・ヴィエルジュは一糸まとわぬ姿で兄と向かい合っていた。体格では兄に勝るラ・ヴィエルジュだが、いきなり起こされて寝覚めが悪いのに加えて三日連続の酒浸りという不利な条件だ。目はかすみ、足もとは不安定だが、これらの悪条件もラ・ヴィエルジュの戦意をそぐことはなかった。ラ・ヴィエルジュの戦い方を熟知しているドミニクは、足を踏ん張った——お決まりの攻撃を待ち受けたのだ。ラ・ヴィエルジュは喉の奥からひと声吠え、頭を下げて突進した。

ラ・ヴィエルジュは突進の勢いを保ったまま、兄の頭を狙って頭突きを食らわせた。もしも命中していたら、ドミニクの鼻はおそらく脳の奥までめり込んでいたことだろう。ところが、ドミニクはさりげなく横に身をかわした。

標的を失ったラ・ヴィエルジュは、完全にバランスを崩した。ドミニクは、ラ・ヴィエルジュの膝の裏を蹴って足をはらった。ラ・ヴィエルジュはまっすぐ背中から落ち、肺の空気が叩き出された。ラ・ヴィエルジュは哀れにも身をよじり、しばらく空気を求めてあえいでいた。ふたたび息ができるようになると、ラ・ヴィエルジュはすぐに悪態をつきながら懸命に立ち上がろうとした。そのみぞおちをドミニクが力任せに蹴り、ラ・ヴィエルジュはまたもや息ができなくなった。

「準備しておけと言ったはずだ、この救いようのないバカが！　三十分後に出発するぞ」

ドミニクがだめ押しするようにラ・ヴィエルジュの口を蹴ると、その唇が上下とも切れた。

戦いが終わり、集まっていた野次馬が離れていった。グラスは川まで歩いていった。ランジュヴァンの船《バトー》が船着き場に浮かび、ミズーリ川の速い流れが係留ロープを引っ張っている。名前でわかるように、バトーは船頭が使う貨物用カヌーとしては一般的な大きさだ。大型カヌー《カノ・デュ・メートル》よりは小さいが、長さが三十フィート近くあるかなり大きな船だった。ランジュヴァンとプロフェスールはミズーリ川の流れに乗ってきたので、マンダン族との交易で手に入れた毛皮を満載したバトーを二人きりで操縦することができた。積荷を満載して上流へ向かうなら、十人の漕ぎ手が必要なはずだ。ランジュヴァンは荷を軽く――マンダン族とアリカラ族へのわずかな贈り物だけに――するつもりだろう。とはいえ、漕ぎ手が四人しかいないのでは進むのに苦労するにちがいない。

トゥーサン・シャルボノーが船着き場の樽に坐ってのんびりリンゴをかじっているあいだに、プロフェスールはランジュヴァンの指示に従って荷を積み込んでいた。積荷の重量を分散させるため、カヌーの床には船首から船尾まで長い二本の棒が置かれている。その棒の上に、プロフェスールは四つの小さな梱《こり》にした積荷をきちんと並べた。プロフェスールは、どうやらフランス語がまったく話せないらしい。（ときに英語も話せないように思える）プロフェスールの理解力のなさを、ランジュヴァンはさらに大きな声を張り上げることで補おうとした。ランジュヴァンは身振りや手振りをつぎつぎ繰り出してたくさんのヒントを与えたが、声を張り上げてもたいして役に立たなかった。

プロフェスールが愚鈍に見える一因は、その見えない目だ。その目を失ったのはモントリオールの酒場で、〝オイスター・ジョー〟という札付きの乱暴者に危うく目玉をくり抜かれそうになったのだ。プロフェスールはなんとか目玉をもとの場所に戻したが、目はすでに機能を果たさなくなっていた。瞬きをしない目がつねに斜めを向き、まるで横からの攻撃に備えているように見える。プロフェスールはこれまで眼帯を作ろうとしなかった。

男たちの出航に派手な見送りはなかった。ドミニクとラ・ヴィエルジュが、それぞれライフルと私物を入れた小さなカバンを持って船着き場にやって来た。川面を照らす朝の太陽のまぶしさに、ラ・ヴィエルジュは目を細めた。長い髪に泥がこびりつき、切れた唇から流れた血液が顎と上着の前についている。それでも、ラ・ヴィエルジュは船首の漕ぎ手の位置に軽々と飛び乗り、その目に太陽の角度とは関係のない輝きがあふれた。ドミニクは船尾の舵手の位置についた。ラ・ヴィエルジュが声をかけ、兄弟は声を合わせて笑った。

ランジュヴァンとプロフェスールはカヌーの中央の広い部分に並んで坐り、それぞれ片側のパドルを受け持った。積荷は二人の前とうしろにひと梱ずつ置かれている。あとの二人は積荷を避け、船首側にシャルボノーが、船尾側にグラスが乗り込んだ。

四人の船頭はパドルを持ち上げ、速い流れに船首を向けた。四人が深く水をかくと、船が上流に向かって動きはじめた。

ラ・ヴィエルジュがパドルを漕ぎながらフランス語で歌いだし、船頭たちがそれに合わせた。

農夫は鋤を愛し、
猟師は銃と犬を、
音楽家は音楽を愛している。
おれは、おれのカヌーを——それがおれの宝物！

「いい旅を《ボン・ヴォワヤージュ》、きみたち《メ・ザミ》！」カイオワが叫んだ。「くれぐれもマンダン族のところに居坐らないようにな！」

グラスはうしろを振り返った。小さな交易所の船着き場に立って手を振るカイオワ・ブラゾーを、グラスはしばらく見つめていた。やがて、上流に目を向け、二度と振り返らなかった。

それは一八二三年十月十一日のことだ。一か月以上も標的から離れていた。戦略上の退却だった――だが、それでもやはり退却にはちがいない。今日からは二度と退却するまい、グラスはそう決意を固めた。

第二部

第十六章

一八二三年十一月二十九日

四本のパドルが一斉に水を打った。パドルの華奢《きやしや》な水かきが水面を切って十八インチの深さまで押し込まれ、強い力で水をかき出す。船《バトー》は激しい流れに逆らってひと漕ぎごとに進んでいった。ひと漕ぎの最後に、パドルが水の上に持ち上げられる。一瞬、川が彼らの前進を奪い返そうとするように見えるが、完全に奪い返されないうちにパドルがまた水を打つ。

夜明けに六人が乗り込んだときには、静かな水面に紙のような薄氷が張っていた。それから二、三時間経ったいま、グラスは漕ぎ手の坐る横木に寄りかかり、午前半ばの日光を心地よく浴びながらゆらゆらと水に浮かぶ懐かしい感覚を楽しんでいた。

フォートブラゾーを発った当日、グラスは実際にパドルを操ろうとした。なんといっても、グラスは訓練を受けた船乗りなのだ。グラスがパドルを手に取ると船頭たちが笑い、それでグラスは意地になった。グラスの愚行はすぐに明らかになった。船頭たちは一分間に六十回という驚くべき速さで、高級なスイス製の時計のように規則正しくパドルを漕ぐ。たとえ肩が完全に治っていたとしても、グラスはついて行けなかったにちがいない。グラスが数分ほどやみくもに水を叩いていると、濡れた柔らかいものが頭のうしろにぶつかった。振り向くと、ドミニクがバカにしたような笑みを浮かべていた。「あんたにはこれだ、ミスター・豚を食うやつ《ポークイーター》！」ドミニクはひどいフランス語訛りで言った。それからというもの、グラスがパドルを受け持つことはなく——代わりに巨大なスポンジを受け持った——カヌーの船底に水が溜まるたびにひたすら水を汲み出すことになった。

それはフルタイムの仕事だった。というのは、バトーがたえず水漏れしていたからだ。そのカヌーはグラスに、水に浮かんだキルトを思わせた。カバノキの樹皮をつぎはぎした船体が、マツの細い根で縫い合わされている。縫い目は松根タールでふさがれ、漏れが見つかるとそのたびに塗り直された。カバノキを見つけるのが難しくなったので、船頭たちはほかの材料を使って継ぎを当てたり詰め物をしたりしなければならなかった。何か所かに生皮が使われ、縫い付けたあとにゴムが塗られている。グラスは船の脆さに面食らった。船体は強く蹴ったら簡単に穴が開きそうで、ラ・ヴィエルジュの舵手としての主な仕事は命取りになる漂流物を避けることだった。この季節が比較的流れの穏やかな秋だということがせめてもの恩恵だ。春の洪水は、樹木を丸ごとすさまじい勢いで下流へ押し流すこともあるからだ。

バトーの欠点にはよい面もある。船が脆いということは軽いということで、流れに逆らって漕ぐときには重要な条件なのだ。船頭たちの尋常でない船への愛着が、グラスにもじきにわかってきた。それは結婚のようなもので、船を動かす男と男を運ぶ船との協力関係だった。たがいに相手に頼っているのだ。船頭たちは、船の様々な不調を口汚くののしることに時間の半分を費やし、船を優しくいたわることにもう半分を費やしていた。

船頭たちはバトーの外見に誇りを持ち、洒落た羽根飾りや鮮やかな塗料で飾っている。高い船首には雄鹿の首が描かれ、その枝角が流れに向かって挑戦するように傾いていた。（船尾には、ラ・ヴィエルジュが動物の尻を描いていた）

「この先に、上陸するのにいい場所がある」見晴らしのいい船首から、ラ・ヴィエルジュが言った。

ランジュヴァンは上流に目を凝らした。ゆるやかな流れが、砂地の川岸をそっと撫でている。ランジュヴァンは、ちらりと空を見上げて太陽の位置を確かめた。「よし、一パイプといったところだな。急げ《アリユメ》」

ここで言うパイプとは、船頭の社会で距離を測るのに使われる単位だ。〝パイプ〟は、タバコ一服の短い休憩を取る標準的な間隔を意味する。川を下る場合には一パイプが十マイルを表わすと思っていい。静水域なら五マイルだ。だが、ミズーリ川を苦労して漕ぎ上っているときは、二マイル進んだら運がいいと思えた。

彼らの日課は、すぐに同じことの繰り返しになった。夜明けまえの青紫色の光のなかで朝食をとる。獲物の残りや揚げたパンでエネルギーを補給し、火傷するほど熱い一杯のお茶で朝の冷気を追い払う。一日の時間を有効に使いたいので、いくらか明るくなってものが見えるようになるとすぐに水上に戻る。一日に進むのは五パイプか六パイプだ。正午ごろ、船を止めて干し肉とひと握りの乾燥リンゴを食べるが、夕食まで料理はしない。十二時間水上で過ごしてから、日没とともに上陸する。グラスが獲物を探すのに使える時間は、たいてい夕闇の迫る一時間かそこらだ。男たちは、グラスの成功を表わす一発の銃声を期待して待っている。グラスが手ぶらで野営地へ戻ることはめったになかった。

川岸に近づくと、バトーの脆い船底が砂地をこすらないように気をつけながら、ラ・ヴィエルジュは膝まである水に飛び込んだ。そして、水のなかを歩いて岸まで行き、大きな流木に引き綱を固定した。そのあとから、ランジュヴァンとプロフェスールとドミニクが、林のあたりに目を走らせながらライフルを持って飛び降りた。グラスとシャルボノーはカヌーからほかの者を援護し、彼らが上陸するとあとにつづいた。その前日、グラスは放棄された野営地を見つけ、そこには十張りのティピに使った石の輪があった。それがエルク・タングの集団かどうかは知るよしもないが、この発見が六人に緊張をもたらしていた。

男たちは腰につけたタバコ入れ《サック・オー・フュー》からパイプとタバコを取り出し、ドミニクがおこした小さな火をつぎつぎに回した。二人の兄弟は砂の上に尻をついて坐っている。船首と船尾を受け持っているので、ドミニクとラ・ヴィエルジュは立ったままパドルを漕ぐ。それで、二人は坐ってタバコを吸うのだ。ほかの男たちは、脚の凝りを伸ばせるのがうれしくて立っていた。

嵐が山の谷間を這い上がってくるように、厳しさを増す寒さがグラスの傷に染み込んだ。毎朝、目を覚ますたびにからだがこわばって痛み、狭苦しいバトーのなかに長時間坐っているせいで体調が悪くなっている。グラスは痛む手脚の血行をよくするために、休憩時間をすべて使って砂州を行ったり来たりしていた。

男たちの方へ戻りながら、グラスは旅の仲間を眺めた。船頭たちの服装はとてもよく似ている。まるで、公式のユニフォームを支給されているようだ。頭頂部に房のついた、縁を下ろすと耳が隠れる赤い毛糸の帽子をかぶっている。（ラ・ヴィエルジュは帽子を洒落《しやれ》たダチョウの羽根で飾っていた）シャツは白か赤か紺色の丈の長いもので、すそをウエストにたくし込んでいる。全員が腰の周りに色とりどりのサッシュを結び、その端を一方の脚に垂らしていた。サッシュの上にタバコ入れをぶら下げ、パイプやそのほかの手もとに置きたい必需品を入れている。カヌーのなかで脚を楽に曲げられるように、男たちは雌鹿の半ズボンを穿いていた。両脚の膝の下にバンダナを巻き、それが男たちの服装をいっそう洒落たものにしている。足は素足にモカシンを履いていた。

一月の雨のように陰気なシャルボノーを別にすると、船頭たちは起きているあいだずっと徹底的な楽天主義を通していた。男たちはどんな些細なことにも笑った。黙っているのが苦手で、四六時中、女や川や野蛮なインディアンについてとどまるところを知らない熱のこもった議論を戦わせた。悪態が銃弾のように絶え間なく飛び交った。実際、気の利いた冗談を言わずにいることは、性格上の欠陥や弱さのしるしとみなされる。グラスは、もっとフランス語がわかればいいのだが、と思った。たとえその目的が、男たちをあれほど喜ばせる冗談を理解する楽しみにすぎないとしても。

めったにないことだが、会話が弾まないときには誰かが味わい深い歌を歌いだし、それを合図にほかの男たちも加わった。音楽的才能の足りない部分は、限りない情熱で埋め合わせた。まあ、快適な生活といえる、グラスはそう思った。

この休憩のあいだに、ランジュヴァンがいつになく真面目な顔で男たちの短い休息を中断した。「これからは夜の見張りを立てる必要がある」ランジュヴァンは言った。「一晩に二人、半分ずつ交替する」

シャルボノーが、肺から長い煙のすじを吐き出した。「フォートブラザーで言ったはずだ――おれは通訳だ。見張りはしない」

「だとしても、おれはそいつを寝かせるために余分な見張りをするのはいやだ」ラ・ヴィエルジュがきっぱりと言った。

「おれもだ」ドミニクが言った。

　プロフェスールまでが困った顔をしていた。三人はランジュヴァンを見つめて成り行きを見守ったが、ランジュヴァンはパイプの楽しみを口論で邪魔されたくなかった。パイプを吸い終えると、ランジュヴァンはそのまま立ち上がって言った。「行くぞ《アロン・ズィ》。ぐずぐずしてると暗くなっちまう」


　五日後、ミズーリ川と小さな支流との合流点にたどり着いた。水晶のような支流の水が、ミズーリ川の泥水のような流れに混じるとたちまち汚れた色になる。ランジュヴァンは、支流を見つめて迷っていた。

「野営しようぜ、ランジュヴァン」シャルボノーが声をかけた。「泥水を飲むのはもううんざりだ」

「そいつの肩を持つ気はないが」ラ・ヴィエルジュが口を挟んだ。「だが、シャルボノーの言うとおりだ。このひどい水には反吐《へど》が出る」

　澄んだ飲料水にはランジュヴァンも心を惹かれた。心配なのは支流の場所――ミズーリ川の西岸――だった。ランジュヴァンは、エルク・タングの一団がミズーリ川の西側にいるのではないかと思っていた。グラスが新しいインディアンの野営の跡を見つけて以来、使節団は東岸から離れないように用心している。野営の場所を決めるときはとくに慎重だった。ランジュヴァンが西へ視線を向けると、地平線が深紅の太陽の最後のひとすじを呑み込んだ。東へ目を移したが、川の湾曲部より手前に上陸できる場所はなかった。「わかった。えり好みはできないな」

男たちは岸へ向かって漕いだ。プロフェスールとラ・ヴィエルジュが積荷を下ろし、船頭たちは空になったカヌーを岸まで運んだ。そこでカヌーを横に倒し、入口を川の方へ向けた簡単な避難所を作った。

上陸地に神経質な視線を配りながら、グラスは水のなかを歩いて岸へ向かった。砂州は百ヤード下流の自然の突堤——堆積した丸石の上に密集したヤナギと低木が生えている——までつづいていた。突堤のうしろに引っかかった流木やほかの漂流物が流れをさえぎり、川はなだらかな土手から離れたところを流れている。砂州の向こうのヤナギの茂みが、北上するにつれて珍しくなったハコヤナギの木立までつづいていた。

「腹ぺこだ」シャルボノーが相変わらずひどい訛りで言った。「うまい夕食を頼むぜ、ミスター・ハンター」

「今夜は狩りはしない」グラスは答えた。シャルボノーは抗議しようとしたが、グラスがさえぎった。「干し肉がたくさんある。一晩ぐらい生肉がなくても我慢できるだろう、シャルボノー」

「グラスの言うとおりだ」ランジュヴァンが同意した。

そこで男たちは、小さな焚火にかけた鉄のフライパンで料理したマッシュと干し肉を食べた。焚火が男たちを近くへ引き寄せた。肌を刺すような風は日没とともに弱まっていたが、息が白く見える。空が澄んでいるということは夜が寒いということで、朝には厚い霜が降りているにちがいない。

ランジュヴァンとドミニクとラ・ヴィエルジュは陶器のパイプに火をつけ、ゆったりと坐ってタバコを楽しんだ。グラスはグリズリーに襲われてからずっとタバコを吸っていない。喉が焼けるように痛くなるのだ。プロフェスールは、フライパンからマッシュをかき取っている。シャルボノーは、三十分前に野営地から出ていった。

まるで、空想が口をついて出たとでもいうように、ドミニクがそっと小声で歌いだした。

おれはあの可愛いバラのつぼみを摘んだ。

おれはあの可愛いバラのつぼみを摘んだ。

花びらを一枚ずつ引き抜いた。

おれのエプロンは、バラの香りでいっぱいに……

「あんたにそういう歌が歌えてよかったよ、兄さん」ラ・ヴィエルジュが言った。「この一年、バラのつぼみを摘んだことなんてないんだろ。あんたこそ聖母と呼ばれるべきだ」

「ミズーリ川沿いにあるすべての泥穴から水を飲むより、喉が渇いてるほうがましだ」

「すごい規範信奉者だ。えらく目が肥えているんだな」

「規範を大事にするからって、謝る必要はないと思うが。たとえば、おまえと違って、おれは歯のある女が好みなんだ」

「女におれのメシを食べてくれと言うつもりはないんでね」

「キャラコのスカートでも穿いてたら、おまえは豚とだって寝るんだろう」

「だから兄さんはカトワール家の誇りなんだな。兄さんがセントルイスの高級な娼婦としか寝ないと知ったら、さぞや母さん《ママン》は誇りに思うだろう」

「母さんじゃないだろう。父さん《パパ》だ——たぶんな」二人は大声で笑い、すぐに真顔になって十字を切った。

「おまえたち、大声を出すな」ランジュヴァンが小声で言った。「音が水の上でどんなふうに伝わるか知っているはずだ」

「なんで今夜はそんなに機嫌が悪いんだ、ランジュヴァン?」ラ・ヴィエルジュが訊いた。

「シャルボノーのことを我慢するだけでたくさんだ。葬式だってもっと楽しいぜ」

「おまえたちがわめきつづけたら、葬式を出すことになるぞ」

ランジュヴァンが楽しい会話をぶち壊すのを、黙って見ているラ・ヴィエルジュではなかった。「知ってるか、フォートブラザーのあのインディアン女、乳首が三つもあったんだぜ?」

「三つの乳首のどこがいいんだ?」ドミニクが訊いた。

「兄さんの困ったところは想像力が足りないことだな」

「想像力だと? おまえの想像力がそこまで豊かでなかったら、小便をするときにそんなに辛くなかっただろうよ」

ラ・ヴィエルジュは言い返すことばを考えたが、本当は兄との会話にうんざりしていた。ランジュヴァンが話をする気分でないことは明らかだ。シャルボノーは林のなかにいる。ラ・ヴィエルジュはプロフェスールに目を向けたが、プロフェスールと会話をしたという人間をひとりも知らなかった。

ラ・ヴィエルジュはついにグラスに目を向けた。ふと、フォートブラゾーを出てからグラスとまともに話していないことに気づいた。ときどきことばを交わすことはあるが、たいていはグラスの猟の成果にまつわる話だ。本格的な会話をしたことはないし、いまやろうとしているそれとない詮索もしたことがなかった。

ラ・ヴィエルジュは、自分に社交上のたしなみがないことが急にうしろめたくなった。さらに重大なことに、グラスもラ・ヴィエルジュのことをほとんど知らないのだ。さっと、熊に傷つけられていきなり現われたこと以外、グラスのことをほとんど何も知らない――きっと、もっとよく知りたいにちがいない。それに、これは英語の訓練をするいい機会だ。ラ・ヴィエルジュは自分の英語をかなりのものだと思っていた。

「おい、ポークイーター」グラスが顔を上げると、ラ・ヴィエルジュが訊いた。「あんた、どこから来たんだ?」

グラスはその質問に——しかも、急に英語を使いだしたことに——面食らった。彼は咳払いをした。「フィラデルフィアだ」

ラ・ヴィエルジュはうなずき、グラスからのお返しの質問を待ち受けた。質問は来なかった。

ラ・ヴィエルジュがついに口を開いた。「兄さんとおれは、コントルクールから来たんだ」

グラスはうなずいたが何も言わなかった。このアメリカ人はおだててしゃべらせるしかなさそうだ、ラ・ヴィエルジュはそう判断した。

「おれたちがどうやって船頭になったか、知ってるかい?」ラ・ヴィエルジュはフランス語訛りの英語で訊いた。

グラスは首を横に振った。耳にたこができるほど聞かされた弟の前口上を聞きつけ、ドミニクが目玉を回してみせた。

「コントルクールはセントローレンス川のほとりにある。昔、百年ぐらい前のことだが、おれたちの村の者はみんな貧しい農民だった。みんな、一日中、畑で働いたが、土地は痩せているし、すごく寒いところで——質のいい作物なんてまったく採れなかった。

ある日、イザベルというきれいな娘が川のそばの畑で働いていた。すると突然、一頭の種馬が水のなかから現われた——でかくて、たくましい、石炭みたいに真っ黒なやつだ。馬は川のなかに立って、イザベルをじっと見つめた。イザベルは怖くてたまらなかった。イザベルがいまにも逃げようとしているのを見て、種馬が水を蹴った——すると、一匹のマスがイザベルの方へ飛んでいった。マスはイザベルの足もとの泥に落ちて……」ラ・ヴィエルジュは必要な英単語を思い出せず、両手をバタバタしてみせた。

「イザベルは、この小さな贈り物《プティ・カドー》を見てすごく喜んだ。マスを拾い上げて、夕食にするために家へ持って帰ったんだ。イザベルは父さんや兄さんたちに馬の話をしたが、父さんたちは娘が冗談を言ってるんだと思った。笑って、その新しい友だちから魚をもっともらってこい、と言ったんだ。

イザベルは畑に戻った。それから毎日、イザベルはあの黒い種馬を見かけた。馬は日を追うごとにすこしずつイザベルの近くまでやって来るようになった。そして、毎日、贈り物をくれた。ある日はリンゴ、ある日は花、といった具合だ。毎日、イザベルは家族に川からやって来た馬のことを話した。そして毎日、家族は娘の話を聞いて笑った。

ついに、その日が来た。種馬がイザベルのところまで歩いてきたんだ。イザベルが馬の背中によじ登ると、種馬は川に向かって走りだした。馬と娘は流れに姿を消して——二度と現われなかった」

話をしているラ・ヴィエルジュのうしろに、焚火が踊るような影を投げかけている。激しく流れる川の音が、ラ・ヴィエルジュの話を肯定しているように聞こえた。

「その夜、イザベルが家に帰ってこないので、父さんと兄さんたちが畑へ探しにいった。イザベルの足跡が見つかって、種馬の足跡が見つかった。イザベルが馬の背中に乗ったことがわかったし、馬が川のなかへ走っていったことがわかった。父さんたちは川の上流や下流を探したが、娘は見つからなかった。

つぎの日、村の男たちが総出でカヌーに乗って捜索に加わった。そして、男たちは誓いを立てた――哀れなイザベルを見つけるまでは、畑を棄てて川にとどまるという誓いをな。だが、イザベルはとうとう見つからなかった。これでわかっただろ、ムシュー・グラス、その日からおれたちは船頭になったんだ。いまでもずっと、哀れなイザベルの捜索をつづけているんだ」

「シャルボノーはどこへ行った？」ランジュヴァンが訊いた。

「シャルボノーがどこへ行ったかって！」ラ・ヴィエルジュがオウム返しに訊いた。「おれが行方不明の娘の話をしてるってのに、あんたは行方不明のじいさんのことを考えてるのか？」

ランジュヴァンは返事をしなかった。「やつはひどく具合が悪いんだ《マラド・コマン・シァン》」ラ・ヴィエルジュがにやにやしながら言った。「おれが呼んでみる——無事かどうか確かめよう」ラ・ヴィエルジュは両手を口のまわりにあて、ヤナギの茂みの奥に向かって叫んだ。「心配するな、シャルボノー——プロフェスールをそっちへ行かせるから、ケツを拭いてもらえ！」

トゥーサン・シャルボノーは、むき出しの尻を慎み深く茂みに向けてしゃがんでいた。その姿勢をとってからずいぶん時間が経つ。実をいうと、あまりに長いので、太腿が痙攣しはじめていた。シャルボノーは、フォートブラゾーにいるときから体調が悪かった。カイオワのひどい食事で食中毒を起こしたにちがいない。野営地から、ラ・ヴィエルジュの愚弄する声が聞こえた。あの野郎、シャルボノーはラ・ヴィエルジュに憎悪を抱きはじめていた。小枝の折れる音がした。

シャルボノーは慌てて立ち上がった。一方の手を拳銃に伸ばし、もう一方で鹿革のズボンを引っ張った。どちらの手も仕事を成し遂げられなかった。拳銃が手をすり抜けて暗い地面に落ちた。ズボンは足首に滑り落ちた。拳銃を拾おうとしてふたたび身をかがめると、ズボンが絡まって足がもつれた。シャルボノーは地面に投げ出され、大きな石で膝をすりむいた。痛みにうめき声を上げるシャルボノーの目の端から、木立のあいだを軽やかに駆け抜ける一頭の大きなヘラジカが見えた。「くそっ《メルド》！」突き刺すような新しい脚の痛みに顔をゆがめながら、シャルボノーは本来の仕事に戻った。

野営地に戻ったとき、シャルボノーのいつもの不機嫌がもう一段階レベルを上げていた。

シャルボノーは、大きな丸太にもたれて坐り込んでいるプロフェスールをにらみつけた。大柄なスコットランド人の顔には、顎鬚のようなマッシュがついている。

「こいつの食い方には反吐が出る」シャルボノーが言った。

ラ・ヴィエルジュがパイプから目を上げた。「さあどうかな、シャルボノー。やつの顎についた粥《かゆ》を焚火の明かりが照らしているだろ――あれを見ると、おれはなんだかオーロラを思い出すんだ」ランジュヴァンとドミニクが笑いだし、それがシャルボノーの苛立ちに油を注いだ。プロフェスールは、自分をだしにした冗談に気づかずに食べつづけていた。

シャルボノーはまたフランス語で話しだした。「おい、大バカ者のスコットランド野郎、おれの話してることがひと言でもわかるか？」プロフェスールは反芻する雌牛のように、落ち着き払ってマッシュに取り組んでいた。

シャルボノーがうすら笑いを浮かべた。あからさまな嫌味を言うチャンスを見つけたのだ。「ところで、こいつの目はどうしたんだ？」

シャルボノーとの会話のチャンスに飛びつく者はいなかった。ランジュヴァンがようやく口を開いた。「モントリオールで、喧嘩のときにほじくり出されたんだ」

「ひどいざまだ。あんなもので一日中見つめられてたら苛々する」

「見えない目じゃ見つめられないだろ」ラ・ヴィエルジュが言った。ラ・ヴィエルジュはプロフェスールに好感を持ちはじめていた。いや、少なくともスコットランド人のパドルを漕ぐ能力は認めていた。いずれにしても、ラ・ヴィエルジュがシャルボノーを嫌っているのは確かだった。川に出て最初のカーヴを曲がったときには、すでに老人の不平がましい論評が鼻についていたのだ。

「いや、確かに見つめているような気がする」シャルボノーは言い張った。「いつもすぐ近くでのぞき見しているみたいだ。しかも、ぜんぜん瞬きしない。あの代物がなんで乾かないのか、おれにはわからんな」

「見えたらどうだっていうんだ――あんたが見るに値するってわけじゃなさそうだが、シャルボノー」ラ・ヴィエルジュが言った。

「せめて眼帯をつけたらいいだろう。おれが自分でつけてやりたくなる」

「やれよ。あんたにもやることがあるのは結構なことだ」

「おれはおまえの家来《アンガージュ》じゃない！」シャルボノーが怒った声で言った。「アリカラ族がおまえのシラミ頭を取りにきたら、おれがいてよかったと思うだろうよ！」通訳は話しながら口角に泡をためていた。「おまえがまだパンツを汚しているころ、おれはルイスやクラークといっしょに道を切り開いていたんだ」

「よしてくれ、じいさん！　もういっぺんルイスとクラークの話を聞かせてみろ。おれは自分の頭に――いや、もっといいことがある――おまえの頭に弾をぶち込んでやる！　きっと、みんなも喜ぶはずだ」

「いいかげんにしろ!《サ・シュフィ》」ランジュヴァンがついに口を挟んだ。「もうたくさんだ! おまえたちが必要でなかったら、おれがおまえたち二人を殺すところだ!」

シャルボノーが勝ち誇ったように鼻で笑った。

「だが、いいか、シャルボノー」ランジュヴァンはつづけた。「おれたちのなかに、ひとつの仕事しかしない者はいない。人手が足りないんだ。いやな仕事でも、みんなと同じように交替でやってもらう。まず、今夜の後半の見張りからはじめてくれ」

こんどは、ラ・ヴィエルジュが冷笑する番だった。シャルボノーはビタールート山脈について何かぶつぶつ言いながら、火のそばを離れてカヌーの下に寝具を広げた。

「今夜、やつにカヌーを使わせるって誰が言ったんだ?」ラ・ヴィエルジュが文句を言った。

ランジュヴァンが何か言いかけたが、ドミニクが先に言った。「放っておけ」

第十七章

一八二三年十二月五日

翌朝、プロフェスールは二つの切迫した感覚で目を覚ました。寒いことと、尿意を催したことだ。横になって長身のからだを丸めても、分厚いウールの毛布は足首まで届かなかった。プロフェスールが見えるほうの目で見ようとして頭を持ち上げると、毛布の上には夜のあいだに霜が降りていた。

東の地平線から新しい一日のはじまりを示すかすかな明かりが漏れているが、皓々《こうこう》と輝く半月がまだ空を支配している。シャルボノー以外の男たちは、焚火の残り火の周りで放射状に広がって眠っていた。

寒さで脚がこわばり、プロフェスールはゆっくりと立ち上がった。少なくとも、風は止んでいる。プロフェスールは焚火に薪を投げ入れ、ヤナギの茂みに向かった。十歩ほど歩いたとき、危うく人間のからだに躓きそうになった。シャルボノーだった。

最初に頭に浮かんだのは、シャルボノーが死んでいるということだ。見張りをしていて殺されたのだと。大声で危険を知らせようとすると、シャルボノーが起き上がり、自分の居場所を見きわめようとするように目を見開いて手探りでライフルを探した。（見張り中に眠ってしまったんだ）プロフェスールは思った。（ランジュヴァンは気に入らないだろう）差し迫った欲求がいよいよ切迫し、プロフェスールはシャルボノーを置いてヤナギの茂みに駆け込んだ。

日々遭遇する多くの事柄と同じように、このあと起こった出来事はプロフェスールを狼狽させた。奇妙な感覚に気づいて視線を落とすと、自分の腹から矢柄が突き出ていた。一瞬、ラ・ヴィエルジュが何かの冗談を仕掛けたのかと思った。すぐに二本目の矢が、つぎに三本目が現われた。プロフェスールは怖いもの見たさで細い矢柄についた羽根を見つめた。突然、脚の感覚がなくなり、自分がうしろに倒れていくのがわかった。凍った地面に自分のからだがぶつかる鈍い音がした。プロフェスールは死の間際に思った。（どうして痛くないんだろう？）

プロフェスールの倒れる音で、シャルボノーが振り向いた。大柄なスコットランド人が仰向けに倒れ、その胸に三本の矢が刺さっていた。風を切るような音が聞こえたかと思うと、一本の矢が肩をかすめ、シャルボノーは焼け付くような痛みを感じた。「くそっ《メルド》！」シャルボノーは反射的に身を伏せ、射手の姿を求めてヤナギの茂みに目を凝らした。その動きがシャルボノーの命を救った。四十ヤード先で、インクのような夜明けまえの暗闇に銃の閃光が放たれたのだ。

その瞬間、発砲が襲撃者の位置を暴露した。シャルボノーは、最低でも八挺の銃があると踏んだ。それに加えて、弓を持った大勢のインディアンがいる。シャルボノーはライフルの撃鉄を起こし、いちばん近い標的に狙いを定めて撃った。黒い人影が崩れ落ちた。ヤナギの茂みから、さらに矢が飛び出した。シャルボノーはくるりと向きを変え、二十ヤードうしろの野営地に突進した。

シャルボノーの罵声で、野営地の男たちが目を覚ました。アリカラ族の一斉射撃が大混乱を引き起こした。半分眠っている男たちの上に、マスケット銃の弾と矢が鉄のあられのように降り注いだ。一発の銃弾が脇腹をかすめ、ランジュヴァンが大声を上げた。ドミニクは銃弾がふくらはぎの肉を切り裂くのを感じた。グラスが目を開けた瞬間、顔から五インチ先の砂地に一本の矢がめり込んだ。

男たちが先を争って岸に上げたカヌーに逃げ込もうとすると、二人のアリカラ族の戦士がヤナギの茂みから飛び出した。戦士たちは野営地に向かって突進し、耳をつんざく鬨《とき》の声があたりに満ちた。グラスとラ・ヴィエルジュが立ち止まってライフルの狙いをつけた。そして、わずか十二ヤードのところからほとんど同時に引き金を引いた。ところが、相談する暇どころか考える暇すらなかったので、二人は同じ標的――バッファローの角《つの》の兜をかぶった大柄なアリカラ族――を狙っていた。二発の銃弾がひとりの戦士の胸をつらぬき、戦士は音を立てて地面に倒れた。残った戦士が全力でラ・ヴィエルジュに突進し、戦士の斧が弧を描きながらラ・ヴィエルジュの頭をめがけて振り下ろされた。ラ・ヴィエルジュは両手でライフルを持ち上げ、その一撃を防ごうとした。

ラ・ヴィエルジュのライフルの銃身がインディアンの斧を受け止め、その勢いで二人とも地面に倒れた。先に立ち上がったのはアリカラ族だった。戦士はグラスに背を向け、ふたたび斧を振り上げてラ・ヴィエルジュに叩きつけようとした。グラスは両手でライフルをつかみ、銃床をインディアンの後頭部に叩き込んだ。金属の床尾板が命中し、骨の砕けるいやな感触がグラスに伝わった。アリカラ族は意識を失い、ようやく立ち上がったラ・ヴィエルジュの前に膝をついた。ラ・ヴィエルジュはライフルを棍棒のように振り、インディアンの側頭部を力任せに殴りつけた。戦士が横向きに倒れ、グラスとラ・ヴィエルジュはカヌーのうしろに転がり込んだ。

ドミニクが一瞬からだを起こし、ヤナギの茂みに向かって発砲した。ランジュヴァンは一方の手で脇腹の銃創を押さえ、もう一方の手でグラスに自分の銃を渡した。「おまえが撃て――おれが弾を込める」

グラスは撃とうとして起き上がり、標的を見つけると、慎重に狙いを定めて命中させた。「傷はどうだ?」グラスはランジュヴァンに訊いた。

「たいしたことはない。プロフェスールはどこだ《ウー・ス・トルヴ・プロフェスール》？」

「ヤナギのそばで死んでいた」シャルボノーが、起き上がって撃ちながら平然と答えた。

ヤナギの茂みから銃撃がつづき、男たちはカヌーのうしろにうずくまっていた。銃声に混じって、弾丸や矢がカヌーの薄い船体を突き破る音がする。

「このゲス野郎、シャルボノー！」ラ・ヴィエルジュが甲高い声で怒鳴った。「おまえ、眠っちまったんだろ」シャルボノーはラ・ヴィエルジュに見向きもせず、ライフルの銃口に火薬を詰めていた。

「いまはそんな場合じゃない！」ドミニクが言った。「カヌーを川へ運んで、ここから逃げるんだ！」

「よく聞け！」ランジュヴァンが命じた。「シャルボノー、ラ・ヴィエルジュ、ドミニク――三人は船を川まで運べ。まず、もう一発ずつ撃って、ライフルに弾を込め直してからここに置くんだ」ランジュヴァンは、自分とグラスのあいだの地面を指さした。「グラスとおれは、その弾でおまえたちを援護してから追いかける。船に乗ったら拳銃で援護してくれ」

ランジュヴァンが言ったことを、グラスは状況からだいたい理解した。グラスは男たちの緊張した顔を見まわした。それよりいい案のある者はいなかった。男たちは川岸から逃げなければならない。ラ・ヴィエルジュがカヌーの船べりからひょいと顔を出してライフルを発砲し、ドミニクとシャルボノーがそれにつづいた。グラスがからだを起こしてもう一発撃つあいだに、ほかの男たちが弾を込め直した。男たちが姿をさらすと、アリカラ族の銃撃がいっそう激しくなった。カバノキの樹皮につぎつぎ銃弾の大きさの穴が開いたが、船頭たちはなんとか――少なくともいまのところは――総攻撃だけは阻止していた。

まとめて置かれたライフルの上に、ドミニクが二本のパドルを放り投げた。「こいつも忘れずに持ってきてくれ！」

ラ・ヴィエルジュはグラスとランジュヴァンのあいだにライフルを放り出し、カヌーの真ん中の横木をからだで支えた。「行くぞ！」シャルボノーがカヌーの先頭に、ドミニクがうしろに滑り込んだ。

ランジュヴァンが叫んだ。「数を数える！　一《アン》、二《ドウ》――三《トロウ》！」三人は頭の上まで一気にカヌーを持ち上げ、十ヤード離れた川へ向かった。興奮した叫び声が聞こえ、銃撃がふたたび激しくなった。隠れていたアリカラ族の戦士たちが姿を現わした。

グラスとランジュヴァンは銃の狙いをつけた。カヌーがなくなったので、身を隠すには地面に伏せるしかなかった。二人はヤナギの茂みから五十ヤードぐらいしか離れていない。目を細めて短い弓を引くアリカラ族の子どもじみた顔が、グラスのところからはっきりと見えた。グラスが引き金を引くと、少年がうしろ向きに倒れた。グラスはドミニクのライフルに手を伸ばした。隣でランジュヴァンの銃が火を噴き、そのあいだにグラスはドミニクのライフルの撃鉄を完全に起こした。そして、つぎの標的を見つけて引き金を引いた。火皿のなかで火花が散ったが、銃身の火薬には点火しなかった。「くそっ！」

グラスがドミニクのライフルの火皿に火薬を入れ直していると、ランジュヴァンがシャルボノーのライフルに手を伸ばした。ランジュヴァンは撃とうとしたが、グラスがその肩に手を置いた。「一発は残しておけ！」二人はライフルとパドルを抱え上げ、川に向かって走りだした。

グラスとランジュヴァンより先に、カヌーを持った三人の男が川までの短い距離を走り終えていた。急いで逃げようとするあまり、三人はカヌーを川へ投げ込んだ。シャルボノーがカヌーのあとから川へ飛び込み、慌ててよじ登ろうとした。「ひっくり返るぞ！」ラ・ヴィエルジュが怒鳴った。シャルボノーの体重がカヌーの縁にかかって船が激しく揺れた——だが、転覆はしなかった。シャルボノーはすばやく船べりを乗り越え、すでに銃弾の穴から水が入りはじめた船底に身を伏せた。シャルボノーが乗った弾みで、船《バトー》が水辺から押しやられた。流れが船尾をとらえ、船が回転しながら川岸から離れた。船のうしろから、長いロープがヘビのようについていく。兄弟が目を向けると、船べりからシャルボノーの目がのぞいていた。その周囲に、銃弾の小さな水柱が上がった。

「ロープをつかめ！」ドミニクが叫んだ。カヌーが流されるのを止めようと、二人の兄弟はロープに向かって飛び込んだ。ラ・ヴィエルジュが両手でロープをつかみ、腿まである水のなかで懸命に立ち上がろうとした。ラ・ヴィエルジュが渾身の力を込めて引き戻すと、ロープのたるみがなくなった。ドミニクはラ・ヴィエルジュに加勢するため、重い水をかき分けて進んだ。その足が、隠れていた岩に激しくぶつかった。ドミニクは苦痛にうめき声を上げ、流れに足をすくわれた。気がつくと、ドミニクは頭まですっぽり水に沈んでいた。ふたたび体勢を立て直して立ち上がったとき、ドミニクはラ・ヴィエルジュから二ヤード離れたところにいた。

「手が離れそうだ！」ラ・ヴィエルジュが大声で言った。ドミニクがぴんと張ったロープをつかもうとして歩きはじめると、ラ・ヴィエルジュが急に手を放した。ぞっとして目をやると、流されていくバトーのうしろからロープが滑るようについていった。それを追って泳ぎはじめたとき、ドミニクはラ・ヴィエルジュの顔に浮かぶ驚愕の表情に気づいた。

「ドミニク……」ラ・ヴィエルジュはことばを詰まらせた。「……撃たれたみたいだ」ドミニクは水を跳ね上げて弟のそばへ急いだ。ラ・ヴィエルジュの背中に開いた穴から、血液が川に流れ出していた。

グラスとランジュヴァンが川にたどり着いたちょうどそのとき、銃弾がラ・ヴィエルジュに命中した。弾丸の衝撃に怯んだラ・ヴィエルジュがロープを放すのを、二人は恐怖にかられて見つめた。一瞬、ドミニクがロープをつかむと思ったが、ドミニクはロープに目もくれずに弟の方を向いた。

「船をつかまえろ！」ランジュヴァンが怒鳴った。

ドミニクは見向きもしなかった。苛立ったランジュヴァンが叫んだ。「シャルボノー！」

「おれには止められない！」シャルボノーがわめいた。船はたちまち岸から五十フィートも離れていた。確かに、パドルのないシャルボノーに船の速度を緩める手段がないのは事実だ。むろん、シャルボノーにやってみる気がないのも間違いのない事実だった。

グラスはランジュヴァンに顔を向けた。ランジュヴァンが何か言いかけたが、その後頭部にマスケット銃の弾丸が撃ち込まれた。ランジュヴァンは息絶え、そのからだが水面を叩いた。グラスはヤナギの茂みを振り返った。少なくとも十二人のアリカラ族が、水辺をめがけて飛び出してきた。グラスは両手に一挺ずつライフルをつかみ、ドミニクとラ・ヴィエルジュに向かって川に飛び込んだ。泳いで逃げるしかない。

ドミニクは弟の頭が水に潜らないように、必死でラ・ヴィエルジュを支えていた。グラスはラ・ヴィエルジュに目を向けたが、生きているのか死んでいるのかわからなかった。取り乱してほとんど理性を失ったドミニクは、フランス語で意味のわからないことをわめいていた。

「泳いで逃げるんだ！」グラスが大声で言った。ドミニクの襟をつかんで川の奥へと引っ張ったが、その途中で一挺のライフルを放してしまった。水流が三人の男をとらえて下流へと引きずっていく。銃弾が切れ目なく水のなかに降り注ぎ、グラスが振り向くと、水辺にはアリカラ族がずらりと並んでいた。

グラスは必死でラ・ヴィエルジュを放さないようにしながら、もう一方の手で残ったライフルをつかんでいた――同時に、沈まないように猛烈な勢いで水を蹴った。ドミニクも水を蹴り、三人はやっとのことで突堤のところを通り過ぎた。ラ・ヴィエルジュの顔が、水のなかを上下している。二人は負傷した男が沈まないように奮闘していた。ドミニクが何か叫ぼうとしたが、急流で顔に水をかぶって声がかき消された。同じ急流で、グラスは危うくライフルを放しそうになった。ドミニクが岸に向かって水を蹴りはじめた。

「待て!」グラスは必死で止めた。「もっと下流へ行ってからだ!」ドミニクは取り合わなかった。胸までの水深のところで足が川底に触れると、ドミニクはがむしゃらに浅瀬へ向かった。グラスはうしろを振り返った。突堤の岩が陸地にかなり大きな防壁を作っている。突堤の下は、水際までつづく高い垂直に切り立った川岸の崖になっていた。だが、アリカラ族が突堤を迂回してくるまで、数分とかからないだろう。

「近すぎる!」グラスが怒鳴った。こんども、ドミニクは取り合わなかった。グラスはひとりで泳ぐことも考えたが、思い直してドミニクに手を貸し、ラ・ヴィエルジュを岸へ引き上げた。二人はラ・ヴィエルジュを仰向けにし、川岸の急な斜面に寄りかからせた。ラ・ヴィエルジュがまぶたをぴくぴくさせて目を開いたが、咳をするとその口から血がほとばしった。グラスはラ・ヴィエルジュを横向きにして傷を調べた。
銃弾はラ・ヴィエルジュの背中の左肩胛骨の下から入っていた。心臓を外れているとはとうてい考えられない。口にこそ出さないものの、ドミニクも同じ結論に達していた。グラスはライフルを点検した。火薬が濡れて当面は使い物にならなかった。ベルトに目を落とすと、手斧はまだ同じところにぶら下がっていたが、拳銃がなくなっていた。グラスはドミニクを見つめた。（あんたはどうしたいんだ?）
かすかな音に気づいてラ・ヴィエルジュに視線を移すと、唇の端にうっすらと笑みが浮かんでいた。ラヴィエルジュの唇が動きだし、それを聞き取ろうとしたドミニクが、弟の手を取って耳を近づけた。ラ・ヴィエルジュは消え入るような声で歌っていた。

テュ・エ・モン・コンパニヨン・ド・ボワイヤージュ……

ドミニクはすぐにそれが聞き慣れた歌だと気づいた。だが、この歌がこれほど寂しげに聞こえたことはこれまでになかった。ドミニクの目に涙があふれ、彼は静かな声でいっしょに歌いだした。

おまえはおれの旅の仲間《テュ・エ・モン・コンパニヨン・ド・ボワイヤージュ》

おれはカヌーのなかで死にたい《ジュ・ヴ・ムリール・ダン・モン・カノ》
川岸の墓石の上に《シュール・ル・トンボー・プレ・デュ・リヴァージュ》
おれのカヌーを伏せてくれ《ヴ・ランヴェルセ・モン・カノ》

グラスは七十五ヤード上流の突堤に目を向けた。岩の上に、二人のアリカラ族が現われた。二人は銃を向けてわめきはじめた。

グラスはドミニクの肩に手を置いた。「やつらが来る」そう言おうとして口を開きかけたが、二発の銃声がグラスの代わりにそれを伝えた。銃弾が川岸に当たって大きな音を立てた。

「ドミニク――ここにはいられないぞ」

「おれはこいつを置いていけない」ドミニクはひどい訛りで言った。

「だったら、みんなでもう一度川に戻ろう」

「いや」ドミニクははっきりと首を横に振った。「こいつを連れて泳ぐのは無理だ」

グラスはふたたび突堤に目をやった。いまでは、アリカラ族が群れを成して近づいてくる。（時間がない！）

「ドミニク」グラスの声が切迫していた。「ここにいたら、三人とも死ぬことになるぞ」

またもや銃声が響いた。

ドミニクは身を切られるような思いで、しばらく黙ったまま弟の血の気のない頰を優しく撫でていた。ラ・ヴィエルジュは穏やかな目で前を見つめている。その目のなかに、一瞬、ぼんやりとした光が現われた。ドミニクがようやくグラスに顔を向けた。「おれはこいつを残していけない」また銃声が聞こえた。

グラスは相反する衝動のあいだで闘っていた。時間が必要だ。どう行動すべきかをじっくり考える時間、そしてそれを正当化する時間が——だが、時間はなかった。グラスはライフルを片手に川へ飛び込んだ。

風を切る音が聞こえ、ドミニクは肩に銃弾が撃ち込まれるのを感じた。かつて聞いた、インディアンが敵のからだを切り刻むという恐ろしい話を思い出した。ドミニクはラ・ヴィエルジュに視線を落とした。「やつらにおれたちを切り刻んだりさせるものか」そして、弟の腋の下に手をかけて川の方へ引きずっていった。つぎの銃弾が、ドミニクの背中に撃ち込まれた。「心配するな、ラ・ヴィエルジュ」ドミニクは囁き、両腕を広げて待っている流れのなかにうしろ向きに倒れ込んだ。「これからはずっと下っていけばいい」

第十八章

一八二三年十二月六日

グラスは小さな焚火のそばで、耐えられる限界まで炎に近づいて裸でしゃがみ込んでいた。両手の手のひらをカップのように丸くして熱をとらえようとした。その手を火のそばにかざし、皮膚に火膨れができる寸前まで待ってから、温まった手を肩や腿に当てた。しばらくはじんわりと熱が伝わるが、ミズーリ川の凍てつくような水で芯まで冷えたからだには染み渡らなかった。

グラスの服は、焚火の三方を囲む急ごしらえの物干しに掛かっている。鹿革の服はまだ濡れているが、幸いなことに綿のシャツはほとんど乾いていた。

グラスは一マイル近く下流に流され、見たところもっとも密集した雑木林にもぐり込んだ。そして、大きな動物が追ってこないことを期待し、ウサギの作った小道を通ってキイチゴの茂みの真ん中に隠れた。絡み合うヤナギや流木に囲まれ、グラスはふたたび、からだの傷や所持品をひとつずつ丹念に調べはじめた。

これまでのことにくらべれば、あまり心配はなかった。川岸での戦いや川下への逃避行で、あざや擦り傷がいくつもできている。腕に銃弾がかすったような傷も見つかった。古い傷は寒さで痛むが、それ以上に悪化しているようには見えない。凍死の可能性はかなり現実味を帯びているが、それを別にすれば、アリカラ族の襲撃をなんとか切り抜けたわけだ。一瞬、川岸で寄り添っていたドミニクとラ・ヴィエルジュの姿が目に浮かんだ。グラスはその面影を頭から追い払った。

所持品については、もっとも大きな損失は拳銃だった。ライフルはずぶ濡れだが、使えなくなったわけではない。ナイフや火打ち石と火打ち金の入った手回り品のカバンは残っている。手斧も持っていたので、それで木を削って焚きつけにした。グラスは火薬が乾いていることを願った。角《つの》でできた火薬入れの蓋を開け、火薬をほんのすこし地面に注いだ。そこに焚火から採った火をつけると、火薬が発火して腐った卵のような臭いがした。

着替えのシャツと毛布と手袋が入ったカバンはなくなっていた。カバンのなかには、ミズーリ川上流の支流や目印になるものを丹念に描き込んだ手書きの地図も入っていた。だが、それは頭に入っているのでたいした問題ではない。まあ、どちらかといえば、装備は整っているように思えた。

綿のシャツはまだ湿っていたが、着ることにした。少なくとも、布の重みで痛む肩の冷たさが和らげられる。その日の残りの時間を、グラスは焚火の番をして過ごした。焚火から出る煙は心配だが、凍死はもっと心配だったのだ。寒さから気を紛らわそうと、グラスはライフルの手入れをした。ライフルの水気を完全に拭き取り、手回り品のカバンに入っていた小さな容器のグリースを塗った。夜になるころには、グラスの衣服とライフルの準備が整っていた。

グラスは、移動は夜だけにしようと考えていた。野営地を襲ったアリカラ族が、付近のどこかに潜んでいる。たとえこの場所が見つかりにくい場所だとしても、ただじっとしているのはいやだった。だが、ミズーリ川のでこぼこした川岸で、足もとを照らす月もない。朝まで待つほかはなかった。

暗闇が迫ると、グラスはヤナギの物干しから服を取って身につけた。つぎに、焚火の近くに浅い正方形の穴を掘った。二本の小枝を使って焚火の周囲から焼けた石を取り、それを穴に並べて薄く土をかぶせた。そして、できるだけ多くの薪を焚火にくべ、焼けた石の上に横たわった。あらかた乾いた鹿革と焼いた石と焚火に疲労困憊が重なり――グラスはやっと暖まって眠りについた。

それから二日間、グラスはミズーリ川の上流へとすこしずつ進んでいった。はじめのうち、ランジュヴァンに代わってアリカラ族に対する任務を果たすべきかどうかを思い悩んだ。結局、自分が果たす必要はない、と判断した。ブラゾーとの約束は使節団のために獲物を提供することで、その任務なら充分に果たしたはずだ。エルク・タングの一団が、ほかのアリカラ族の意向を代弁しているのかどうかはわからない。そんなことは些細な問題だ。あの奇襲が、船で上流へ向かうことの危うさをはっきり示している。たとえ、アリカラ族の一部の派閥から保証を取りつけたとしても、グラスにフォートブラゾーへ戻るつもりはなかった。自分の本来の務めのほうが急務だったのだ。

グラスは、この近くにマンダン族の村があるはずだと思った。マンダン族は平和的な部族として知られているが、アリカラ族との新しい同盟の影響が心配だった。（アリカラ族はマンダン村にいるのだろうか？　どうして船頭たちへの襲撃が行なわれたのか？）グラスには理由が見つからなかった。マンダン村からミズーリ川を十マイルほどさかのぼったところに、フォートタルボットという小さな交易所がある。グラスは、マンダン村を避けてフォートタルボットを目指すことにした。グラスが手に入れようとしている毛布や手袋といったいくつかの必需品は、その交易所で見つけられるだろう。

襲撃から二日目の夕方、グラスはこれ以上狩りの危険を避けているわけにはいかないと思った。ひどく空腹だったし、毛皮は取引に使えるかもしれない。川のそばでヘラジカの新しい足跡を見つけ、それをたどってハコヤナギの木立を抜けていくと、半マイルにわたって川に接する広い空き地に出た。その空き地を、小さな小川が二つに分けている。小川のそばを通ると、二頭の雌と三頭の太った子どもを連れた大きな雄のヘラジカが目に入った。グラスは空き地のなかをゆっくり進んでいった。もうすこしで射程内に入るというとき、ヘラジカが何かに怯えた。六頭とも、グラスの方向を見つめて立ちすくんでいる。グラスは撃とうとしたが、すぐにヘラジカが見つめているのは自分ではないことに気づいた――ヘラジカはグラスの背後を見つめていた。

グラスが肩越しに振り返ると、四分の一マイルうしろのハコヤナギの木立から馬に乗った三人のインディアンが現われた。その距離からでも、アリカラ戦士の逆立てた髪型が見て取れる。インディアンはこちらを指さし、馬の腹を蹴って全速力でグラスに向かってきた。グラスは、必死で周囲を見まわして隠れる場所を探した。もっとも近い木立でも、グラスから二百ヤード以上離れている。そこへ向かっても間に合わないだろう。それに、川までたどり着くこともできない――グラスは逃げ道を失った。その場で迎え撃つことはできる――だが、たとえ狙いを外さなかったとしても、弾を込め直しながら撃つのでは、三人はおろかおそらく二人も倒せないだろう。グラスは脚に痛みが走るのもかまわず、死にもの狂いで遠い木立に向かって走った。

ようやく三十ヤードほど進んだところで、グラスは恐怖に立ちすくんだ――馬に乗った別のインディアンが、前方のハコヤナギの木立から現われたのだ。グラスは振り向いた。突進してくるアリカラ族は半分まで距離を詰めている。グラスはもう一度、あとから現われたインディアン――すでに銃で狙いをつけていた――に目を向けた。そのインディアンが発砲した。グラスは撃たれるかと思って怯んだが、銃弾はグラスの頭を越えていった。グラスはアリカラ族を振り返った。アリカラ族の馬の一頭が倒れている！　前方のインディアンが別の三人に発砲したのだ！　撃った男が全速力で馬を走らせてくると、グラスは男がマンダン族だと気づいた。

理由はわからないが、マンダン族はグラスを助けに来たらしい。グラスは襲撃者たちに向き直った。残った二人のアリカラ族が、百五十ヤード足らずのところまで迫っていた。グラスはライフルの撃鉄を起こして狙いをつけた。はじめは乗り手に照準を合わせようとしたが、アリカラ族は二人とも馬の首のうしろに身を伏せている。グラスは一方の馬に狙いを移し、首の真下のくぼみに照準を合わせた。

グラスが引き金を引き、銃弾が発射された。馬が甲高い声で嘶き、その前肢がからだの前で折りたたまれるように見えた。馬は土ぼこりを立てて止まり、死んだ馬の頭越しに乗り手が放り出された。

蹄の音が聞こえ、グラスがマンダン族を見上げると、男は馬に飛び乗るように合図した。グラスが馬に飛び乗ってうしろを見ると、残ったアリカラ族が馬の手綱を引いて銃を発射したが命中はしなかった。マンダン族は馬の腹を蹴り、木立に向かって走りだした。ハコヤナギの木立までやって来ると、マンダン族は馬の向きを変えた。二人は馬を下り、ライフルに弾を込め直した。

「リー族だ」インディアンはアリカラ族を短い呼び名で呼び、二人の男の方向を指さした。

「悪いやつらだ」

グラスは新しい弾薬を詰めながらうなずいた。

「マンダン族だ」インディアンは自分を指して言った。「味方だ」グラスはアリカラ族に銃を向けたが、ひとりだけ残った乗り手は射程外に退いていた。男の両側に馬を失った二人のインディアンが立っている。二頭の馬を失った三人は追跡する意欲をなくしていた。

マンダン族はマンデー・パーチュと名乗った。ヘラジカの足跡を追っているうちに、グラスとアリカラ族に遭遇したという。マンデー・パーチュには、傷痕のある白人がどこから来たのか見当がついていた。前日、通訳のシャルボノーがマンダン村にたどり着いたばかりだったからだ。かつてルイス゠クラーク隊に同行したことからマンダン族によく知られているシャルボノーは、船頭たちがアリカラ族に襲われたことを話した。マンダン族の首長のマトー・トープは、エルク・タングの率いる反逆者の一団に激怒した。交易業者のカイオワ・ブラゾー同様、マトー・トープ首長もミズーリ川の交易が再開されることを望んでいたからだ。エルク・タングの怒りは理解できるが、船頭たちは明らかに無害だった。

実際、シャルボノーによると、船頭たちは贈り物を持って和睦を申し出にきたそうだ。

アリカラ族が新しい居住地を求めてやって来たとき、マトー・トープはまさにこういう事態を恐れていた。マンダン族はますます白人との交易に依存するようになっている。レヴンワースがアリカラ村を襲撃して以来、南からの通行が途絶えてしまった。ここで、この新しい事件の噂が伝わったら、川は閉ざされたままになるにちがいない。

マトー・トープ首長の怒りの噂は、あっという間にマンダン村に広まった。若いマンデー・パーチュは、グラスの救出を首長に気に入られる絶好のチャンスととらえた。マトー・トープには美しい娘がいて、マンデー・パーチュは娘の心を射止めようとしてほかの男たちと張り合っていたのだ。新しい戦利品とともに村を練り歩き、白人をマトー・トープのところへ送り届け、村人全員が見守るなかでその白人の話を詳しく物語る、マンデー・パーチュはそんな自分の姿を思い描いた。ところが、白人は回り道に気づいたらしい。ひとつの単語――〝フォートタルボット〟――を執拗に繰り返していた。

グラスはマンデー・パーチュに強い興味を惹かれ、馬の背中に乗ったまましろからまじまじと見つめた。マンダン族の話はいろいろ聞いているが、実際に会うのはこれがはじめてだった。若い戦士の髪はまるで王冠のようだ――長い髪を整えるのに相当の注意を払っているにちがいない。背中に垂れた長いポニーテールに、ウサギの皮で作った紐が巻きつけられている。頭頂部の毛は流れる水のようにそのまま両脇に垂らし、グリースで固めて顎先の位置で切りそろえてある。やはりグリースを塗って櫛を入れた前髪が、額《しろめ》の真ん中に垂れていた。派手な装飾はほかにもある。右耳に開けた三つの穴に、大きな錫合金のイヤリングをぶら下げていた。白いビーズのチョーカーが、首の赤銅色の肌と鮮やかな対比を成していた。

気は進まないものの、マンデー・パーチュは白人をフォートタルボットへ連れていくことにした。フォートタルボットはここから近く、馬で三時間足らずの距離だ。それに、もしかしたら交易所で何か情報を得られるかもしれない。フォートタルボットでアリカラ族絡みの事件があったという噂もある。ことによると、交易所の連中がマトー・トープへの伝言を頼みたがるかもしれない。伝言を届けることは重要な責務だ。マンデー・パーチュが白人の話や重要な伝言を伝えたら、マトー・トープは喜ぶはずだ。きっと、マトー・トープの娘も感心せずにいられないだろう。

そろそろ真夜中になるころ、単調な夜の景色のなかに、フォートタルボットの真っ黒な輪郭が浮かび上がった。交易所の明かりが平原まで届かないので、気がつくと、グラスは丸太の城壁のなんと百ヤード手前まで近づいていた。

銃の閃光と同時に、交易所からライフルの鋭い銃声が聞こえた。二人の頭の数インチ上を、マスケット弾がうなりを上げて通り過ぎた。

馬が跳び上がり、マンデー・パーチュが懸命に落ち着かせようとした。グラスは憤慨し、声を振り絞って叫んだ。「撃つのをやめろ！　おれたちは味方だ！」

防塞から警戒するような声が答えた。「誰だ？」ライフルの銃身の鈍い光と、男の肩から上の黒い影が目に入った。

「ロッキーマウンテン毛皮会社のヒュー・グラスだ」グラスはまだ声に力が残っていることを願った。ところが、この短い距離でやっと聞き取れる程度の声しか出なかった。

「インディアンは何者だ？」

「マンダン族だ――三人のアリカラ族からおれを救ってくれた」

防塞の上の男が何かを叫び、断片的な会話が聞こえた。ライフルを手にした別の三人が防塞の上に現われた。どっしりした門のうしろで物音がした。小さなのぞき窓が開き、二人はまた詮索するような視線を感じた。別のどら声が、のぞき窓から命令した。「もっとよく見えるところまで来い」

マンデー・パーチュは馬の腹を軽く突いて前に進み、門の前で手綱を引いた。グラスが馬を下りて訊いた。「やたらと銃をぶっ放したがるのは、何か理由でもあるのか？」

どら声が答えた。「先週、この門の前で相棒がリー族に殺されたのだ」

「だが、おれたちは二人ともアリカラ族じゃない」

「わかるものか、暗闇をこそこそうろつきまわっていたくせに」

フォートタルボットは、フォートブラゾーとは対照的に包囲された場所に思えた。おそらく長辺が百フィート、短辺は七十フィート足らずの長方形の外周を、高さ十二フィートの丸太の防壁が囲んでいる。二つの向かい合った角の外側に粗造りの防塞が建ち、その角は交易所の角に接していた。この接している場所から、四方の防壁が見渡せる。一方の防塞――グラスたちを見下ろす防塞――には粗造りの屋根があり、どうやら大口径の旋回銃を風雨から守るために作られたらしい。もう一方の防塞にも作りかけの屋根があるが、こちらは未完成だった。交易所の片側に粗い囲いが接しているが、そのなかで飼われている動物はいなかった。

のぞき窓の奥の目が詮索をつづけ、グラスは待ちつづけた。

「用事は何だ?」どら声が訊いた。

「フォートユニオンへ行く途中だ。必需品をすこしばかり分けてほしい」

「だが、こっちも分けてやるほどの余裕はない」

「食糧や火薬はいらない。毛布と手袋だけ手に入ったらすぐに出ていく」

「取引する品物を持っているようには見えないが」

「おれがウィリアム・アシュリーに代わって、充分な値段の為替手形にサインする。春になったら、ロッキーマウンテン毛皮会社は下流に遠征隊を送ることになっている。その連中が手形を換金してくれるはずだ」長い沈黙がつづいた。グラスはことばを添えた。「それに、自分たちの隊員を助けた交易所なら、連中は好意的な見方をするだろうな」

二度目の沈黙のあと、のぞき窓が閉まった。重い材木の動く音が聞こえ、蝶番《ちょうつがい》のところから門が開きはじめた。どら声の持ち主は小男で、どうやら責任者らしい。ライフルを持ち、ベルトに二挺の拳銃をつけて立っていた。「あんただけだ。おれの交易所に赤いニガーは入れない」

このマンダン族にどこまで意味が通じただろうと思いながら、グラスはマンデー・パーチュに目をやった。そして、何か言いかけて思い直し、そのままなかへ入ると背後で勢いよく門が閉まった。

防壁のなかには、いまにも倒れそうな二棟の建造物が建っていた。一方の建物から、窓代わりの脂を塗った生皮を通してかすかな明かりが漏れている。もう一方の建物は真っ暗で、どうやら倉庫として使われているらしい。建物の奥の壁は交易所の裏の防壁を兼ねている。建物の正面は、汚物の悪臭が充満する小さな中庭に面していた。臭いの発生源は杭に繋がれていた——疥癬《かいせん》にかかった二頭のラバで、おそらく、これだけはアリカラ族も盗めなかったのだろう。中庭には動物のほかに、毛皮をプレスする大きな機械、ハコヤナギの切り株に載せた金床、不安定に積まれた薪の山があった。防壁の内側には五人の男が立っていたが、すぐに防塞の男が加わった。ぼんやりとした明かりがグラスの傷痕のある顔を照らし、グラスは好奇の目を感じた。

「よかったら入ってくれ」

グラスは男たちにつづいて明かりのついた建物に入り、宿泊所として作られた狭苦しい部屋に押し込まれた。奥の壁際の粗雑な土造りの暖炉には、火がくすぶりながら燃えていた。すえた臭いのするこの部屋で、唯一の取り柄は暖かいことだ。ほかの男たちとくっつき合っていることが、暖炉の火と同じくらい熱を発していたのだ。

小男はまた何か言おうとしたが、突然、激しい湿った咳でからだをゆがめた。大半の男たちが同じような咳に悩んでいるようで、グラスはその原因が気になった。空咳がようやく治まると、小男はふたたび口を開いた。「余分な食糧はないぞ」

「食糧はいらないと言ったはずだ」グラスは言った。「毛布と手袋の値段を決めよう。そうしたら出ていく」グラスは隅のテーブルを指さした。「それと、あの皮剝ぎナイフを追加してくれ」

小男は気分を害したように胸をそらした。「決して出し惜しみしているわけじゃない。だが、リー族のせいで、ここに立てこもらざるを得なくなったんだ。家畜はぜんぶ盗まれた。先週、五人の戦士が、取引にきたかのように馬を門まで乗り付けた。我々が門を開けると、連中が撃ちはじめた。平然とおれの相棒を殺したんだ」

グラスが黙っていると、男はつづけた。「猟に出ることもできないし、薪を切ることもできなくなった。だから、我々が備品を節約するのもわかるはずだ」男は同意を求めてグラスの顔をじっと見つめていたが、グラスは反応しなかった。

グラスがやっと口を開いた。「白人やマンダン族を撃っても、リー族との問題は解決しないぞ」

銃を撃ったのは前歯のない不潔な男で、その男が大声で口を挟んだ。「おれが見たのは、真夜中にこそこそうろついているインディアンだけだ。二人乗りしてるなんて、おれにわかるはずないだろ?」

「標的が見えてから撃つ習慣をつけるんだな」

小男がまた口を開いた。「いつ撃つかはおれが部下に指示する。おれにはリー族とマンダン族の違いなんかないように見えるが。おまけに、連中はいま同じところに集まっているんだぞ。ひとつの大きな強盗部族というわけだ。間違った相手を信用するくらいなら、間違った相手を撃つほうがましだ」

まるで壊れたダムの水のように、ことばが小男の口からあふれ出し、男は骨張った指を突き出してしゃべりつづけた。「おれはこの交易所を自分の手で作ったんだ――ミズーリ州知事からここで商売する免許ももらっている。ここを捨てる気はさらさらないし、赤いものが目に入ったら何でも撃つつもりだ。あの人殺しの強盗野郎を、全員殺すことになってもかまうものか」

「いったい誰と取引するつもりなんだ?」グラスが訊いた。

「我々は成功するぞ、あんた。ここはすばらしい土地だ。もうじき軍隊がここまでやって来て、野蛮人たちをきちんと取り締まるはずだ。そのうち、大勢の白人がこの川を行き来して取引をするようになる――あんたもそう言ったじゃないか」

グラスが夜の闇に足を踏み出すと、背後で門が勢いよく閉まった。大きく息を吐き、冷たい夜気に触れて白くなった息が凍てつくような風に吹き流されるのを見守った。川岸に、馬に乗ったマンデー・パーチュが見えた。インディアンは門の音を聞きつけ、馬の向きを変えて近づいてきた。グラスは新しい皮剝ぎナイフを取り出して毛布に切り込みを入れ、頭を通してマントの代わりにした。そして、けば立った手袋に手を突っ込み、マンダン族を見つめて言うべきことばを考えた。実のところ、何か言えることがあるだろうか？（おれにはやるべきことがある）行く先々ですべての不正を正すことはできないのだ。

結局、グラスはマンデー・パーチュに皮剝ぎナイフを渡した。「ありがとう」グラスは言った。

マンデーはナイフを見つめ、つぎに視線をグラスに向けてその目を探した。そして、グラスが背を向け、ミズーリ川上流の暗闇の奥へと歩いていくのを見送った。

第十九章

一八二三年十二月八日

ジョン・フィッツジェラルドは、フォートユニオンからすこし下流の歩哨地点へ歩いていった。持ち場にはピッグが立っている。ピッグの波打つ胸が、凍てつく夜気のなかに大きな雲のような息を吐き出していた。「交替するぞ」フィッツジェラルドは愛想がいいと言ってもいいような口調で言った。

「いつから見張りに立つのがそんなに楽しくなったんだ?」ピッグが訊いた。そして、朝食までの四時間の睡眠を期待して宿舎の方へぶらぶらと歩いていった。

フィッツジェラルドは噛みタバコを厚く切った。豊かな香りが口のなかに広がり、神経を休めてくれる。フィッツジェラルドは充分待ってから吐き出した。息をすると夜の空気が肺に染みるが、寒さは気にならなかった。寒さは雲ひとつない空のせいだ――そして、フィッツジェラルドには雲ひとつない空が必要だった。四分の三の月が、川面に皓々《こうこう》とした光を投げかけている。障害物のない川で舵を取るには、充分な明るさだろう。

見張りを交替してから三十分ほどすると、フィッツジェラルドは盗んだ品物が隠してある密集したヤナギの茂みへ歩いていった。下流で取引するためのビーバーの毛皮の束、麻袋に入った二十ポンドの干し肉、三本の角《つの》に入った火薬、百発の鉛弾、小さな鍋、二枚のウールの毛布、そしてもちろん、アンシュタットだ。フィッツジェラルドは品物を水際に積み上げ、カヌーを取りに上流へ向かった。

身を潜めるようにして川岸を進みながら、フィッツジェラルドは考えた。ヘンリー隊長は追っ手を差し向けるだろうか。(バカな野郎だ)フィッツジェラルドは、ヘンリーほど運の悪い男に会ったことがない。真っ先に稲妻に打たれそうな男だ。ヘンリーの不運な指揮の下で、ロッキーマウンテン毛皮会社の男たちはつねに災難と隣り合わせだった。(おれたちが全滅しなかったのが不思議なくらいだ)馬が三頭しか残っていないので、罠猟隊の行動範囲は、とうに獲物を獲り尽くしたいくつかの川に限られてしまった。地元の部族から新しい馬を買おうとする(というより、たいていは盗まれた馬を買い戻そうとしたのだが)ヘンリーの数々の努力は、ことごとく失敗に終わった。毎日三十人分の食糧を得るのが難しくなっていた。狩猟隊は何週間もバッファローを見たことがなく、いまや主な生活の糧は筋張ったアンテロープだった。

決定的だったのは、先週、スタビー・ビルからある噂を耳打ちされたことだ。「隊長はおれたちを、イエローストーン川の上流へ移動させることを考えているんだ——リサが残したビッグホーン川の古い交易所を使うそうだ」一八〇七年、賢明な交易業者のマニュエル・リサが、イエローストーン川とビッグホーン川の合流点に交易所を開いた。リサはこの施設をフォートマニュエルと名付け、二つの川の探検と交易の基地として使っていた。クロウ族やフラットヘッド族とはとくにいい関係を保ち、これらの部族はリサから買った銃をブラックフット族との戦いに使った。そこでこんどは、ブラックフット族が白人に敵意を持つようになった。

商売がまずまずの成果を上げたことに気をよくしたリサは、一八〇九年にセントルイス・ミズーリ毛皮会社を設立した。この新しい事業の出資者のひとりがアンドリュー・ヘンリーだった。ヘンリーは百人の罠猟師を引き連れてスリーフォークスへの不運な遠征に参加し、イエローストーン川の上流へ向かう途中でフォートマニュエルに立ち寄ったことがある。その有利な立地と豊富な獲物と森林が記憶に残っていた。フォートマニュエルが放棄されて十年以上経つのは知っているが、新しい交易所の土台として利用できるものが残っていればいいと思ったのだ。

フィッツジェラルドはビッグホーン川までの距離は知らないが、自分の行きたいところと逆の方向にあることは知っていた。セントルイスから逃げ出したときには辺境の生活も思ったほど悪くなかったが、粗末な食事や寒さや、交易所で三十人の悪臭を放つ男たちと過ごすことの漠然とした不快感に、かなりまえから嫌気がさしていた。殺される確率が高いことは言うまでもない。フィッツジェラルドは、安物のウィスキーの味や安っぽい香水の匂いが恋しかった。それに、七十ドルの金貨──グラスの世話をしたことへの報奨金──を手にしてからというもの、ギャンブルのことばかり考えていた。あれから一年半、フィッツジェラルドにとってのセントルイス──ことによると、もっと南でも──の状況は落ち着きを取り戻しているにちがいない。フィッツジェラルドはそれを確かめるつもりだった。

交易所の下の長い砂浜に、二艘の木のカヌーが伏せてあった。二、三日前、フィッツジェラルドは二艘をくまなく調べ、小さいほうが作りがいいと判断した。それに、流れに任せて川を下るにしても、ひとりで操ることのできる大きさの船でなければならない。フィッツジェラルドは音を立てないようにしてカヌーをひっくり返し、二本のパドルをなかに入れて砂州の上を水際まで引いていった。

(こんどはもう一艘のほうだ)脱走の計画を立てるとき、フィッツジェラルドは二艘目のカヌーを動けなくする方法に頭を悩ませた。丸木の船体に穴を開けることも考えたが、もっと簡単な解決法にたどり着いた。二艘目のカヌーのところへ戻り、船体の下に手を入れてパドルを取り出したのだ。(パドルがなければ、カヌーは役に立たない)

フィッツジェラルドはカヌーを水上に押し出して飛び乗り、パドルで二漕ぎして流れに乗せた。水がカヌーをとらえて川下へ運んだ。二、三分進んでから、フィッツジェラルドはカヌーを止めて盗品を載せ、ふたたび船を流れに乗せた。何分もしないうちに、フォートユニオンはフィッツジェラルドのうしろに消えていった。

ヘンリー隊長はかび臭い宿舎にひとりで坐っていた。そこはフォートユニオンで唯一の私的な空間だった。交易所では珍しいプライバシーを別にすると、この空間にはほとんど取り柄がなかった。暖気や明かりは、隣の部屋とのあいだの開け放した戸口から入ってくるだけだ。ヘンリーは寒い暗がりに坐り込み、どうしたらいいのだろうと思いをめぐらしていた。

フィッツジェラルド自体はたいした損失ではない。セントルイスではじめて会った日から、ヘンリーはフィッツジェラルドを信用していなかった。カヌーはなくてもやっていける——残った馬が盗まれるよりましだ。毛皮の束を失ったのは腹立たしいが、致命的というほどではなかった。

損失はいなくなった男ではなく、むしろ、残っている男たちへの影響だった。フィッツジェラルドの逃亡は、ほかの男たちの声にならない思いの言明——声高で明瞭な言明——だった。ロッキーマウンテン毛皮会社は失敗者だという言明だ。へ、へ、ヘンリーが失敗者だということだ。(どうしたらいいんだ?)

宿泊所のドアの掛け金が外れる音が聞こえた。不意に、土の床に重たい足を引きずるような足音がヘンリーの宿舎に近づき、スタビー・ビルが戸口に立った。

「マーフィーと罠猟隊が帰ってきました。」スタビーが報告した。

「ビーバーの皮を持ってきたか？」

「いいえ、隊長」

「一枚も？」

「はい、隊長。それから、あの、隊長――悪いことはそれだけじゃないんです」

「何だ？」

「馬も連れていません」

ヘンリー隊長は、その知らせの意味をすぐには呑み込めなかった。

「ほかには？」

スタビーはすこし考えてから言った。「はい、隊長。アンダースンが死にました」

隊長はもう何も言わなかった。スタビーは待っていたが、しばらくすると沈黙に耐えられなくなって出ていった。

ヘンリー隊長はそれからしばらく寒い暗がりに坐り込んでいたが、やがて、決断を下した。フォートユニオンを放棄することにしたのだ。

第二十章

一八二三年十二月十五日

その窪地は平原にほぼ完全なボウルの形を作っていた。三方を低い丘が囲み、外の広々とした土地に吹きすさぶ容赦のない風から低地を守っている。窪地の中心に向かって湿気が流れ込み、そこにはサンザシの木立が見張りのように立っていた。丘と木立の相乗効果で、重要な避難所となっているのだ。

この小さな窪地は、ミズーリ川から五十ヤードしか離れていなかった。ヒュー・グラスは小さな焚火のそばに脚を組んで坐り、焚火の炎がヤナギの串に刺した貧弱なウサギの死骸を撫でていた。

ウサギが焼けるのを待っていると、グラスはふと、川の音が聞こえるのに気づいた。いまさら気づくのは妙だと思った。グラスは何週間も川にへばりついていたのだ。ところが、感覚が研ぎ澄まされ、水の音がはじめて聞いたもののように聞こえる。グラスは焚火から目を離して川を見つめた。そもそも、穏やかな水の流れが音を立てるのは妙ではないか。そういえば、風が音を立てるのも妙だ。いや、音を立てているのは水や風ではない。音を立てているのは水や風の通り道にある物体なのだ。それに気づき、グラスは焚火に目を戻した。

グラスは脚にいつもの痛みを感じて姿勢を変えた。からだは回復しかけているが完全ではないということを、傷がたえず思い出させる。脚と肩の痛みは、寒さのせいでますますひどくなった。いまでは、自分の声は二度ともとに戻らないだろうと思っている。むろん、グラスの顔は、グランド川での対決を示す一生消えない看板になってしまった。だが、悪いことばかりではない。背中はもう痛くなくなった。ものを食べるときに喉が痛むこともなくなり、肉の焼ける匂いを嗅ぐたびにそのことを感謝した。

グラスは数分まえ、夕方の薄れていく光のなかでこのウサギを撃った。この一週間、インディアンの痕跡は見ていないし、太ったワタオウサギがグラスの前を跳ねながら横切ると、おいしい夕食への期待が膨らんで我慢できなかったのだ。

グラスから四分の一マイルほど上流で、ジョン・フィッツジェラルドが上陸する場所を探していると、近くでライフルの銃声がした。（くそっ！）急いで岸に向かってパドルを漕ぎ、カヌーのスピードを落とした。流れに逆らってパドルを逆に漕ぎながら、フィッツジェラルドは銃声の出所を見きわめようとして薄明かりに目を凝らした。

（アリカラ族はこんなに北まで来ないはずだ。アシニボイン族だろうか？）もっとよく見えたらいいのだが。二、三分もすると、ちらちら揺れる焚火の火が見えた。鹿革の服を着た男の姿が見えるが、細かいところまではわからなかった。おそらくインディアンだろう。実際、こんな北の果てに用のある白人などいない。よりによって十二月に。（もっと大勢いるんだろうか？）昼の光はあっという間に薄れていった。

フィッツジェラルドはとるべき道を考えてみた。その場にとどまることは論外だ。上陸して一夜を過ごしたら、朝にはライフルの男に見つかってしまうだろう。男に忍び寄って殺すことも考えたが、相手がひとりなのか大勢なのかまだわからない。結局、気づかれないように通り過ぎることにした。ライフルの男が――そして、ほかの誰であれ――焚火に気を取られて川に目を向けないことを期待し、夕闇に包まれるのを待つつもりだった。そのうち、満月の明かりで船を進められるようになるだろう。

フィッツジェラルドは、軟らかい砂州にそっと丸木舟の舳先を引き上げて一時間近く待った。西の地平線が太陽の光を完全に呑み込んでしまうと、焚火の明かりがくっきり見えるようになった。男の影が焚火の上にかがみ込んでいるところをみると、男は食事に専念しているにちがいない。（いまだ）フィッツジェラルドはアンシュタットと二挺の拳銃を確認し、すぐ手の届くところに置いた。そして、丸木舟を川岸から押し出して飛び乗った。フィッツジェラルドはパドルを二漕ぎして船を流れに乗せた。そのあとは、パドルを左右どちらかの船べりにそっと置いて舵のように使った。できるだけ流れに任せたのだ。
ヒュー・グラスはウサギの後肢を引っ張った。関節が緩く、ひと捻りすると脚が取れた。グラスは汁気の多い肉にかぶりついた。

フィッツジェラルドはできるだけ岸から離れようとしたが、実際には川岸のすぐそばを流れていた。いまや、焚火が目の回るような速さで近づいてくる。フィッツジェラルドは川に注意を払いながら、焚火のそばの男の後ろ姿に目を凝らした。ハドソンベイ社の毛布で作ったマント——そして、毛糸の帽子のようなもの——が見えた。（毛糸の帽子？ 白人か？）フィッツジェラルドは川面に視線を戻した。黒い川の——わずか十フィート先の——水面から、出し抜けに巨大な岩が現われた！

フィッツジェラルドは、パドルを川に深く突っ込んで力いっぱい引いた。ひと漕ぎすると、そのままパドルを持ち上げて岩に押しつけた。丸木舟が進路を変えた——が、充分ではなかった。船の側面が岩をこすって耳障りな音を立てた。フィッツジェラルドはありったけの力でパドルを漕いだ。（もはや隠れても無駄だ）

グラスは水しぶきの音と、それにつづいてものこすれるような音を耳にした。反射的にライフルに手を伸ばし、すばやく焚火の明かりから離れてミズーリ川に向き直った。焚火のまぶしい光から暗闇へと目が慣れると、グラスは急いで川に忍び寄った。

グラスは音の出所を探して川面に目を走らせた。パドルが水をはね散らす音が聞こえ、百ヤード離れたところにカヌーが見えた。グラスはライフルを持ち上げて撃鉄を起こし、パドルを持った黒い人影に狙いをつけた。グラスの指が引き金にかかった……だが、思いとどまった。

グラスは、撃ってもあまり意味がないと思った。あの船人が誰であれ、その男は接触を避けることに没頭しているようだ。いずれにしても、男はどんどん逆方向へ進んでいく。男の目的はわからないが、去って行く船人がグラスの脅威になることはまずないだろう。丸木舟の上のフィッツジェラルドは懸命にパドルを漕ぎ、焚火から四分の一マイル離れた川の湾曲部を回り込んだ。そのまま流れに任せて一マイルほど下り、船を対岸に寄せて上陸に適した場所を探した。

ようやく川から丸木舟を引き上げ、それを裏返してその下に寝具を広げた。干し肉をかじりながら、フィッツジェラルドはふたたび焚火のそばの人影のことを考えた。（あんな場所に十二月に白人がいるのは妙だ）

フィッツジェラルドは用心深く自分の横にライフルと二挺の拳銃を置き、毛布の下でからだを丸めた。皓々とした月が、フィッツジェラルドの野営地に青白い光を投げかけている。アンシュタットがその光をとらえ、銀製の部品が日光を浴びた鏡のように輝いていた。

ヘンリー隊長がついに幸運をつかんだ。あまりにたくさんのいいことが立てつづけに起こったので、ヘンリーはどう考えたらいいのかわからなかった。

まず、二週間つづけて空が真っ青に晴れ渡っていた。天気がよかったおかげで、遠征隊はフォートユニオンからビッグホーン川までの二百マイルを六日間で踏破した。

そこに着いてみると、放棄された交易所はほぼヘンリーの記憶どおりに建っていた。交易所の状態はヘンリーの予想よりはるかによかった。長年放置されていたせいで建物の外観は傷んでいるが、大部分の木材はまだしっかりしていた。この掘り出し物のおかげで、丸太を切り倒したり運んだりする重労働を何週間分も節約できるはずだ。

土地の部族とのかかわりも（少なくとも最初のうちは）、フォートユニオンでの悲惨な運命とは対照的だった。ヘンリーはアリステア・マーフィーの率いる一行を派遣し、フラットヘッド族やクロウ族を中心とする新しい隣人に贈り物をばらまいた。そうやって土地のインディアンとかかわるうち、自分が前任者の外交手腕の恩恵を被っていることに気づいた。二つの部族は、どちらかといえば交易所の再開を喜んでいるようだ。少なくとも、取引には積極的だった。

なかでもクロウ族は馬をたくさん持っていて、マーフィーは七十二頭の馬を買い入れた。近くのビッグホーン山脈から小川がいくつも湧き出ているので、ヘンリーは新しい移動罠猟隊を積極的に配備する計画を発表した。

二週間のあいだ、まるで不運がうしろから忍び寄ってくるとでも思っているかのように、かった。

ヘンリーは始終うしろを気にしていた。やがて、ほんのすこし楽観的になってもいいと思いはじめた。(もしかすると、私の運が変わったのかもしれない)ところが、そうではなかった。

ヒュー・グラスはフォートユニオンの残骸の前に立った。ヘンリー隊長が交易所を放棄したときに蝶番が持ち去られ、門がそのまま地面に倒れている。失敗した事業に対する冷遇は内部にも及んでいた。金属の蝶番がことごとく取り外されている。おそらく、つぎの目的地で利用するために回収されたのだろう。防御柵から丸太が剝ぎ取られているのは、どうやらヘンリーが出発したあとでやって来た不作法な訪問者が薪として使ったらしい。宿泊所のひとつの壁が黒くなっているところをみると、誰かが面白半分に交易所を燃やそうとしたようだ。何十もの馬の足跡が、中庭の雪を踏み荒らしていた。

(おれは蜃気楼を追っているのか)この瞬間のために、何日歩いて——這って——きたことだろう? グラスは、グランド川沿いの泉のそばの空き地を思い起こした。(あれは何月だったろう? 八月か? いまは何月だろう? 十二月か?)

グラスは防塞へつづく粗造りの梯子を上り、防塞の上から谷間全体を見渡した。四分の一マイル先で、色あせたしみのように見える十頭あまりのアンテロープが前肢で雪をかきながらセージをかじっている。大きなVの字を描いたガンの群れが、着地のために翼の動きを止めて川の上に舞い降りた。ほかに生き物の気配はなかった。（みんなはどこへ行ったんだ？）

グラスは交易所で二晩野営をした。長い旅路の果てにやっとたどり着いた目的地から、あっさり立ち去ることはできなかったのだ。だが、自分の真の目的が場所ではないことはわかっている。グラスの真の目的は二人の男——二人の男と二つの究極の復讐行為——だったのだ。

グラスはフォートユニオンからイエローストーン川沿いに進んでいた。ヘンリーの足取りは憶測するしかないが、隊長がミズーリ川上流での失敗を繰り返す危険を冒すとは思えなかった。となると、イエローストーン川しかない。

イエローストーン川に沿って五日歩くと、川を見下ろす高い段丘の上に出た。グラスは畏怖の念に打たれて足を止めた。

ビッグホーン山脈が、天と地を結び合わせるように目の前にそびえ立っていた。いくつかの雲が頂上の周りに渦を巻き、山肌がどこまでも上に伸びているような錯覚を起こさせる。雪に反射する日光のまぶしさに涙が出たが、目をそらすことはできなかった。平原で暮らした二十年のあいだに、グラスはこんな山があるとは夢にも思わなかったのだ。

ロッキー山脈の巨大さはヘンリー隊長から何度も聞かされたが、その話には野営の焚火につきものの誇張があるのではないかと思っていた。実際には、ヘンリーの描写が情けないほど不充分だということがわかった。ヘンリーは率直な男なので、彼の描写は障害物としての山しか描いていなかった。東と西との商業の流れをつなぐ遠征中に、乗り越えるべき障害として山をとらえていたのだ。ヘンリーの描写から完全に抜け落ちていたのは、その堂々とした山頂を目にした瞬間にグラスを満たした偽りのない力強さだった。

むろん、ヘンリーの実際的な反応はグラスにも理解できる。川の流れる谷の地形は、それだけで充分に困難だ。いま目の前にあるような山を越えて毛皮を運ぶ苦労は、グラスにはほとんど想像もつかなかった。

その日から、イエローストーン川に導かれて近づけば近づくほど、グラスのロッキー山脈に対する畏怖の念が増していった。その巨大なかたまりは目標であり、時間に逆らって定められた基準だった。ほかの者なら、自分よりはるかに大きいもののことを考えただけで不安になるかもしれない。だが、グラスには、山から泉のように湧き出る神聖なものが、自分の日々の苦痛など取るに足りないものに思えるような永遠の命が感じられた。

だからこそ、グラスは来る日も来る日も、平原の果てにそびえる山脈に向かって歩いていった。

フィッツジェラルドは粗造りの防御柵の外に立ち、門の上の塁壁で咳をしている小男の尋問に耐えていた。

嘘はカヌーの上で何日も練習していた。「ロッキーマウンテン毛皮会社のヘンリー隊長の代理で、セントルイスまでメッセージを届けにいくんだ」

「ロッキーマウンテン毛皮会社だと？」小男は鼻を鳴らした。「反対方向へ行くお仲間に会ったばかりだ——インディアンと馬に相乗りした不作法な男だった。それより、あんたがその会社の人間なら、やつの手形にカネを払ってくれ」

フィッツジェラルドは、胃袋がぎゅっと縮まって急に呼吸が速くなるのを感じた。（川にいた白人だ！）フィッツジェラルドは懸命に平静で屈託のない声を出そうとした。「きっと川で行き違いになったんだ。そいつは何て名前だ？」

「名前なんか思い出せもしない。品物をいくつか渡したら出ていった」

「どんな顔をしてた？」

「ああ、それならよく覚えている。顔中、傷だらけだった。まるで野獣に嚙みつかれたみたいにな」

（グラスだ！　生きていた！　あの野郎！）

二枚の毛皮を干し肉と交換しながら、フィッツジェラルドは川に戻りたくてたまらなかった。もはや流れに任せていられないので、パドルを漕いで丸木舟を進めた。前進あるのみだ。グラスが向かっているのは逆の方向かもしれないが、その意図は明白だった。

第二十一章

一八二三年十二月三十一日

その日の昼ごろ、雪が降りだした。いつの間にか接近した嵐雲がしだいに太陽を隠していったので、ヘンリーも隊員たちもほとんど気づかなかった。心配する理由はひとつもなかった。改装した交易所は、どんな暴風雨にさらされても持ちこたえるように完璧に建てられている。そのうえ、ヘンリー隊長はその日に祝賀会を催すことを宣言していた。そして、男たちを有頂天にするびっくりプレゼント――アルコール――を用意していた。

ヘンリーはいろんな点で失敗者だが、報奨品の威力はわかっていた。ヘンリーの醸造酒は酵母菌とザイフリボクの実から作られ、樽のなかで一か月寝かせて発酵させたものだ。できあがった混合物は酸っぱい味がする。飲んだ者は誰でも顔をしかめるが、この機会を逃す者はいなかった。その液体を飲むと、あっという間に酔っ払うことができるのだ。

ヘンリーは男たちに、もうひとつのボーナスを用意していた。ヘンリーのフィドルの腕はかなりのもので、この数か月ではじめて、ヘンリーは使い古した楽器を手に取る気分になったのだ。鋭く甲高いフィドルの音が酔っ払いの笑い声と混じり合い、満員の宿泊所に陽気な大混乱の舞台ができあがった。

浮かれ騒ぎの大半はピッグの周囲で起こり、ピッグの太りすぎた肉体が暖炉の前に伸びていた。ピッグのアルコールの許容量が、その胴回りに見合っていないことがわかった。「死んでるみたいだぜ」そう言いながら、ブラック・ハリスがピッグの腹をまともに蹴飛ばした。一瞬、ハリスの足がピッグの腹の周りのぶよぶよした脂肪に姿を消したが、ほかには何の反応もなかった。

「でも、もし死んでいるなら……」パトリック・ロビンスンが口を挟んだ。無口な男で、ほとんどの罠猟師たちはヘンリーの密造酒がふるまわれるまでこの男が話すのを聞いたことがなかった。「……きちんと埋葬してやらないとな」

「それには寒すぎる」別の罠猟師が言った。「だが、ちゃんとした屍衣《しい》を作ってやることはできる」この案が男たちのあいだに熱狂を巻き起こし、二枚の毛布と針と太い糸が持ち出された。腕のよい仕立屋のロビンスンが、ピッグの巨体にぴったりした屍衣を縫いはじめた。ブラック・ハリスが涙を誘う説教をし、男たちがひとりずつ交替で頌徳《しょうとく》のことばを述べた。

「ピッグはいい人間で、信心深いやつでした」ひとりの男が言った。「ああ、主よ、ピッグをあなたのもとにお返しします。ピッグは未経験で……石鹸に触れたことも、一度もありません」

「もしあなたに持ち上げることができるなら」別の男が言った。「どうか、ピッグをあの世まで持ち上げてやってください」

ピッグの葬式は怒鳴り合う大声で中断された。アリステア・マーフィーとスタビー・ビルが、どちらの拳銃の腕が優れているかということで言い争いをはじめたのだ。マーフィーがスタビー・ビルに決闘を申し込み、ヘンリー隊長が慌てて押しとどめた。その代わり、ヘンリーは射撃の試合を許可した。

最初、スタビー・ビルは、相手の頭に載せたブリキのカップをたがいに撃ち落とすことを提案した。だが、いくら酔っ払っていても、そんな試合はいろいろ物騒な衝動を生み出すかもしれないと気づいた。歩み寄りの結果、ピッグの頭に載せたブリキのカップを撃ち落とすことに決めた。マーフィーもスタビー・ビルもピッグを友人だと思っているので、二人とも射撃の名手として発奮するだろう。二人は壁を支えにして屍衣をまとったピッグのからだを坐らせ、その頭にカップを載せた。

長い宿泊所の一方の端にピッグを坐らせ、もう一方に二人の射手が立つと、男たちは部屋の真ん中に通路を開けた。ヘンリー隊長が片手にマスケット弾を隠し、マーフィーが引き当ててあとから撃つほうを選んだ。スタビー・ビルはベルトから拳銃を抜き、慎重に火皿の火薬を確かめた。そして、一方の足からもう一方の足へと体重を移動し、最後はからだの側面を標的に向けて立ち位置を決めた。つぎに、銃を持った腕を完璧な角度に曲げて銃口を天井に向けた。親指を上に伸ばし、張り詰めた部屋のなかで唯一の大げさな音を立てて撃鉄を起こした。スタビー・ビルはしばらくこの姿勢を保っていたが、やがて、優雅な弧を描いてゆっくり拳銃を下ろし、射撃の姿勢をとった。

そこで、スタビーは躊躇した。ピッグのずんぐりしたからだが視界——拳銃の照門を通して——に入ると、弾が外れたときの衝撃が急に現実味を帯びたのだ。スタビーはピッグを気に入っていた。実のところ、かなり気に入っていた。（こんなのは間違っている）玉のような汗が短い背筋をしたたり落ちるのを感じた。自分の両側に男たちが群がっているのが目の端に見える。呼吸が荒くなり、銃を持つ腕が上下した。拳銃が急に重たくなった。からだの揺れを止めようとして息を殺すと、酸素不足で頭が朦朧となった。（外れないでくれ）

結局、スタビー・ビルは運を天に任せて引き金を引き、火薬の閃光を浴びて目をつぶった。ピッグのうしろの丸太の壁に弾丸がめり込んだが、太った男の頭に載せたカップから十二インチも上にそれていた。見物人が笑い出した。「うまいぞ、スタビー！」

マーフィーが進み出た。「おまえは考えすぎなんだ」マーフィーは切れ目のない滑らかな動きで、銃を抜くとすぐに狙いをつけて撃った。銃弾が発射され、ピッグの頭に載せたブリキのカップの根元を突き破った。カップは壁に叩きつけられ、大きな音を立ててピッグのそばまで転がった。

どちらの弾もピッグを殺すことはなかったが、少なくとも二発目はピッグを目覚めさせるのに成功した。ずんぐりした屍衣が激しくゆがみはじめた。それまでマーフィーの射撃に喝采を送っていた男たちが、のたうつ屍衣を見ると、こらえきれずにからだを二つ折にして笑いだした。突然、毛布の内側から長いナイフの刃が突き出し、細い切り込みができた。二本の手が出てきて屍衣を引き裂いた。つぎに、ピッグの肉付きのよい顔が現われ、まぶしそうに目をぱちくりさせた。ふたたび笑い声が上がり、野次が飛んだ。「まるで、子牛が生まれるところみたいだ！」

ぽつりぽつりと発砲が起こって祝賀会が中断され、すぐに全員が天井に向かって銃を撃ちはじめた。火薬の黒い煙が部屋に充満し、「新年おめでとう！」という元気のよい叫び声が上がった。

「なあ、隊長」マーフィーが言った。「大砲を撃たなくちゃ！」ヘンリーに異存はなかった。もしかすると、宿泊所が壊されないうちに男たちを外に出したかっただけかもしれない。ロッキーマウンテン毛皮会社の男たちは大声でわめきながらドアを開けて暗闇に足を踏み出し、ひとかたまりになって防塞へ向かった。

男たちは吹雪の激しさに驚いた。午後にはちらちら舞っていただけの雪が猛烈なブリザードに変わり、渦巻く風が大量の雪を運んでいる。すでに十インチあまりの雪が積もり、吹きだまりはもっと深かった。本来なら、避難所の建設中に嵐にならなかった幸運に感謝していただろうが、いまの男たちは大砲のことしか頭になかった。

実をいうと、四ポンドの榴弾砲は大砲というよりむしろ大きな散弾銃のようなもので、交易所の塁壁ではなく運搬船《キールボート》の舳先に置くものとして作られている。交易所の防壁の二面を見渡せる防塞の隅に回転台があり、榴弾砲はその上に置かれていた。鉄製の筒は三フィートそこそこしかなく、三本の砲耳で補強してあった（あとで不充分なことがわかったが）。

大男のポール・ホーカーは、自分は専任の砲手だと自負していた。一八一二年戦争で砲兵を務めたとさえ主張している。大半の男たちはこの主張を眉唾《まゆつば》だと思っているが、ホーカーが吠えるような声で砲弾を込める手順を命じるときの権威ある口調は認めていた。ホーカーと別の二人は先を争って防塞の梯子を上った。ほかの男たちは、いくらか風を避けられる地上から見物することにして防塞の下に残った。

「砲手は持ち場につけ！」ホーカーが怒鳴った。ホーカーは手順を知っていたかもしれないが、部下たちが知らないのは明らかだった。二人はぽかんとした顔でホーカーを見つめ、自分の任務が一般市民向けに説明されるのを待った。ホーカーは部下のひとりを指さし、声をひそめて言った。「おまえは火薬と詰め綿を持て」そして、もうひとりを指さして言った。「おまえは暖炉でラニャードに火をつけてこい」ホーカーは軍隊式の態度に戻って怒鳴った。「射撃開始……装塡！」

火薬を持った男はホーカーの指揮に従い、このときのために防塞に保管されていた秤に三十ドラムを入れた。ホーカーは黄銅色の砲口が空を向くように傾け、二人で火薬を詰めた。つぎに、古い布をこぶし大に丸めた詰め物を入れ、槊杖を使ってしっかり砲尾に押し込んだ。

ラニャードが戻ってくるのを待つあいだに、ホーカーは雷管――三インチの長さに切りそろえたガンの羽柄に、火薬を詰めて両端を蠟でふさいだもの――を包んだ油布を開けた。そして、一本の雷管を大砲の砲尾の小さな穴に詰めた。火のついたラニャードを羽柄につければ蠟が溶けてなかの火薬に点火し、それがつぎに砲尾の火薬に点火するというわけだ。

火のついたラニャードを持った男が梯子を上ってきた。ラニャードは一方の端に穴の開いた長い棒だ。穴には、よく燃えるように硝石を染み込ませた太い綱が通されている。ホーカーがラニャードの先端のおき火を吹くと、その輝きがホーカーの顔を不気味な赤に染めた。米国陸軍士官学校《ウエストポイント》の士官候補生のような仰々しさで、ホーカーが叫んだ。「用意！」

地上の男たちは、大爆発への期待に胸を膨らませて防塞を見上げた。ホーカーは自分でラニャードを持ちながら、「撃て！」と叫んで雷管に点火した。

ラニャードのおき火がすばやく蠟を溶かした。雷管がシュッと音を立てて点火し、つぎに〝ポン〟という音がした。男たちが期待していたとてつもない大爆発とくらべると、その砲声は拍手の音とたいして変わらないように思えた。

「何だ、あれは？」中庭から叫び声が上がり、つぎつぎに野次やバカにしたような笑い声が飛んできた。「鍋を叩いたほうがましだ！」

ホーカーは大砲を見つめた。股間の膨らみが目に見えてしぼんでしまうほどショックを受けていた。この場を取り繕わなくてはならない。「いまのは練習だ！」ホーカーは下に向かって怒鳴った。つぎに、急かすような声で言った。「砲手は持ち場につけ！」

二人の砲手は訝《いぶか》しげな表情でホーカーを見つめた。急に自分たちの評判が気になりはじめたのだ。

「さっさとやれ、このバカ者！」ホーカーは押し殺した声で言った。「火薬を三倍にしろ！」火薬を増やせばうまくいくだろう。いや、ひょっとすると、問題は詰め物が足りないことかもしれない。詰め物を増やせば抵抗が大きくなるはずだ——そうすれば、もっと大きな爆発が起こるにちがいない。（やつらに目にもの見せてやる）

砲手たちは砲口に三倍の火薬を入れた。（詰め物には何を使おう？）ホーカーは自分の革のチュニックを脱いで砲身に詰めた。（もっとだ）ホーカーは助手に目を向けた。「おまえのチュニックをよこせ」ホーカーは部下に言った。

男たちは見るからに驚いて見つめ返した。「寒いですよ、ホーカー！」

「よこせと言ったらよこすんだ！」

男たちがしぶしぶ従うと、ホーカーはその新しい服を詰め物に加えた。野次がつづき、ホーカーはすさまじい勢いで大きな銃器に装塡し直した。作業を終えたとき、砲身の先までぎっしり鹿革が詰め込まれていた。

「用意！」ホーカーが怒鳴り、ふたたび燃えているラニャードに手を伸ばした。「撃て！」ホーカーが雷管に点火すると、大砲が爆発した。文字通り爆発したのだ。鹿革は確かに抵抗力を増大させた――大砲そのものが破裂して無数の光り輝く破片となるほど。

一瞬、すばらしい爆発の炎が夜空を明るく照らし、すぐに刺激臭のある煙の巨大なかたまりで防塞が見えなくなった。爆発で飛び散った破片が交易所の丸太の防壁を突き抜けて雪にめり込み、男たちが逃げまどった。ホーカーの二人の部下は爆風で飛ばされ、防塞の縁を越えて中庭に落ちた。転落でひとりは腕を骨折し、もうひとりは肋骨を二本折った。落ちたところが雪の深い吹きだまりでなかったら、二人とも死んでいたかもしれない。

激しい風で防塞の煙が晴れてくると、すべての目が防塞を見上げて勇敢な砲手を探した。しばらくは誰ひとりことばを発しなかったが、やがて、ヘンリー隊長が叫んだ。「ホーカー！」

またしばらく沈黙がつづいた。渦巻く風が防塞から煙を吹き飛ばした。塁壁の端から、片手が出てくるのが見えた。もう一方の手が現われた――そして、ホーカーの頭が。ホーカーの顔は、爆発のせいで石炭のように真っ黒だった。頭から帽子が飛ばされ、両耳から血が滴っている。防塞に両手をかけているが、それでも左右にふらついていた。ほとんどの男たちが、ホーカーは前に飛び出して死ぬだろうと思った。ところが、ホーカーは叫んだ。「新年おめでとう、くそったれども！」

賛同のどよめきが夜の闇に響き渡った。

ヒュー・グラスは吹きだまりに足を取られ、もうこんなに雪が積もったのかと驚いた。銃を持つ手に手袋をはめていないので、転んだときにむき出しの手を雪に突っ込んでしまった。刺すような冷たさにたじろぎ、その手をマントの下に差し入れて乾かした。降りはじめはときおりちらつく程度の雪で、避難しなければならないほどではないと思った。いま、グラスは自分の判断が間違っていたことを悟った。

グラスは周囲を見まわし、日没までの時間を計ろうとした。吹雪のせいで背景の高い山々がすっかり姿を消し、地平線が近く見える。見えるものといえば、砂岩の淡い稜線ところどころに生えているマツの木だけだ。そのほかのものは、山麓の前山さえシルバーグレーの曇り空に溶けてしまったように思える。グラスはイエローストーン川という確かな通路がありがたかった。（日没まで一時間といったところか？）グラスはカバンから手袋を取り出し、濡れてこわばった手にはめた。（こんな天気では、どのみち撃つものはない）

グラスがフォートユニオンを発ってから五日が過ぎた。いままでは、ヘンリーと隊員たちがこちらへ向かったことがわかっている。三十人の足取りをたどるのは難しくなかった。かつて調べた地図に、マニュエル・リサが放棄したビッグホーン川の交易所が載っていた。（ヘンリーがそれより先に行くはずはない――まして、この季節に）距離はだいたい見当がついている。だが、自分はどれくらい進んだのだろう？ それは推測するしかない。

吹雪になって急に気温が下がったが、グラスの心配は風だった。風が冷気に命を吹き込み、グラスの服のあらゆる縫い目から入り込めるようにしているような気がする。まず、鼻や耳のむき出しの皮膚に刺すような痛みを感じた。風のせいで目頭に涙がにじんで鼻水が出はじめ、寒気がますますひどくなった。しだいに深くなる雪のなかを苦労して歩いていくと、刺すような痛みがすこしずつ薄れてしびれたようになり、それまで自由に動いていた手が機能不全の肉のかたまりと化していた。まだ燃料を見つけられるうちに――まだこの手で火打ち石と火打ち金を使えるうちに――避難する場所を探さなくては。

対岸の川岸は、川から急勾配の坂になっている。そこなら避難する場所がありそうだが、川を渡る方法がない。グラスのいる川岸は特徴のない平坦な地形で、猛烈な風を避ける場所はなかった。一マイルほど先に、激しい吹雪と深まりゆく夕闇を通して十本ばかりのハコヤナギの木立がかろうじて見えた。（ぐずぐずしてはいられない）

そこまで行くのに二十分かかった。ある場所では叩きつけるような風に雪が飛ばされて土が見えているが、別の場所では吹き寄せられた雪が膝まで積もっている。雪がモカシンに入り込み、グラスはゲートルをつけなかったことを悔やんだ。雪で濡れた鹿革のズボンがカチカチに凍り、膝から下を硬い殻がすっぽり覆っているようだ。ハコヤナギの木立にたどり着いたときには、もはや爪先の感覚がなくなっていた。

吹雪がさらに激しさを増し、グラスは最適な避難所を探して木立に目を走らせた。風があらゆる方向から同時に吹いてくるようで、場所を選ぶのは難しかった。グラスは一本の倒れたハコヤナギに目を留めた。地上に出た根が太い幹の根元から扇のように広がり、二方向からの風をさえぎっている。(風が四方から吹かなくなればいいのだが)

グラスはライフルを置き、すぐに薪を集めはじめた。薪には事欠かなかった。問題は火《ほ》口《くち》だ。数インチの雪が地面を覆っている。雪を掘ってみると、落ち葉は湿っていて火口にはならなかった。ハコヤナギの小枝を折ろうとしたが、まだみずみずしかった。グラスは急いで空き地を探しまわった。昼の光がどんどん薄れていき、思ったより遅い時間だということに気づいて不安が募った。必要なものがすべてそろったとき、グラスはほとんど真っ暗ななかで作業をしていた。

グラスは倒れた木の横に薪を積み、懸命に穴を掘って焚火の風よけにするくぼみを作った。そして、手袋を外して火口を置こうとしたが、かじかんだ指はほとんど役に立たなかった。両手をすぼめて口に近づけ、そのなかに息を吹き込む。息をかけると、一瞬、じんわり暖まるが、その温もりは凍てつく空気の猛攻撃ですぐに消えてしまう。強烈な突風がふたたび背中や首に吹きつけ、それが肌を突き抜けてからだの奥まで染み込んだ。（風向きが変化しているのか？）グラスはしばらく手を止め、ハコヤナギの反対側に移動すべきだろうかと考えた。風が治まり、グラスはその場にとどまることにした。

浅いくぼみに火口を広げてから、タバコ入れ《サック・オー・フュー》を探って火打ち石と火打ち金を取り出した。火打ち金を打とうとすると、一度目は火打ち石が親指の関節に当たって切り傷ができた。激痛が音叉の振動のように腕全体に伝わった。グラスは痛みをこらえてもう一度火打ち金を叩いた。ようやく火花が火口《ほくち》に落ちて燃えはじめた。グラスは小さな炎の上にからだをかぶせて風を防ぎ、焚火に自分の生命を吹き込もうとして必死で息を吹きかけた。突然、強烈な渦を巻く突風を感じたかと思うと、くぼみから巻き上げられた砂と煙がグラスの顔を覆った。グラスは咳き込みながら目をこすり、やっと目が開けられるようになったときには、火が消えていた。（くそっ！）

グラスは火打ち石を火打ち金につづけざまに叩きつけた。火花が雨のように降り注いだが、すでにかなりの量の火口が燃えてしまっていた。むき出しの手の甲が痛んだ。やがて、

指の感覚がまったくなくなった。（火薬を使うことにしよう）

残った火口をできるだけ慎重に広げ、こんどはもっと大きな木片も加えた。火薬入れから火薬を注ぐと、くぼみのなかに勢いよくこぼれてしまった。グラスはもう一度、自分のからだでできるだけ風を防ぎ、火打ち石を火打ち金に打ちつけた。くぼみのなかから閃光が発し、グラスの手を焼いて顔の皮膚を焦がした。いまは渦巻く風にもまれて跳びはねる炎を守るのに必死で、痛みはほとんど感じなかった。グラスは火に覆いかぶさるようにしてしゃがみ込み、もっと大きな風よけを作ろうとしてマントを広げた。すでに火口はあらかたなくなっていたが、幸いなことにいくつかの大きな木片に燃え移っていた。グラスは薪を足し、それから二、三分もすると、火が自力で燃えつづけることを確信した。

グラスが倒れた木にゆったりもたれかかったとたん、またもや突風が吹いて火が消えそうになった。グラスは慌てて炎の上にからだを戻し、マントを広げて風を防ぎながら真っ赤なおき火に息を吹きかけた。ふたたび風よけができ、たちまち炎が活気を取り戻した。

グラスはマントをしっかりつかんで両腕を大きく広げ、焚火の上に身をかがめて三十分近くも同じ姿勢をとっていた。グラスが火を守っている短いあいだに、周囲にはさらに数インチ雪が降り積もっていた。マントの地面に垂れた部分に、吹き寄せられた雪の重みを感じる。だが、それだけではなかった。グラスはそのことに気づいて胃袋が沈み込むような気がした。（風向きが変わった）風はもはや渦を巻いていないが、容赦のない力でたえずグラスの背中に吹きつけている。ハコヤナギの木は風よけにならなくなった。さらに悪いことに、風が木に当たって進路を変えた――グラスの方へ吹き戻し、焚火に向かって吹きつけているのだ。

グラスは、矛盾する恐怖の悪循環で膨れあがるパニックと闘っていた。出発点ははっきりしている――焚火がないと凍死してしまう。一方、背中にブリザードが吹きつけているというのに、腕を大きく広げて炎の上にかがみ込んだいまの姿勢を保ちつづけるのは無理だ。グラスは疲れ果てていたし、吹雪が何時間も、いや、何日間も猛威をふるうのはよくあることだ。どんなに粗末なものでもいいから、避難所が必要だった。いまは風向きが安定しているようなので、一か八か木の反対側に行ってみてもいい。ここにいるよりましだろうが、火を消さずに移動できるとは思えなかった。もう一度、最初から火を起こし直すことができるだろうか？　暗闇のなかで？　火口もないのに？　それでも、やってみるしかない。

グラスは計画を練った。急いで倒れたハコヤナギの反対側へまわり、焚火のための新しいくぼみを作ってから燃えている火を移動させるのだ。

待っていても何もならない。グラスはライフルと運べるかぎりの薪を抱えた。風は新たな獲物の存在に気づいたかのように、これまでにない激しさで吹きつけた。グラスは首をすくめ、モカシンにまた雪が入るのに毒づきながら苦労して巨大な根の反対側にまわった。木の反対側に行ってみると、もう一方より風は当たらないようだが、雪の深さは同じくらいだった。グラスはライフルと薪を下ろし、雪を掘りはじめた。焚火に必要な大きさのくぼみを作るのに五分かかった。つぎに、雪の上の足跡を逆にたどり、大急ぎでもとの側に戻った。雲に覆われ、あたりはほとんど真っ暗になっている。グラスは焚火の明かりに望みをかけて木の根元をまわった。(明かりがない——火が消えている)

焚火の唯一の痕跡は、雪の吹きだまりに残ったかすかなくぼみだった。なんとかおき火の一本でも残っていないだろうか、グラスは愚かな望みを抱いて雪を掘った。何も見つからなかったが、焚火の熱で雪が溶けてどろどろになっていた。溶けた雪がグラスの毛糸の手袋に染み込んだ。両手に氷のような冷たさを感じ、やがて、焼かれているのか凍えているのかわからない奇妙な痛みに変わった。

グラスは急いで風の少ない側に戻った。風の方向は定まっているようだが、こちらもやはり風が激しくなっていた。顔は痛く、また手が自由に動かなくなった。足首から先の感覚がなくなっているので、足のことは考えないですむ。風の方向がさらに安定し、ハコヤナギの木が少なくとも風よけにはなった。だが、気温は下がりつづけ、しかも焚火はない。

グラスはまた死を覚悟した。

たとえ充分な明かりがあったとしても、火口を探しにいく時間はなかった。グラスは手斧で焚きつけを作ることに決め、もう一回分の火薬で火をおこせればいいが、と思った。一瞬、火薬を残しておくべきかどうか迷った。（そんな場合じゃない）グラスは短い丸太の端に手斧の刃を打ち込み、それを何度も叩きつけて木を割った。

自分の作業の音で、ほかの音――遠い雷鳴のような鈍い破裂音――がもうすこしでかき消されるところだった。グラスはぴたりと手を止め、首を伸ばして音の出所を探した。（ライフルの銃声か？　いや、違う――もっと大きな音だった）かつて吹雪の最中に雷鳴を聞いたこともあるが、これほど寒いときに聞いたことはない。

グラスは耳を澄ましてしばらく待った。吹きすさぶ風の音のほかには何も聞こえず、手の痛みがまたひどくなっていた。奇妙な音の正体を突き止めるために吹雪のなかを歩きまわることなど、狂気の沙汰に思える。（火を起こそう）グラスはつぎの丸太の上に手斧の刃を当てた。

充分な焚きつけができると、グラスはそれを積み重ねて火薬入れに手を伸ばした。火薬が残り少ないのが不安だった。火薬を注ぎながら、次回のためにすこし残しておくべきだろうかと考えた。かじかんだ手はぎこちなく、思い通りに動かない。（いや――これが最後だ！）グラスは火薬入れの中身をすべて空け、もう一度、火打ち石と火打ち金に手を伸ばした。

グラスは火打ち石を振り上げ、火打ち金に叩きつけようとした。ところが、それより先に、とてつもない轟音がイエローストーン川の谷間に響き渡った。こんどはグラスにもわかった。紛れもない大砲の爆発音だ。（ヘンリー！）

グラスはライフルをつかんで立ち上がった。ふたたび標的を見つけた風が、立っていられないほどの激しさで叩きつけた。グラスは深い雪を踏み分け、イエローストーン川に向かって歩きだした。（あれが川のこちら側だといいが）

ヘンリー隊長は大砲を失ったことに憤慨していた。あの武器は実戦ではほとんど役に立たないが、抑止力としての効果はかなりのものだった。それに、本物の砦《フォート》には大砲がつきものなので、ヘンリーも自分の交易所《フォート》に大砲が欲しかったのだ。

隊長という注目に値する例外はあるものの、大砲を失ったことが交易所の新年の祝賀気分に水を差すことはなかった。むしろ、あの大爆発が、お祭り騒ぎのレベルを押し上げたようだ。ブリザードが男たちを屋内に押し戻したが、とどまるところを知らない大混乱のすさまじい騒音で狭苦しい宿泊所が脈打っていた。

突然、小屋のドアが大きな音を立てて開いた——まるで、何か大きな外部の力がドアの外に結集し、ドアを内側へ吹き飛ばしたかのように完全に開け放たれた。開いた入口から猛吹雪が入り込み、氷のような手が内部の男たちをつかんで避難所や暖炉といった暖かい快適さから引きはがした。

「ドアを閉めろ、大バカ者めが！」スタビー・ビルがドアを見ずに怒鳴った。そこで、男たちがひとり残らず目を向けた。外では風が甲高い音を立てている。ぼんやりした影が戸口に現われ、その周りに雪が渦を巻いていた。まるで、その影自体が吹雪の一部で、未開の荒野から切り離されて男たちの真ん中に吐き出されたかのようだ。

ジム・ブリッジャーは恐怖にかられてその幽霊を見つめた。からだ全体が吹きつけられた雪に覆われ、真っ白に凍りついている。顔を見ると、手入れのされていない顎鬚に氷がくっつき、毛糸の帽子の折り返しから水晶でできた短剣のようなつららが下がっていた。ひょっとすると、その幽霊は冬のかたまりから丸ごと切り取られたのかもしれない——もしその顔を特徴づけるいくすじかの深紅の傷痕がなかったら、もしその目が溶けた鉛のように真っ赤に燃えていなかったら。ブリッジャーは、その探るような目がゆっくり時間をかけて小屋の内部を見まわすのを見つめた。

室内は水を打ったように静まりかえり、男たちは懸命に目の前の光景を理解しようとしていた。ほかの男たちと違って、ブリッジャーはすぐに理解した。この光景は、以前、心のなかで見たことがある。罪悪感が膨れあがり、蒸気船の外輪のように胃袋を引っかき回した。ブリッジャーは逃げたくてたまらなかった。（心のなかのものから、どうしたら逃げられるだろう？）その亡霊は自分を探している、ブリッジャーにはわかっていた。

しばらくして、ブラック・ハリスがようやく声を上げた。「なんてことだ、ヒュー・グラスじゃないか！」

グラスは目の前の茫然とした顔を見まわした。男たちのなかにフィッツジェラルドを見つけられなかったので、一瞬、落胆の表情を浮かべた――だが、ブリッジャーを見つけた。ブリッジャーが視線をそらしたりしなければ、二人の目が合っていたはずだ。（あのときと同じだ）見覚えのあるナイフが、ブリッジャーの腰についている。グラスはライフルを構えて撃鉄を起こした。

ブリッジャーを撃ち殺したいという欲求に、いまにも打ち負かされそうだった。この瞬間のために百日間もの苦難の旅をつづけ、いま、復讐は手の届くところにある。それを果たすには、そっと引き金を握りしめるわずかな力さえあればいい。だが、一発の弾丸はあまりに実感が乏しく、自分の怒りを表現することはできないような気がした。肉体をぶつけ合う満足感を切望しているとき、それは抽象的な概念にすぎなかった。ご馳走を前にした飢えた男のように、いまにも満たされる辛い空腹の最後の瞬間を楽しむためにすこし立ち止まってもいいだろう。グラスはライフルを下ろして壁に立てかけた。

グラスはゆっくりとブリッジャーに歩み寄り、グラスが近づくとほかの男たちが道を開けた。「おれのナイフはどこだ、ブリッジャー？」グラスはブリッジャーの前に立った。

ブリッジャーは首を回してグラスを見上げた。弁解したいのに、その能力がない、というつものジレンマを感じた。

「立て」グラスが言った。

ブリッジャーは立ち上がった。

グラスの最初の一撃が、渾身の力でブリッジャーの顔に打ち込まれた。ブリッジャーは抵抗しなかった。拳が飛んでくるのは見えたが、顔を背けず、怯みもしなかった。グラスはブリッジャーの鼻の軟骨が折れるのを感じ、鼻血がほとばしるのを目にした。幾度となく思い描いたこの瞬間の満足感が、いま与えられた。グラスは、ブリッジャーを撃ち殺さなかったことを――自分自身から復讐という快楽を奪わなかったことを――喜んでいた。

グラスの二発目がブリッジャーの顎の下をとらえ、ブリッジャーは小屋の丸太の壁に背中からぶつかった。グラスはもう一度、肉のぶつかり合う生々しい満足感を楽しんだ。ブリッジャーは壁に支えられて倒れずに立っていた。

グラスはブリッジャーに詰め寄り、いきなりその顔にパンチの雨を降らせた。大量の出血で拳が滑るようになると、ブリッジャーの腹に攻撃を移した。ブリッジャーは呼吸ができなくなって崩れ落ち、ついに床に倒れた。グラスがブリッジャーを蹴りはじめたが、ブリッジャーは反撃できなかった。いや、反撃しようとしなかった。ブリッジャー自身も、この日が近づいていることを予測していた。これは報いなのだ。自分に抵抗する資格はないと思った。

ついにピッグが進み出た。酒で朦朧としていたが、目の前で繰り広げられている血なまぐさい出来事をつなぎ合わせてすべてを理解した。ブリッジャーとフィッツジェラルドが、グラスとのことで嘘をついているのは明白だ。とはいえ、グラスが自分たちの友人であり同僚でもある男を殺すのを、黙って見ているわけにはいかないと思った。ピッグは、グラスを背後からつかもうとして手を伸ばした。

だが、誰かがピッグをつかんだ。振り向くと、ヘンリー隊長だった。ピッグは隊長に突っかかった。「グラスにブリッジャーを殺させるつもりですか？」

「私は何もするつもりはない」隊長は言った。ピッグはなおも言い返そうとしたが、ヘンリーがさえぎった。「これはグラスが決めることだ」

グラスはさらにもう一発、情け容赦のない蹴りを入れた。ブリッジャーはこらえようとしたが、強い衝撃にうめき声を上げた。グラスは足もとのぼろ布のような姿を見下ろすように立ち、自分が振るった激しい暴力で息を弾ませていた。グラスの目がふたたびブリッジャーのベルトのナイフに注がれ、グラスはこめかみが心臓の鼓動に合わせて脈打つのを感じた。あの日、空き地に立っていた——フィッツジェラルドが投げたナイフを受け取った——ブリッジャーの姿が心によみがえった。（おれのナイフだ）グラスは手を伸ばし、長い刃を鞘から抜き取った。鋳物の柄頭を握ると、親しい人の手を握っているような気がした。自分がこのナイフを必要としたときのことを思い、あらためて憎しみを募らせた。

（いまだ）

この瞬間を、どれほど長いあいだ思い描いていたことだろう？　そして、いまその瞬間が訪れ、グラスの想像を超える完璧な復讐を果たすことができる。グラスはナイフを手のなかで回し、重さを味わい、それをあるべき場所へ突き刺そうとした。

ブリッジャーに視線を落とすと、思いがけないことが起こりはじめていた。完璧さが失われかけている。グラスを見つめ返したブリッジャーの目のなかに、敵意ではなくて恐れが、反抗ではなくて服従が見えた。（やり返してみろ！）一瞬でも抵抗するそぶりを見せたら、とどめを刺してやる。

それはついに起こらなかった。グラスはナイフを握ったまま少年を見つめた。（少年！）ブリッジャーを見下ろすと、不意に、盗まれたナイフの記憶に代わる別のイメージが浮かんだ。少年がフィッツジェラルドと口論しながら、グラスの傷の手当をしていたことを思い出したのだ。ほかにもいくつかのイメージが浮かんだ。たとえば、ミズーリ川の川岸で見たラ・ヴィエルジュの蒼白な顔のような。

グラスの呼吸が緩やかになってきた。こめかみが鼓動に合わせて脈打つのをやめた。まるで、急に周囲の男たちの輪に気づいたかのように、グラスは部屋を見まわした。そして、手のなかのナイフをしばらくじっと見つめてから、自分のベルトに滑り込ませた。少年に背を向けると、グラスは寒気がするのに気づいて暖炉に近づき、パチパチと音を立てている炎の温もりに血まみれの手をかざした。

第二十二章

一八二四年二月二十七日

先週、ドリー・マディスンという蒸気船がセントルイスに到着した。砂糖やラム酒や葉巻といった品物をキューバから運んできたのだ。葉巻をこよなく愛するウィリアム・H・アシュリーは、ふと、口にくわえた太いキューバ葉巻がいつものような楽しみを与えてくれないのはなぜだろうと思った。むろん、アシュリーには理由がわかっている。アシュリーが毎日川岸まで歩いていくのは、カリブ海からつまらないものを運んでくる蒸気船を待っているわけではない。そう、毛皮を積んだ丸木舟が西部からやって来るのを待ち焦がれているのだ。（連中はどこにいる？）ここ五か月のあいだ、アンドリュー・ヘンリーからもジェディダイア・スミスからも連絡がない。（五か月もだ！）

アシュリーは、ロッキーマウンテン毛皮会社の広々とした事務所のなかを行ったり来たりしていた。一日中じっとしていることなどできなかったのだ。壁に貼られた巨大な地図の前で、アシュリーはまた足を止めた。その地図には華麗な装飾が施されている。いや、少なくとも以前は施されていた。アシュリーは地図に仕立屋の人台《じんだい》よりたくさんのピンを刺し、川や小川や交易所やそのほか様々な目印の位置を太い鉛筆で描き込んでいた。ミズーリ川を上流に向かって目でたどり、アシュリーは差し迫った破産の不安をまた振り払おうとした。途中で視線を止め、セントルイスのすぐ西の地点を見つめた。そこは一万ドル分の補給品を載せたアシュリーの平底船が沈んだところだ。つぎに、アリカラ村を示すピンに目を留めた。そこでは十六人の部下が殺されて強奪され、米国陸軍の兵力をもってしてもアシュリーの事業に道を開くことはできなかった。アシュリーは、マンダン村の上にあるミズーリ川の湾曲部に視線を止めた。そこは二年前、ヘンリーがアシニボイン族に七十頭の馬を奪われた場所だった。アシュリーの視線はミズーリ川をたどり、フォートユニオンを通ってグレートフォールズに達した。ヘンリーはそこでブラックフット族の襲撃を受け、その結果、下流への撤退を余儀なくされたのだ。

アシュリーは手のなかの手紙に目を落とした。出資者のひとりから受け取ったばかりの質問状だ。手紙は、〝ミズーリ川における事業の状況〟に関する最新情報を求めている。（私だって見当もつかない）それにもちろん、アシュリーの私財は一セント残らずアンドリュー・ヘンリーとジェディダイア・スミスに託されていた。

アシュリーは行動したくてうずうずしていた。打って出たい、何かしたい（どんなことでもしたい)――だが、アシュリーにはこれ以上できることはなかった。すでに、なんとか新しい運搬船《キールボート》と補給品のための融資を確保した。運搬船はミズーリ川の船着き場に浮かび、補給品は倉庫に山積みになっている。新しい毛皮遠征隊の募集に、定員を上回る応募があった。百名の応募者のなかから、数週間かけて四十人を選り分けた。四月になったら、自ら遠征隊を率いてミズーリ川をさかのぼるつもりだ。(まだ一か月以上も先のことだ!)

それに、どこへ行けばいいのか? 昨年の八月にヘンリーとスミスを送り出したときには、現地――場所は伝達人を通じて決めることになっている――で落ち合う《ランデヴー》という大まかな取り決めをしただけだ。(伝達人はどうしたんだ!)

アシュリーは地図に視線を戻した。グランド川を表わす殴り書きの線を指でたどった。この線を描いたことも、どうやって川の進路を推測したかということも覚えている。(推測は正しかったのか?) グランド川は直接フォートユニオンまでつづいているのだろうか? それとも、別の方向にそれているのか? ヘンリーや隊員たちは、あの交易所にたどり着くまでどれくらい時間がかかったのだろうか? どうやら、時間がかかりすぎて秋の猟ができなかったとみえる。(それどころか、そもそも連中は生きているのだろうか?)

ビッグホーン川の交易所の宿泊所で、アンドリュー・ヘンリー隊長とヒュー・グラスとブラック・ハリスは火の消えかけたおき火の残る暖炉のそばに坐っていた。ヘンリーは立ち上がって小屋から出ていき、腕いっぱいに薪を抱えて戻ってきた。ヘンリーがおき火の上に薪を置くと、三人が見守る前で炎がみるみる新しい燃料に燃え移った。

「セントルイスへ伝達人を送りたい」ヘンリーが言った。「もっと早く送るべきだったが、ビッグホーン川に落ち着いてからにしたかったのだ」

グラスはこのチャンスに飛びついた。「おれが行きます」フィッツジェラルドはアンシュタットとともにミズーリ川の下流のどこかにいる。しかも、ヘンリーと過ごしたこの一か月は、隊長につきまとう陰気な雰囲気をグラスに思い出させるのに充分すぎるほどだった。

「よろしい。隊員を三人と馬をつけよう。わかっているだろうが、ミズーリ川には近づかないほうがいいぞ」

グラスはうなずいた。「パウダー川を下って、プラット川に入ったほうがいいでしょう。そこからは、フォートアトキンスンまでまっすぐです」

「なんでグランド川じゃないんだ？」

「グランド川は、リー族のいる可能性が高いんです。それに、運がよければ、パウダー川でジェド・スミスに会えるかもしれませんからね」

翌日、ピッグはレッド・アーチボルドという罠猟師から、ヒュー・グラスがウィリアム・H・アシュリーに宛てた隊長のメッセージを持ってセントルイスへ戻るという話を聞かされた。ピッグはすぐにヘンリー隊長をつかまえ、いっしょに行くことを志願した。どちらかといえば居心地のいい交易所から離れて旅をするのは不安だが、ずっとここにいることを思うともっと不安だった。ピッグは罠猟師の生活に向いていないし、それは本人も自覚している。ピッグは、樽屋の見習いとしての以前の生活のことを考えた。以前の生活や、そのささやかな快適さが、思ってもみなかったほど懐かしかった。

レッドも同行することにした。さらに、レッドの友人で、ウィリアム・チャップマンという〇脚のイギリス人も加わった。レッドとチャップマンは以前から脱走を企てていて、そこへセントルイスへ伝達人を送るという噂が広まったのだ。しかも、ヘンリー隊長は志願者に報奨金を支払うという。グラスと同行すれば、こっそり抜け出す手間が省ける。早期退職ができるうえに、特典としてカネが支払われる。チャップマンとレッドは、自分たちの幸運が信じられないほどだった。「フォートアトキンスンの酒場を覚えているか？」

レッドが訊いた。

チャップマンが笑った。チャップマンはよく覚えていた。ミズーリ川をさかのぼる旅の途中で、最後に飲んだまともなウィスキーの味を。

ジョン・フィッツジェラルドには、フォートアトキンスンの酒場の下卑た喧噪も耳に入らなかった。それほどカードに集中していたのだ。しみのついたフェルトを貼ったテーブルの天板から、配られたカードを一枚ずつめくっていった。エース……（ひょっとして運が向いてきたかもしれない）……五……七……四……そして――エース。（やった！）フィッツジェラルドはテーブルを見まわした。大きなコインの山を築いた鼻持ちならない中尉が、三枚のカードをテーブルに捨てて言った。「三枚くれ、五ドル賭ける」

従軍商人がカードをすべて捨てた。「おれは降りる」

大柄でがっしりした船頭がカードを一枚捨て、テーブルの真ん中に五ドル押し出した。

フィッツジェラルドは、三枚のカードを捨てながら競争相手を値踏みした。船頭はバカだ。たぶん、ストレートかフラッシュ狙いだろう。中尉はおそらくペアをひと組持っているだろうが、フィッツジェラルドのエースのペアには勝てない。「あんたに応じて五ドル、その上に五ドルレイズだ」

「おれに応じて五ドル、その上に五ドルレイズ、何を元手に賭けるんだ？」中尉が訊いた。

フィッツジェラルドは顔に血が上るのを感じ、いつものようにこめかみが脈打つのを感じた。フィッツジェラルドは百ドル――その日の午後、従軍商人に毛皮を売った代金の全額だ――負けていた。フィッツジェラルドは従軍商人に顔を向けた。「よし、オヤジ――あのビーバーの束の残りを売ることにした。同じ値段――一枚五ドルでな」

従軍商人はカードは下手だが、抜け目のない商売人だった。「今日の午後から値下がりしたんだ。一枚につき三ドル出そう」

「ゲス野郎め」フィッツジェラルドが怒ったように言った。

「何とでも呼ぶがいいさ」従軍商人が答えた。「だが、そいつがおれの買値だ」

フィッツジェラルドは、もう一度尊大な中尉を一瞥してから従軍商人にうなずいた。従軍商人は革の財布から六十ドル取り出し、フィッツジェラルドの前にコインを積んだ。フィッツジェラルドはテーブルの中央に十ドルを押し出した。

ディーラーが船頭に一枚、フィッツジェラルドと中尉に三枚ずつカードを配った。フィッツジェラルドはカードをめくった……七……ジャック……三。（くそっ！）フィッツジェラルドは懸命に無表情を保とうとした。目を上げると、中尉が唇の端にかすかな笑みを浮かべてフィッツジェラルドを見つめていた。

（悪党め）フィッツジェラルドは残りのカネをテーブルの中央に押し出した。「五十ドルレイズ」

船頭が口笛を吹き、カードをテーブルに捨てた。

中尉の視線が、テーブルの中央に積まれたカネの上を移動してフィッツジェラルドに注がれた。「大金だな、ミスター……何といったかな――フィッツパトリックか？」

フィッツジェラルドは必死で自分を抑えた。「フィッツジ、エ、ラ、ル、ドだ」

「フィッツジェ、ラル、ド、——そうだった、失礼」

フィッツジェラルドは中尉の出方を推測した。（きっと降りる——やつに度胸はない）

中尉は片手にカードを持ち、もう一方の手の指をテーブルに打ちつけていた。中尉が唇をすぼめると、長い口髭がいっそう長く垂れ下がった。それがフィッツジェラルドを苛立たせた。とくに中尉の目つきが気に入らなかった。

「あんたの五十ドルを受けて、コールだ」中尉が言った。

フィッツジェラルドは胃袋が沈み込むのを感じた。歯を食いしばって二枚のエースを裏返した。

「エースのペアか」中尉が言った。「なるほど、おれのペアより上だ」中尉は三のペアを開けた。「だが、おれにはもう一枚ある」中尉は三のカードをもう一枚テーブルに放り出した。「今夜のあんたはもうお終いだな、ミスター・フィッツなんとか——まあ、善良なる従軍商人が、あんたのちっぽけなカヌーを買えば別だが」中尉はテーブルの真ん中に積まれたカネに手を伸ばした。

フィッツジェラルドはベルトから皮剝ぎナイフを抜き、中尉の手の甲に力任せに突き立てた。ナイフが中尉の手をテーブルに留めつけ、中尉は悲鳴を上げた。フィッツジェラルドはウィスキーのボトルをつかみ、哀れな中尉の頭に叩きつけた。そして、ギザギザになったボトルの首を中尉の喉に突き立てようとしたとき、二人の兵士がうしろからフィッツジェラルドをつかまえて床に組み伏せた。

その夜、フィッツジェラルドは営倉で過ごした。朝になると手錠をかけられ、裁判所のようにしつらえられた食堂で少佐の前に立った。

フィッツジェラルドにはほとんど意味のわからない堅苦しい韻文調で、少佐は長々としゃべりつづけた。手に血まみれの包帯を巻いた中尉も同席していた。少佐は半時間かけて中尉の事情聴取をし、従軍商人と船頭と酒場にいたほかの三人の証人にも同じことをした。この一連の手続きを、フィッツジェラルドは奇妙だと思った。というのも、フィッツジェラルドに中尉を刺したことを否認する意思はなかったからだ。

一時間後、少佐はフィッツジェラルドに、〝判事席〟まで進み出るように言った。フィッツジェラルドには、それは判事席というより、うしろに少佐がどっかり腰を下ろしているふつうの机に思えた。

少佐は言った。「当軍事法廷は、被告を暴行罪で有罪とする。被告は二つの処罰――五年間の禁固、あるいは、米国陸軍における三年間の兵役――のうち、どちらかを選ぶことができる」その年、フォートアトキンスンの兵隊の四分の一が脱走していた。少佐は隊の人員を補充するチャンスを大いに利用したわけだ。

フィッツジェラルドにとって、決断は簡単だった。彼は営倉を経験している。いつかは必ず脱獄できるだろうが、兵役に就けばずっと簡単にちがいない。

その日のうちに、フィッツジェラルドは右手を上げ、米国陸軍第六連隊の新兵としてアメリカ合衆国憲法への忠誠を誓った。いつか脱走できるときまで、フォートアトキンスンはフィッツジェラルドの住処となるはずだ。

ヒュー・グラスが馬に荷物をくりつけていると、ジム・ブリッジャーが中庭を横切って近づいてきた。少年はこれまで、用心深くグラスを避けてきた。このときの少年は、足取りも視線もしっかりしている。グラスは作業の手を止め、少年が近づいてくるのを見守った。

グラスのところまで来ると、少年が足を止めた。「悪いことをしたと思ってる、そいつをわかってほしい」ブリッジャーはことばを切り、しばらくしてから言い足した。「あんたが出発するまえに、そのことを知ってもらいたかったんだ」

グラスは答えようとしたが、思いとどまった。以前から、少年は自分のところへ来るだろうか、と思っていた。言うべきことばを考え、心のなかで長ったらしい説教の練習すらしていた。ところが、いま少年の顔を目にすると、用意していた演説の細かい内容が思い出せなくなっていた。意外なことに、哀れみと尊敬の入り交じった不思議な感情がわき上がった。

グラスはようやくこれだけ言った。「自分の思ったとおりにやれ、ブリッジャー」そして、馬に向き直った。

一時間後、グラスと三人の仲間は馬に乗り、パウダー川とプラット川を目指してビッグホーン川の交易所をあとにした。

第二十三章

一八二四年三月六日

いちばん高いビュートの頂上にだけ、いくすじかの太陽の光が残っていた。眺めているうちに、それすら消えていった。それは、グラスが安息日と同じくらい神聖なものだと思っている幕間、昼の光と夜の闇をつなぐ短いひとときだ。退場していく太陽が、平原から荒々しさを連れていった。吠えるような風の音が弱まり、これほど広大な景色にはあり得ないと思えるような完全な静寂がとって代わった。色も変化した。昼間のくっきりした色調が混じり合ってぼやけ、どこまでも暗くなっていく紫と青が加わって落ちついた色になった。

神が造ったとしか思えないほど広大な空間で、いまは熟考のときだった。そして、グラスが神を信じているとすれば、その神はまちがいなくこの広大な西部の空間に存在していた。物理的な存在ではなく、概念としての存在、人間には理解できないもっと大きなものだった。

闇が深まり、グラスは星が現われるのを見守った。はじめはぼんやり光っていた星が、やがて、灯台の明かりのように輝いた。グラスが星について学んだのはずいぶん昔のことだが、年老いたオランダ人船長の教えはいまも頭にこびりついている。「星のことを知れば、いつも羅針盤を持っているのと同じだ」グラスは大熊座を見つけ、それを頼りに北極星を見つけた。そして、東の地平線でもっとも目立つオリオン座を探した。オリオン、その猟師の復讐の刃《やいば》が、いまにも振り下ろされようとしていた。

レッドが静寂を破った。「ピッグ、おまえは遅番の見張りだ」レッドは仕事の分担を几帳面に記録しているのだ。

ピッグにとっては余計なお世話だった。毛布を頭の上までしっかり引き上げ、ピッグは目を閉じた。

その夜、男たちは、大平原に残る巨大な傷痕のような水の涸れた峡谷で野営をしていた。峡谷は水が作ったものだが、その水はほかの地域のような穏やかで恵み豊かな雨ではない。高地の大平原にやって来る水は、春の雪解け水による洪水か、夏の強烈な嵐の産物なのだ。水を含むことに慣れていない土壌は、その水を吸収できない。この水の作用は、はぐくむことではなくて破壊することだった。

レッドの足が繰り返しつついているのに気づいたとき、ピッグはいま眠りについたばかりだと思っていた。「起きろ」レッドが言った。ピッグはうめきながら上体を起こし、のろのろと立ち上がった。銀河の流れが、真夜中の空を横切る白い川のようだ。ピッグはちらりと空を見上げたが、頭に浮かんだのは空が澄んでいると寒いということだけだった。ピッグは肩に毛布を巻きつけ、ライフルを取って峡谷を下っていった。

二人のショショーニ族が、ヤマヨモギの茂みのうしろから見張りの交替を見つめていた。二人はリトル・ベアとラビットという十二歳の少年で、名誉より肉を求めて探索の最中だった。ところが、いま、名誉が五頭の馬の姿を借りて二人の目の前に立っている。少年たちは、全速力で馬を駆って村に入っていく自分たちの姿を思い浮かべた。二人を賞賛する大きなかがり火とご馳走が目に浮かんだ。自分たちの手際のよさや勇気について、人に話して聞かせるところを想像した。峡谷の奥に目を凝らしたとき、二人は自分たちの幸運がほとんど信じられなかったが、チャンスがあまりにも近くにあることで、興奮と同じくらい不安を感じた。

夜が更けるにつれて見張りの注意が薄れるのではないかと思い、二人は夜明けの一時間前まで待った。思ったとおりだった。二人がヤマヨモギの茂みから這い出すと、男のいびきが聞こえた。二人は忍び足で峡谷をさかのぼり、馬に自分たちの姿を見せて匂いを嗅がせた。馬は緊張していたが声は立てず、ゆっくり近づいていく二人を耳をぴんと立てて見守った。

ようやく馬のところまで来ると、リトル・ベアはそろそろと腕を伸ばし、いちばん近い馬の長い首を撫でてなだめるように囁きかけた。してしばらく馬をそっと叩いて信頼を得ると、リトル・ベアがナイフを抜いて一頭ずつ馬の両前肢をつなぎ合わせている革紐を切りはじめた。

五頭の馬のうち四頭の革紐を切り終えたところで、見張りがもぞもぞと動く気配がした。二人はぎょっとして手を止め、一頭ずつ馬に飛び乗って走り去ることを考えた。二人が見張りの黒い巨体を見つめると、見張りはまた眠り込んだように見えた。ラビットが、リトル・ベアに向かってしきりに手招きした――(行くぞ!)リトル・ベアはきっぱりと首を振り、五頭目の馬を指さした。そして、馬に近づき、身をかがめて革紐を切ろうとした。リトル・ベアのナイフはすでに切れ味が悪くなっているので、撚り合わせた生皮をすこしずつ切り離すのは容易ではなかった。苛立ちと不安を募らせたリトル・ベアは、力任せにナイフを引いた。生皮がぷつんと切れ、リトル・ベアの腕が勢いよくうしろに引かれた。その肘が馬のすねを強打し、馬は抗議するように高らかに嘶《いなな》いた。

ピッグはその声で眠りから引き戻された。やっとのことで立ち上がり、目を大きく見開いてライフルの撃鉄を起こしながら馬に向かって突進した。目の前に黒い影が現われ、ピッグは慌てて止まろうとした。足を滑らせながら立ち止まると、驚いたことに一人の少年と向かい合っていた。少年――ラビット――はまん丸い目とひょろ長い手脚を持ち、その名のとおり、ウサギ並の危険しかなさそうだ。だが、片手にナイフを握っている。もう一方の手には短いロープがあった。ピッグはどうするべきか迷った。ピッグの仕事は馬を守ることだが、たとえナイフを持っていようと、目の前の少年はどう見ても脅威に思えない。結局、ピッグはライフルを構えて怒鳴った。「動くな！」

リトル・ベアは恐怖にかられて目の前の光景を見つめていた。白人を見たのはこの夜がはじめてで、しかも、この白人は人間にすら見えなかった。白人はとてつもない大きさで熊のような胸を持ち、顔は燃え立つような赤い毛で覆われている。その巨人が、荒々しく怒鳴りながら銃の狙いをつけてラビットに近づいていく。リトル・ベアは何も考えずに怪物に突進し、その胸にナイフを突き刺した。

ぼんやりした影が目の端に入ったかと思うと、ピッグはナイフの衝撃を感じた。ピッグは茫然として立ち尽くした。リトル・ベアとラビットは相変わらず目の前の異様な生き物に怯えながら、やはりその場に立ち尽くしていた。ピッグは急に脚の力が抜けるのを感じて膝をついた。本能がピッグに銃の引き金を引けと命じた。発砲が起こり、銃弾が星空に向かって虚しく飛んでいった。

ラビットはなんとか馬のたてがみをつかみ、その背中によじ登った。ラビットが大声でリトル・ベアを呼ぶと、リトル・ベアは死にかけている怪物にもう一度目をやってから、友人のうしろに飛び乗った。二人は馬を制御できずに危うく振り落とされそうになったが、やがて、五頭の馬は全速力で峡谷を下っていった。

グラスたちが駆けつけたとき、五頭の馬が闇のなかへ消えていくところだった。ピッグは相変わらず膝をついたまま、両手で胸をつかんでいる。ピッグが横向きに倒れた。グラスがピッグの上にかがみ込み、その手を傷口から引きはがした。そして、ピッグのシャツをまくり上げた。三人の男は険しい顔で、ピッグの心臓の真上に開いた黒い裂け目を見つめた。

ピッグが、哀願と恐怖の入り交じった目でグラスを見上げた。「なんとかしてくれ、グラス」

グラスはピッグの大きな手を取り、固く握りしめた。「無理だ、ピッグ」

ピッグが咳き込んだ。巨大な木が倒れる直前の重苦しい瞬間のように、大きなからだが激しく震えた。グラスはピッグの手から力が抜けるのを感じた。

巨大な男は最後にもう一度ため息をつき、そのまま草原に輝く星の下で息絶えた。

第二十四章

一八二四年三月七日

ヒュー・グラスは地面にナイフを突き立てた。ナイフはせいぜい一インチぐらいしか入っていかなかった。それより下は土が凍っていて刃を受けつけないのだ。グラスがすこしずつ土を掘りはじめて一時間近く経ってから、レッドが口を出した。「こんな土地に墓を掘るなんて無理だぜ」

グラスは手を止め、激しい労働で息を弾ませながら膝を折って坐り込んだ。「おまえが手伝えばもっとはかどる」

「手伝ってもいいが――氷をちびちび削っても、たいして意味はないだろう」

チャップマンが、アンテロープのあばら肉からちらりと目を上げて言った。「ピッグにはでかい穴が必要だからな」

「インディアンが死人を載せるような台を組めばいい」レッドが言った。

チャップマンが鼻で笑った。「何を使って台を組むんだ――ヤマヨモギか？」平原に木が生えていないことにいまはじめて気づいたかのように、レッドはあたりを見まわした。

「それに」チャップマンはつづけた。「ピッグはでかすぎて、台の上まで持ち上げられないぜ」

「周りに石を積み上げてピッグを隠したらどうだろう？」この案はやってみる価値がある。三人は半時間かけて周辺の石を探しまわった。だが、結局、見つかったのは十個余りだった。しかも、その大半が、墓を掘ることもできない凍った土から掘り出さなければならなかった。

「これじゃ頭もろくに隠せないぞ」チャップマンが言った。

「そうだな」レッドが言った。「頭さえ隠せば、少なくともカササギに顔をつつかれることはないが」

突然、グラスが背を向けて野営地から出ていき、レッドとチャップマンを驚かせた。

「なあ、やつはどこへ行くつもりなんだ？」レッドが訊いた。「おい！」レッドはグラスの背中に向かって怒鳴った。「どこへ行くんだ？」グラスは二人を無視し、四分の一マイル離れた段丘の方へ歩いていった。

「やつの留守に、あのショショーニ族が戻ってこないといいが」

チャップマンがうなずいた。「火をおこして、もうすこしアンテロープの肉を料理しよう」

グラスは一時間ほどで戻ってきた。「あの段丘のふもとに洞穴がある」グラスが言った。「ピッグを入れるのに充分な広さだ」

「洞穴に入れるのか?」レッドが言った。

チャップマンはちょっと考えた。「なるほど、霊廟みたいなものだな」

グラスは二人を見つめて言った。「おれたちにできるのは、せいぜいそれくらいだ。火を消して、さっそく取りかかろう」

ピッグを移動させるための威厳のある方法など存在しなかった。担架を作る材料はなく、抱えて運ぶには重すぎた。結局、毛布の上にうつぶせに寝かせ、段丘まで引きずっていくことにした。交替で二人がピッグを引きずり、もうひとりが四挺のライフルを運んだ。散在するサボテンやリュウゼツランをできるかぎり避けていったが、いつもうまくいったわけではない。ピッグは二度も地面に落ち、こわばったからだが哀れにも無様なかたまりとなって転がった。

段丘にたどり着くまでに三十分以上かかった。ピッグを仰向けにして毛布で覆い、急場しのぎの霊廟をふさぐために、ここでは豊富な石を集めた。その洞穴は砂岩で形作られている。長さ約五フィート、高さ二フィートの空間の上に、砂岩が突き出ているのだ。グラスは、ピッグのライフルの床尾を使って洞穴のなかを掃除した。かつては何かの動物が巣にしていたようだが、いま棲んでいる形跡はなかった。

三人は不必要なほど大量に脆い砂岩を積み上げた。たぶん、最後の段階に進むのを躊躇していたのだろう。とうとう、グラスが最後の石を放り投げて言った。「もう充分だ」グラスはピッグの死体のところまで歩いていき、あとの二人がグラスに手を貸して急ごしらえの霊廟の入口まで死んだ男を引っ張っていった。三人はピッグをその場に寝かしてじっと見つめた。

ことばを述べる役目はグラスに決まった。グラスが帽子を脱ぐと、まるで催促されてはじめて気づいたかのように、あとの二人も慌ててそれに倣った。グラスは咳払いをしてみた。そして、〝死の谷〟についての聖書の一節から引用しようとしたが、きちんと覚えていないのでふさわしいことばが見つからなかった。結局、グラスにできるのはせいぜい〝主の祈り〟を唱えることぐらいだった。グラスはできるだけ力強い声で唱えた。レッドもチャップマンもずいぶん長いことお祈りなど唱えたことはないが、遠い記憶のなかの語句に出会うたびに口をもぐもぐと動かした。

それが終わると、グラスが言った。「ピッグのライフルは交替で持っていくことにしよう」つぎに、手を伸ばしてピッグのベルトからナイフを取った。「レッド——おまえはこのナイフが欲しいんだろ。チャップマン——おまえには火薬入れをやろう」

チャップマンは神妙な顔で火薬入れを受け取った。レッドはナイフを手のなかで回してみた。そして、ちらりと笑みを浮かべ、すこし興奮気味に言った。「こいつはずいぶんいいナイフだ」

グラスはまた手を伸ばし、ピッグが首にかけている小さな袋を外して中身を地面に空けた。いくつかのマスケット弾や布切れといっしょに、火打ち石と火打ち金が転がり出た――そして、繊細な錫合金のブレスレットがあった。この大きな男にしては妙な持ち物だ。(この繊細な装身具とピッグのあいだに、どんな物語があるんだろう？　亡くなった母親か？　残してきた恋人か？)知るよしもないことだ。それが最後まで謎のままだと思うと、グラスは自分自身の思い出と重ね合わせて沈んだ気分になった。

グラスは火打ち石と火打ち金、弾丸と布切れを拾い上げて自分のカバンに入れた。太陽の光を浴びたブレスレットがきらめいた。レッドが手を伸ばしたが、グラスがその手首をつかんだ。

レッドが身構えるように目を光らせた。「あいつにはそんなもの必要ないだろ」

「おまえにも必要ないだろう」グラスはブレスレットを袋に戻し、ピッグの巨大な頭を持ち上げて袋を首にかけ直した。

すべての作業を終えるまでにもう一時間かかった。ピッグを穴に収めるには、彼の脚を曲げる必要があった。ピッグと洞穴の壁のあいだには、からだに毛布をかけるだけのすき間がかろうじて残っているだけだった。グラスは死んだ男の顔にできるだけぴったり布をかぶせた。三人は可能なかぎりの石を積み上げて霊廟の入口をふさいだ。最後の石を置くと、グラスはライフルをつかんでその場を離れた。レッドとチャップマンは自分たちの積み上げた石の壁を見つめていたが、しばらくすると、慌ててグラスのあとを追った。

山沿いを流れるパウダー川をさらに二日下ると、川が西へ向かって急カーブを描いていた。南へ向かう小川を見つけたが、たどっていくうちにだんだん細くなって見たこともないほど痩せた土壌のアルカリ平地に吸い込まれてしまった。三人は、頂上がテーブルのように平らな低い山を目指して南下をつづけた。その山の前には、川幅が広くて浅いノースプラット川が横たわっていた。

プラット川にたどり着いた翌日、風がふたたび強まり、気温が急に下がりはじめた。昼前には、雲が垂れ込めて大きなぼたん雪が降ってきた。イエローストーン川でのブリザードの記憶がいまも鮮明に残っているグラスは、こんどこそ危険は冒すまいと誓った。三人は、最初に見つけたハコヤナギの木立で足を止めた。レッドとチャップマンが粗造りだが頑丈な差し掛け小屋を作っているあいだに、グラスは鹿を撃って料理をした。

夕方になると、本格的なブリザードがノースプラット川の谷間に猛威を振るいはじめた。吹きすさぶ風の力で巨大なハコヤナギの木がみしみしと音を立て、湿った雪がたちまち男たちの周囲に降り積もった。だが、避難所はびくともしなかった。三人は毛布にくるまり、差し掛け小屋の前の大きな焚火の火を絶やさないようにした。夜がゆっくり更けていき、山のように積み上げた真っ赤なおき火から温もりがじわじわと広がった。三人は焚火で鹿肉を焼き、熱い食べ物が男たちのからだを内側から温めた。夜明けの一時間ほどまえから風が弱まり、日が昇るころには吹雪が通り過ぎていた。いちめんの銀世界に太陽が昇り、反射する光のまぶしさに男たちは目を細めた。

野営の後始末をしているレッドとチャップマンを残し、グラスは下流の偵察に出かけた。グラスは雪のなかを苦労して歩いていった。踏み出した足は一瞬、表面の薄氷に支えられるが、すぐにそれを突き破って下の地面まで沈み込んでしまう。吹きだまりの高さが三フィートを超えている場所もある。三月の太陽ならこの雪も一日か二日で溶かしてしまうだろうが、当分は雪が男たちの歩みを妨げるにちがいない。グラスはあらためて馬を失ったことを呪った。出発を延期し、そのあいだに干し肉を貯えるべきだろうか。充分な肉を貯えておけば、毎日猟をしなくて済む。それに、移動のスピードは速ければ速いほどいい。いくつもの部族が、プラット川は自分たちの猟場だと考えているのだ――ショショーニ族、シャイアン族、ポーニー族、アラパホ族、スー族。一部のインディアンは友好的かもしれないが、ピッグの死が危険を現実のものにしたのはまちがいなかった。

グラスはビュートの頂上まで来てぴたりと足を止めた。百ヤード先で、五十頭ばかりのバッファローの小さな群れが、前日の吹雪との闘いで身を守ろうとして円陣を組んだまま身を寄せ合っている。群れのリーダーはすぐにグラスに気づいた。その動物が向きを変えて群れに戻ると、群れ全体が大きなかたまりとなって移動をはじめた。（逃げるつもりだ）

グラスは膝をつき、ライフルを肩に当てた。そして、一頭の太った雌を狙って撃った。撃たれた雌牛はよろめいたが倒れなかった。（この距離からでは、火薬が足りなかったのか？）グラスは火薬を二倍に増やし、十秒で弾を込め直した。もう一度、雌牛に狙いをつけて引き金を引いた。雌牛は頭から雪に突っ込んだ。

銃身に槊杖を押し込みながら、グラスは地平線に目を走らせた。視線を群れに戻すと、驚いたことに群れは射程外に逃げ出していなかった——そのくせ、どの牛も激しく揺れているように見える。グラスは群れの先頭でもがいている雄牛を見つめた。雄牛は前に飛び出そうとしたが、湿った深い雪に胸まで埋まってしまった。（あいつら、ほとんど身動きがとれないんだ）

もう一頭雌牛か子牛を撃つべきだろうか、と思ったが、すぐに思い直した。肉は充分すぎるほどある。（残念だ）グラスは思った。（その気になれば、一ダースだって撃つことができたのに）

ふと、あるアイディアが浮かんだ。どうしていままで思いつかなかったのか不思議だった。グラスは群れから四十ヤード足らずのところまで近づき、もっとも大きな雄牛に狙いをつけて撃った。そして、弾を込め直し、すぐにもう一頭撃った。突然、グラスの背後で二発の銃声が響いた。一頭の子牛が雪のなかに倒れ、振り向くとチャップマンとレッドが目に入った。「やったぜ！」レッドが歓声を上げた。

「雄牛だけにしろ！」グラスが怒鳴った。

レッドとチャップマンは、グラスの横にやって来てもどかしげに弾を込め直した。「なぜだ？」チャップマンが訊いた。「子牛のほうがうまいぞ」

「おれが欲しいのは皮だ」グラスは言った。「牛革舟《ブルボート》を作る」

五分もすると、小さな谷間に十一頭の雄牛が倒れていた。そんなに必要なかったが、レッドとチャップマンはいったん撃ちはじめると夢中になってしまったのだ。グラスは槊杖を強く押して弾を込め直した。立てつづけに撃ったせいで、銃身の通りが悪くなっている。だが、装塡が終わって火皿に火薬を入れると、グラスはいちばん近い雄牛に近づいた。「チャップマン、あの稜線に登って周りの様子を見てこい。ずいぶん騒音を立ててしまったからな。レッド、その新しいナイフを役立てるときがきたぞ」

グラスはいちばん近い雄牛に近づいた。うつろな目のなかに生命の最後の輝きがかすかに灯り、周囲の雪に血の池ができている。グラスは雄牛から離れて雌牛のところへ行き、ナイフを抜いて雌牛の喉を切り裂いた。こちらは食用なので、確実に血抜きをしておきたかったのだ。「こっちへ来い、レッド。二人で皮を剝げばそれだけ簡単だ」二人で雌牛を横向きにし、グラスがその腹を縦に深く切り裂いた。レッドが両手で皮を引っ張り、グラスがそれを死骸から切り離した。二人は毛の生えた面を下にして皮を広げ、タン、レバー、背中のこぶ、腰肉などの上肉を切り取った。そして、その肉を皮の上に放り投げてから、雄牛の作業に取りかかった。

チャップマンが戻ると、グラスはチャップマンも作業に加えた。「一枚の皮からできるだけ大きな四角形を切り取らなければならないんだから、乱暴に叩き切ったりするんじゃないぞ」

すでに腕のつけ根まで真っ赤にしたレッドが、巨大な死骸から顔を上げた。バッファローを撃つのは爽快だったが、その皮を剝ぐのはただのうんざりする大仕事だった。「筏を作ったらどうだ」レッドが不平を言った。「木なら川沿いにどっさりあるんだから」「プラット川は水深が浅すぎる——とくにこの時期はそうだ」材料が豊富なことを別にして、ブルボートの大きな利点はその喫水——わずか九インチ——だった。川が氾濫するような山からの雪解け水はまだ何か月も先だ。早春のプラット川はあるかないかの細い流れにすぎなかった。

正午ごろ、干し肉を作る火をおこすため、グラスはレッドを野営地に帰した。レッドは雌牛の皮に極上の肉をうずたかく積み上げ、雪の上を引きずっていった。男たちは雄牛からもタンを切り取ったが、タン以外は皮しか眼中になかった。「そのレバーと、タンを二つばかり、今夜のために焼いておいてくれ」チャップマンが大声で言った。

雄牛の皮を剝ぐ作業は数ある工程の第一段階だ。グラスとチャップマンは、それぞれの皮からできるだけ大きな四角形——縁の長さを均一にしなくてはならない——を切り取る作業に取りかかった。冬場の分厚い毛皮を切るとすぐにナイフの切れ味が悪くなるので、たびたび手を止めて刃を研ぐ必要があった。作業が終わると、皮を引きずって野営地へ戻るのに三往復しなければならなかった。野営地のそばの空き地に最後の皮を広げるころには、三日月がノースプラット川の川面で楽しげに踊っていた。

感心なことに、レッドは真面目に仕事をこなしていた。長方形の穴のなかで、三つの小さな火が燃えていた。肉はすべて薄切りにされ、ヤナギの台《ラック》にかけられている。レッドが午後のあいだずっと肉を腹に詰め込んでいたせいで、肉の焼ける匂いに圧倒されそうだった。グラスとチャップマンは、肉汁の滴る肉をつぎからつぎへと頰ばった。男たちは何時間も食べつづけ、充分な食糧があるうえに風もなく寒くもないことに満足した。ブリザードのなかで身を寄せ合っていた前夜のことが嘘のように思えた。

「ブルボートを作ったことがあるのか？」レッドが出し抜けに訊いた。

グラスはうなずいた。「アーカンソー川でポーニー族が使っていた。すこし時間がかかるが、たいしたことはない——木の枝で作った枠に皮をかぶせるんだ——大きなボウルみたいなものだ」

「なんで浮くのかわからないんだが」

「皮は乾くと太鼓みたいにぴんと張る。毎朝、縫い目のすき間をふさいでやればいいんだ」

ブルボートを作るのに一週間かかった。グラスは大きなボートを一艘作るのではなく、小さなボートを二艘作ることにした。いざというときには、全員で一方のボートに乗ることができる。しかも、小さいボートは軽く、一フィート以上の水深があればどこにでも簡単に浮かべることができる。

一日目は、バッファローの死骸から腱を切り取って枠を組み立てる作業に費やした。船べりには大きなハコヤナギの枝を円形に曲げたものを使った。船べりから下へ行くに従ってすこしずつ小さい輪を作った。輪と輪のあいだに丈夫なヤナギの枝を絡めて垂直な支えとし、合わせ目を腱で縛った。

皮の加工にはもっとも時間がかかった。一艘のボートに四枚の皮が使われる。皮と皮を縫い合わせるのはうんざりするような仕事だ。ナイフの先で皮に穴を空け、腱できつく縫い合わせるのだ。すべてを縫い終えると、縦横二枚ずつ並べた四枚の皮から成る大きな四角形が二枚できあがった。

それぞれの四角形の中央に木製の枠を置いた。毛皮がボートの内側に入るように皮を引っ張って船べりにかぶせた。余分な部分を切り落としてから、腱を使って縁の周りに縫い付けた。それが終わると、ボートを逆さまにして乾かした。

充塡剤を作るには、もう一度、谷間の死んだバッファローのところへ行く必要があった。

「くそっ、ひどい臭いだ」レッドが声を上げた。ブリザードのあとずっとつづいている晴天で雪が溶け、死骸が腐りかけていた。豊富な肉にカササギやカラスが群がり、腐肉を狙って旋回する鳥のせいで自分たちの存在がわかってしまうのではないか、とグラスは心配になった。だが、ボートを完成させてこの場を離れるほか、彼らにできることはなかった。

バッファローから脂肪を切り取り、手斧を使って蹄の先を切り落とした。野営地に戻ると、悪臭を放つその混合物に水と灰を加えておき火にかけ、ねばねばした液体になるまでゆっくりと溶かした。鍋が小さいので、必要な量を作るには二日がかりで十二回も繰り返さなければならなかった。

男たちは、すき間をふさぐための混合物を縫い目にたっぷり塗りつけた。グラスがボートを点検し、三月の日光に当てて乾燥させた。強い乾いた風のおかげでこの工程は順調に進み、グラスは出来栄えに満足していた。

翌朝、必需品を載せたボートにグラスが乗り、もう一方にレッドとチャップマンが乗り込んで出発した。扱いにくいボートのコツをつかむまで、ハコヤナギの棹《さお》を押しながらプラット川の川岸に沿って二、三マイル進まなければならなかったが、ボートは頑丈だった。

ブリザードから一週間、ずいぶん長いあいだ一か所にとどまっていたものだ。だが、フォートアトキンスンはここからまっすぐだ――プラット川を五百マイル下ったところにある。このままずっとボートに乗って流れていけば、遅れを取り戻して余りある。（一日に二十五マイルといったところか？）この天気がつづけば、三週間でたどり着ける。

フィッツジェラルドは、すでにフォートアトキンスンを通過しているにちがいない。グラスは、アンシュタットを手にのんびり交易所に入っていくフィッツジェラルドの姿を想像した。そこにいる理由を説明するのに、フィッツジェラルドはどんな嘘をついたのだろう？　ひとつだけ確かなことがある――フィッツジェラルドが人目につかないはずはない。真冬にミズーリ川を下ってくる白人はそう多くないのだ。グラスは、フィッツジェラルドの釣針の形をした傷痕を思い浮かべた。あんな男なら、ふつうは記憶に焼き付くものだ。執拗な捕食者のグラスは、獲物がこの先のどこかにいて時間とともに近づいていることを確信していた。グラスは必ずフィッツジェラルドを見つける。なぜなら、見つけるまでは決して追跡をやめないからだ。

グラスはプラット川の川底に長い棹を差して押し出した。

第二十五章

一八二四年三月二十八日

プラット川は、グラスとその仲間を順調に下流へと運んでいった。二日のあいだ、川は低い山脈へとつづく鹿革色の前山に沿って真東に流れていた。三日目に、川が急カーブを描いて南へ向かった。雪を頂いた山頂が、まるで肩幅の広い人間の頭のように周囲の山々から突き出している。しばらくはその山頂に向かってまっすぐ進んでいるように見えたが、やがて、プラット川がふたたび進路を変え、最終的には南東の方向に落ち着いた。

男たちは思ったより速く進んだ。たまに向かい風でスピードが鈍ったが、たいていは後方から強い西風が吹いていた。バッファローの干し肉を貯えてあるおかげで、狩りの必要はない。野営をするときは、ひっくり返したブルボートが有効な避難所になった。毎朝、持ってきた備品を使ってブルボートの縫い目をふさぎ直すのに一時間かかるが、それ以外はほとんど一日中水の上で過ごし、フォートアトキンスンに向かって最小限の努力で流れていけた。グラスは、川が仕事を肩代わりしてくれることがうれしかった。

ブルボートに乗って五日目の朝のことだ。グラスが充塡剤を塗っていると、レッドが転がるように野営地へ戻ってきた。「丘の向こうにインディアンがいる！　馬に乗った戦士だ！」

「あっちもおまえに気づいたのか？」

レッドは猛然と首を横に振った。「それはないと思う。小川があるんだ――そいつは罠の様子を見にきたらしい」

「どの部族かわかるか？」グラスが訊いた。

「リー族に見えた」

「くそっ！」チャップマンが言った。「リー族がプラット川で何してるんだ？」

グラスはレッドの報告の信憑性を疑った。ミズーリ川からこんなに離れたところまで、アリカラ族がやって来るとは思えないのだ。むしろ、レッドが見たのはシャイアン族かポーニー族の可能性が高い。「様子を見にいこう！」そう言ってから、グラスはレッドのために言い添えた。「おれが撃つまで、二人とも撃つんじゃないぞ」

ビュートの頂上に近づくと、男たちは腹にライフルを挟んで四つん這いで進んだ。雪はとっくに溶けていたので、セージの茂みやバッファローグラスの乾燥した茎のあいだを選んで通った。

丘の頂上から、半マイル先のプラット川を馬で下っていくひとりの男が、いや、男の背中が見えた。馬がまだら馬だということが、かろうじて見分けられた。男の部族は知るよしもないが、インディアンが近くにいるのは確かだ。

「で、どうする?」レッドが訊いた。「やつはひとりじゃないぜ。それに、きっと川岸で野営しているにちがいない」

グラスはレッドに苛立たしげな視線を投げた。レッドは難題を見つけることにかけては超人的な才能の持ち主だが、解決策を考え出す能力は皆無なのだ。とはいえ、おそらくレッドの言うとおりだろう。三人が通ってきたいくつかの小川はどれも小さな川だ。このあたりのインディアンならいずれもプラット川から離れないはずで、それはまさに男たちの進路に立ちはだかっているということだ。(だが、おれたちにどんな選択肢があるだろう?)

「できることはあまりない」グラスは言った。「見晴らしのいい場所に出るときは、誰かが川岸に上がって偵察することにする」

レッドが何かぼそぼそと言いかけたが、グラスがさえぎった。「おれはひとりでボートを操れる。おまえたちは行きたいところへ行けばいい──だが、おれはこの川を下るつもりだ」グラスは背を向けてブルボートの方へ戻っていった。チャップマンとレッドは去って行くインディアンをしばらくじっと見つめていたが、やがて、向きを変えてグラスを追った。

それからの二日間は快調にボートを進め、おそらく百五十マイルは進んだだろう、とグラスは見当をつけた。夕闇が迫るころ、男たちはプラット川の難所の湾曲部に近づいた。グラスは一泊して明るくなってからその区間を通ることも考えたが、あいにく上陸に適した場所がなかった。

両岸を丘に挟まれて川幅が狭く、水深が深いうえに流れが速い。北岸のハコヤナギの木が倒れて川の途中までせり出し、そのうしろに絡まり合った漂流物が引っかかっていた。グラスのボートは、もう一方のボートより十ヤード先を進んでいる。流れがグラスをまっすぐ倒れた木の方へ運んでいった。グラスは舵を取って回り込もうとして棹を沈めた。

（川底に届かない）

流れが速度を増し、突き出たハコヤナギの枝が急に槍のように見えた。まともにひと突きされたら、ブルボートなど沈んでしまうにちがいない。グラスは片膝をついてからだを起こし、もう一方の足をボートの肋材にかけて踏ん張った。そして、棹を持ち上げ、それを突き立てる場所を探した。幹の平らな面が目に入り、グラスは棹を突き出した。棹が幹に命中した。グラスは持てる力をすべて使い、その扱いにくいボートを流れに逆らって動かそうとした。水が勢いよくボートに当たる音が聞こえると同時に、ボートは後部が水流に持ち上げられてハコヤナギの木を中心に半回転した。

グラスが半回転したせいで、いまではレッドとチャップマンが真正面に見える。ボートが不安定に揺れ、二人とも衝撃に備えて足を踏ん張っていた。レッドが棹を持ち上げると、もうすこしでチャップマンの顔にぶつかりそうになった。「気をつけろ、バカ野郎！」うしろから水流が襲いかかり、チャップマンはハコヤナギの幹に棹を押しつけた。レッドはようやく棹を引き上げてなんとか漂流物に引っかけた。

二人の男は川に逆らって力を振り絞ったが、すぐに身をかがめた。流れの力に押され、半分水に浸かったハコヤナギの枝のあいだに突っ込んだのだ。木の枝がレッドのシャツに引っかかって大きくたわんだ。シャツが裂け、枝がはね返ってチャップマンの目を直撃した。チャップマンは刺すような痛みに悲鳴を上げ、棹を落として両手で顔を押さえた。

グラスがそのままうしろを見つめているうちに、流れに乗った二艘のボートは丘を迂回して南の川岸へ向かっていた。チャップマンは舟底に膝をつき、片目を手のひらで押さえたまま顔を伏せている。レッドの視線が、グラスとグラスのボートを越えて川下に向けられた。グラスは、レッドの顔に現われた恐怖の表情を見つめた。レッドは棹を捨て、必死の形相でライフルに手を伸ばした。グラスはすばやくうしろを向いた。

三人から五十ヤードと離れていないプラット川の南岸に、二十あまりのティピがあった。数人の子どもたちが水際で遊んでいる。子どもたちはブルボートを見つけて叫びだした。

焚火のそばにいた二人の戦士が慌てて立ち上がるのが見えた。レッドの報告は正しかった、そう思ったが、すでに手遅れだった。（アリカラ族だ！）川の流れは、二艘のボートをまっすぐ野営地に向けて運んでいく。銃声が聞こえ、野営地の男たちが武器をつかんで川沿いの高い土手に突進してきた。グラスは棹でもうひと漕ぎしてから銃をつかんだ。

レッドが発砲し、ひとりのインディアンが土手から転がり落ちた。

チャップマンが大声で訊き、見えるほうの目で懸命に見ようとした。「どうしたんだ？」

レッドは何か言おうとして口を開きかけたが、その瞬間、腹に焼けるような痛みを感じた。視線を落とすと、シャツに開いた穴から血がにじみ出している。「くそっ、チャップマン、撃たれちまった！」レッドは狼狽して立ち上がり、シャツを引き裂いて傷口を調べようとした。さらに二発の銃弾が同時に命中し、レッドはうしろに吹き飛んだ。落ちていくレッドの脚が船べりに引っかかり、押し寄せる水流に向かってブルボートが傾いた。水が船べりを越えて流れ込み、ボートが転覆した。

片目の見えないチャップマンは、気がつくと水中にいた。川の水はぞくっとするほど冷たい。一瞬、激しい流れが緩やかに感じられ、チャップマンは自分を取り巻く破壊的な出来事を懸命に整理しようとした。見えるほうの目から、レッドのからだが川下に流れていくのが見えた。血が黒いインクのように川のなかに流れ出している。川岸から突進してくる足音が水中に響いた。（やつらがこっちへ来る！）チャップマンは無性に息をしたかったが、水面で何が待ち構えているのか、怖いほどよくわかっていた。

チャップマンはついに我慢できなくなった。頭を水面に突き出し、胸いっぱいに息を吸い込んだ。だが、彼が息を吸うことは二度とないはずだ。まだ視界がぼやけているチャップマンには、振り上げられた斧が見えなかった。

グラスは、いちばん近くにいるアリカラ族にライフルを向けて撃った。数人のアリカラ族が川に入り、チャップマンの頭が水面に出た瞬間に斧を振り下ろすのを、グラスはぞっとして見つめた。レッドの死体が、ひとり寂しく下流へ流れていった。荒々しい叫び声が聞こえ、グラスはピッグのライフルに手を伸ばした。ひときわ大柄なインディアンが、水際から槍を投げた。グラスは反射的に身を伏せた。槍はボートの側面をみごとに突き抜け、その先端が反対側の肋材にめり込んだ。グラスは船べりの上にからだを起こし、川岸の大柄なインディアンを撃ち殺した。

何か動くものが目の端をかすめ、グラスは土手の上を見上げた。二十ヤードそこそこしか離れていないところに、三人のアリカラ族が一列に並んで待ち構えていた。（あれから逃れるのは無理だ）グラスがボートのうしろからプラット川に飛び込むのと同時に、銃声の三重奏が響き渡った。

グラスはとっさにライフルを放すまいとした。ところが、すぐに放してしまった。泳いで川下へ逃げようという考えは捨てた。凍てつくような水のせいで、すでにからだの感覚がなくなっていたのだ。しかも、アリカラ族はすぐに馬を連れてくるだろう——ひょっとすると、もう連れてきたかもしれない。馬を走らせれば、曲がりくねったプラット川の流れよりずっと速いはずだ。グラスに残された唯一のチャンスは、できるだけ水中に身を隠して対岸に渡ることだ。自分とインディアンのあいだに川を挟もう——隠れ場所のことを考えるのはそれからだ。グラスは狂ったように水を蹴り、両腕を使って進みはじめた。

川の中央は水深が深く、大人でも背が立たなかった。突然、一本のすじが目の前の水を切り裂き、気がつくとそれは矢だった。いくつもの銃弾が、小さな魚雷のようにグラスを追って水中に突き刺さった。(連中にはおれが見えるんだ!)グラスはさらに深く潜ろうとしてもがいたが、もはや息がつづかなくなって胸が締めつけられるようだ。(反対側の岸には何があるんだろう?)こんな事態になるまでは、見ようともしていなかった。(息をしなくては!)グラスは水面に向かってからだを押し上げた。

グラスの頭が水面に出ると、断続的な銃声が聞こえた。グラスは顔をゆがめ、頭に銃弾が当たるのを覚悟して深く息を吸った。グラスの周りで、マスケット弾と矢が水しぶきを上げた——だが、一発も命中しなかった。ふたたび水に潜る直前に、グラスは北側の川岸に視線を走らせた。目に入ったものがグラスに希望を与えた。北側の川岸は四十ヤードにわたって長い砂州がつづいている。そこには隠れる場所がないので、岸へ上がったら撃ち殺されてしまうだろう。だが、砂州の端では草に覆われた低い土手が直接水に接している。

そこがグラスにとって唯一のチャンスだった。

グラスは流れの力を借りながら、腕を水中深く突っ込んで力いっぱい水をかいた。濁った水を通して、砂州の端がかろうじて見えるはずだ。（あと三十ヤード）マスケット弾と矢が水面に突き刺さった。（あと二十ヤード）肺が空気を求めて悲鳴を上げ、グラスは岸の方へ進路を変えた。（あと十ヤード）足が川底の石に触れたが、まだ呼吸の欲求よりアリカラ族の銃の恐怖が勝っていたので水中にとどまった。やがて、からだが隠れないほど浅くなると、グラスは立ち上がって息を吸い、川岸の背の高い草むらに飛び込んだ。脚のうしろに鋭い痛みを感じたが、それを無視して密集したヤナギの茂みに転がり込んだ。

一時的にヤナギの茂みに身を潜め、グラスはうしろを振り返った。川の向こう岸で、馬に乗った四人のインディアンが馬をなだめて切り立った土手を下りようとしている。水辺に立った数人のインディアンが、ヤナギの茂みを指さしていた。さらに上流で、何かがグラスの目をとらえた。二人のアリカラ族が、チャップマンの死体を川岸へ引きずり上げていた。逃げようとしてうしろを向くと、脚に鋭い痛みが走った。視線を落とすと、ふくらはぎに矢が刺さっている。だが、骨からは外れていた。グラスは手を伸ばし、顔をしかめて一気にうしろへ引き抜いた。そして、矢を捨て、這うようにして茂みの奥へと入っていった。

グラスの運の変わり目は、頑固な若い雌馬の姿でやって来た。それはプラット川を渡ろうとしている四頭のうちの先頭の馬だった。激しい鞭に駆り立てられて浅瀬に入ったものの、足が立たなくなって泳がなければならなくなると、とたんに尻込みして動かなくなったのだ。馬は嘶いて首を振り回し、厳しい手綱も無視して強引に岸へ戻ってしまった。やはり冷たい水に躊躇していた残りの三頭も、喜んで雌馬につづいた。立ち止まった馬たちはたがいにぶつかり合ってプラット川を波立たせ、二人の乗り手を川に放り出した。乗り手たちが主導権を取り返して馬を川に戻したときには、すでに貴重な時間が過ぎていた。

グラスがヤナギの茂みを抜けていくと、突然、砂地の土手が現われた。グラスは土手を這い上り、裏の狭い水路を見下ろした。一日中ほとんど日が当たらないので、水路のよどんだ水が凍って表面に薄く雪が積もっている。水路の向こうに別の切り立った土手があり、それがヤナギや樹木の密集した大きな木立までつづいていた。(あそこだ)

グラスは斜面を滑り降り、凍った水路に飛び降りた。薄く積もった雪の下から、すぐに氷が現われた。モカシンが滑り、グラスはひっくり返って背中から落ちた。一瞬、呆然として横たわり、色あせていく夕暮れの空を見つめた。そして、からだを横に向け、首を振って頭をはっきりさせようとした。馬の嘶きが聞こえ、グラスはようやく立ち上がった。こんどは慎重に足を運び、狭い水路を渡って反対側の土手によじ登った。うしろから馬の突進してくる音が聞こえ、グラスは慌てて茂みに逃げ込んだ。

四人のアリカラ族は土手に上り、下に目を凝らした。薄暗い光のなかでも、水路の表面に残った足跡がはっきり見て取れた。先頭のインディアンがポニーに蹴りを入れた。ポニーは氷の上に脚を踏み出したが、結果はグラスと同じようなものだった。それどころか、馬の平らな蹄が滑ってもっと始末が悪かった。四本の脚を無様にバタバタさせたあげく、馬は横向きに倒れて乗り手の脚を押しつぶした。乗り手は激痛に悲鳴を上げた。このわかりやすい教訓を心に留めた残りの三人は、すぐに馬を下りて徒歩で追跡をつづけた。

水路を渡って密集した茂みに入ると、グラスの痕跡はすぐにわからなくなった。昼間の明るさの下でなら、きっと目についたにちがいない。死にもの狂いで逃げていたので、グラスは自分が折った木の枝どころか残した足跡にすら注意を払わなかったからだ。だが、いまでは、あるかないかのかすかな明るさしか残っていない。影そのものが、闇のなかに溶け込んで見えなくなってしまった。

倒れたインディアンの悲鳴が背後から聞こえ、グラスは足を止めた。（やつらは氷の上にいるんだ）グラスは、自分とインディアンとのあいだに五十ヤードの茂みがあると踏んだ。暗くなるにつれて、危険は姿を見られることでなく音を聞きつけられることになる。グラスのそばに、大きなハコヤナギの木がそびえ立っていた。グラスは低い枝に手をかけてからだを引き上げた。

地上八フィートほどのところで、木が枝分かれして広い木の股になっている。グラスはそこに身を伏せ、激しい胸の鼓動を鎮めようとした。ベルトに手を伸ばしてナイフの柄頭に触れ、ナイフがまだ鞘に収まっているのを確かめて安堵した。タバコ入れ《サック・オー・フユー》も無事だ。なかには火打ち石と火打ち金が入っている。ライフルはプラット川の川底に眠っているが、火薬入れはいまも首に掛かっていた。少なくとも、火をおこすには困らないはずだ。火のことを考えると、川でずぶ濡れになった服と骨まで染み通る寒さが急に気になりはじめた。からだが自然に震えだし、グラスは必死で抑えようとした。

小枝の折れる音がした。下の空き地に目を凝らすと、茂みのなかに痩せこけた戦士が立っていた。戦士は空き地を見まわし、地面に目を走らせて獲物の痕跡を探した。長いマスケット銃を手に持ち、ベルトには手斧を差している。男が空き地に足を踏み入れ、グラスは息を殺した。戦士は銃を構えてゆっくりハコヤナギに近づいてきた。暗闇のなかでも、首にかけた白く輝くヘラジカの歯の首飾りと、手首につけた一対のぴかぴかした真鍮のブレスレットがはっきり見える。(神様、どうかあいつが上を向きませんように) 心臓が激しく脈打って胸から飛び出しそうな気がした。

インディアンがハコヤナギの根元まで来て立ち止まった。男の頭はグラスからわずか十フィートしか離れていない。戦士はもう一度地面を調べてから周囲の茂みを調べはじめた。グラスは最初、じっと動かずに戦士が通り過ぎるのを待つつもりだった。だが、下を見つめているうちに、別の方針――インディアンを殺して銃を奪う――の勝ち目を計算しはじめた。グラスはそろそろとナイフに手を伸ばした。そして、ナイフの頼もしい握り心地を確かめ、ゆっくりと鞘から抜きはじめた。

グラスはインディアンの喉を見つめた。すばやく軽静脈を断ち切れば、男を殺すだけでなく、男が大声を上げるのを防ぐこともできる。グラスはこれ以上ないほどゆっくりした動きでからだを起こし、一気に飛びかかろうとして身構えた。

空き地の端から、押し殺した声が聞こえた。目を上げると、大きな槍を手にした別の戦士が茂みから出てきた。グラスは凍りついた。見つかりにくい木の股から移動し、いつでも飛びかかれるように身構えていたのだ。いまの位置では、グラスを二人の追っ手から隠しているのは暗闇だけだった。

木の下にいるインディアンが振り返って首を振り、地面を指さしてから密集した茂みの方を示した。そして、小声で何か答えた。槍を持ったインディアンがハコヤナギのところまで歩いてきた。時間が止まったように感じられ、グラスは必死で平静を保とうとした。（しっかりつかまっていなければ）インディアンたちはようやく話がまとまったようで、それぞれ別のすき間から茂みの奥に姿を消した。

グラスは、二時間以上もハコヤナギの木の上でじっとしていた。ときおり聞こえる追っ手の物音に聞き耳を立てながら、これからの行動を考えた。一時間もすると、アリカラ族のひとりが戻ってきて空き地を通り抜けた。どうやら川へ向かったらしい。

ようやく木から下りると、関節がそのまま凍りついてしまったような気がした。足がしびれてすぐにはまともに歩けなかった。

今夜のところはなんとか乗り切れそうだが、夜が明けたらアリカラ族が戻ってくるにちがいない。それに、明るい昼の光の下では、茂みのなかのグラスやグラスの足跡が見つかってしまうだろう。グラスは真っ暗な茂みのなかを、プラット川と平行に用心しながら歩いた。雲のせいで月明かりはないものの、そのおかげで気温が零度以下になることもない。濡れた衣服は相変わらず冷たいが、少なくとも動いているあいだは血液が激しくめぐりつづけた。

三時間ほど歩くと、小さな源流にたどり着いた。うってつけだ。グラスは、自分が上流へ――プラット川から離れて――向かった痕跡を残すように心がけて水のなかを歩いていった。源流を百ヤードあまりさかのぼると、岩の多い水辺で足跡の残らない、理想的な場所が見つかった。グラスは水から上がって岩の上を歩き、ずんぐりした木がかたまって生えている小さな森に向かった。

それはサンザシの木で、とげのある枝が巣を作る鳥に好まれている。グラスは足を止めてナイフに手を伸ばした。そして、自分の赤い綿のシャツのほつれた部分をすこし切り取り、それをとげに差した。(連中は見逃さないだろう)グラスは向きを変え、足跡が残らないように注意しながら岩の上を歩いて小川に戻った。そして、水のなかを歩いて小川の中ほどまで入り、それから下流へ引き返した。

源流は緩やかに蛇行しながら平原を横切り、やがて、プラット川に流れ込む。暗い川底のつるつるした岩の上で、グラスは何度も足を滑らせた。水に浸かるたびにずぶ濡れになったが、冷たさは気にしないようにした。プラット川にたどり着くころには、足の感覚がまったくなくなっていた。膝まである水のなかに立って震えながら、グラスはこの先どうしたらいいのかを考えて不安になった。

グラスは川の向こうに目を凝らし、対岸の地形を見きわめようとした。ヤナギの茂みと数本のハコヤナギの木が見える。(川から上がった痕跡をすこしも残さないようにしないと)グラスは川のなかを歩きはじめたが、水深が腰のあたりまでくるあいだに呼吸がどんどん速くなってきた。暗闇が水中の岩礁を隠している。グラスは足を踏み外し、気がつくと首まで水に浸かっていた。氷のような水に胸まで浸かった衝撃に息を呑み、対岸に向かって懸命に泳いだ。ふたたび足が立つようになると、グラスはそのまま岸に沿って歩きながら上陸に適した場所——ヤナギの茂みまでつづく岩の突堤——を探した。

ヤナギの茂みとそれにつづくハコヤナギの林のなかを、グラスは一歩ずつ注意して慎重に進んでいった。アリカラ族が源流の策略に騙されることを——グラスが引き返してプラット川を渡るとは夢にも思わないことを——願っていた。だが、グラスは何事も運任せにしなかった。もしも自分の通った跡を見つけられたら、グラスはひとたまりもなかった。

だから、痕跡をひとつも残さないように、できることはすべてしたのだ。

ハコヤナギの林を抜けると、淡い光が東の空を染めていた。夜明けまえの薄明かりのなかで、一マイルか二マイル先に大きな台地の黒々としたシルエットが見えた。グラスの見るかぎり、台地は川と平行につづいている。そこなら見つからないように入り込み、人目につかない涸《か》れ谷か洞窟を見つけて身を潜め、火をおこす――からだを完全に乾かして暖をとる――ことができる。そして、ほとぼりが冷めたら、プラット川へ戻ってフォートアトキンスンへの旅をつづければいい。

新しい一日のしだいに輝きを増す光を浴びてそびえ立つ台地に向かって、グラスは歩いていった。そして、チャップマンとレッドのことを考え、ふと、胸を刺すような罪悪感に襲われた。グラスはそれを頭から追い払った。（いまはそんな暇はない）

第二十六章

一八二四年四月十四日

ジョナスン・ジェイコブズ中尉は片手を挙げ、吠えるように命令を下した。中尉のうしろで、隊列を組んだ二十人の部下とその馬が土ぼこりを立てて止まった。中尉は馬の汗ばんだ脇腹を軽く叩き、水筒に手を伸ばした。そして、余裕のあるところを見せようと、水筒の水をがぶ飲みした。本当は、比較的安全なフォートアトキンスンから一瞬たりとも離れたくなかったのだが。

とくに嫌っているのは、いまのような瞬間だった。斥候が早駆けで戻ってくるということは、様々な災難の先触れの可能性がある。雪が溶けはじめて以来、ポーニー族や集団を離れたアリカラ族のグループがプラット川のあちこちで襲撃を繰り返していた。中尉はあれこれ想像するのはやめて斥候の報告を待った。

斥候のヒギンズは灰色の髪をした平原の民だが、隊列のすぐそばまで来てから馬の手綱を引いた。大きな鹿革色の馬が滑るようにして止まり、ヒギンズの革の上着のフリンジが跳ね上がった。

「男がこっちへ歩いてきます——稜線の向こうです」

「インディアンか？」

「そう思います、中尉。近くまで行っていないので、はっきりわかりませんが」

最初、ジェイコブズ中尉は、ヒギンズに軍曹と二人の兵隊をつけてもう一度行かせようかと思った。結局、気乗りはしないが、自分で行くべきだと判断した。

稜線に近づくと、馬の番をする兵士をひとり残し、残りの男たちは腹這いになって進んだ。プラット川の広大な峡谷が、百マイルにわたって目の前に広がっている。半マイルほど離れた川岸を、ひとつの人影が足もとに用心しながら川下に向かって歩いていた。ジェイコブズ中尉は、チュニックの胸ポケットから小さな望遠鏡を取り出した。そして、その真鍮の道具を最大に伸ばしてのぞき込んだ。

拡大された視野が川岸を上下し、ジェイコブズは望遠鏡を固定した。標的が見つかると、鹿革の服を着たその男に焦点を合わせた。顔はわからなかった——だが、もじゃもじゃの顎鬚が見て取れた。

「なんてことだ！」ジェイコブズ中尉は驚きの声を上げた。「あれは白人だ。こんなところで、いったい何をしてるんだ？」

「おれたちの仲間じゃありません」ヒギンズが言った。「脱走兵なら、誰でもまっすぐセントルイスに向かうはずです」

おそらく、その男が危険に直面しているように見えなかったからだろうが、中尉は急に騎士道精神にとらわれた。「あいつを連れに行くぞ」

ロバート・コンスタブル少佐は、好んでそうなったわけではないが、コンスタブル家の四代目として軍務に従事していた。ロバートの曾祖父は、国王陛下の第十二歩兵連隊の将校としてフランス軍やインディアンと戦った。祖父は国王への忠誠ではないが一家の職業への忠誠を守り、ワシントンの大陸軍の将校としてイギリス軍と戦った。

コンスタブルの父は、軍人としての名誉という点では不運だった——独立戦争のときは若すぎ、一八一二年戦争のときは年をとりすぎていたのだ。自分で軍功を立てるチャンスに恵まれなかった父親は、せめてひとり息子を捧げようと思った。若きロバートは法律家の道にあこがれ、判事の法服を着ることを夢見ていた。ペテン師まがいの弁護士が一族の血統を汚すことを嫌ったロバートの父親は、ある上院議員との友情を利用して息子を米国《ウエ》陸軍士官学校《ストポイント》に入学させた。というわけで、とくにめざましい功績もないこの二十年間に、ロバート・コンスタブル少佐は徐々に軍での階級を上げていった。ロバートの妻は十年まえから夫に同行しなくなり、いまはボストンに（有名な判事である愛人の近くに）住んでいる。アトキンスン将軍とレヴンワース大佐が冬を過ごすために東部へ帰ったあと、コンスタブル少佐は臨時に駐屯所の指揮権を引き継いでいた。

コンスタブル少佐の最高指揮権とは、いったい何に対する指揮権だろう？　三百人の歩兵(半分は新しい移民で、もう半分は近ごろ有罪判決を受けた者だ)と百人の騎兵(残念ながら、馬は五十頭しかいないアンバランスな状態だ)、それに加えて十二門の錆びた大砲だった。とはいえ、人生の苦汁を自分の小さな王国の臣民に転嫁することで、コンスタブルは確実に指揮権を握っていた。

コンスタブル少佐が脇に補佐官を従えた大きな机のうしろに坐っていると、ジェイコブズ中尉が男を救出したといって日焼けした平原の住民を連れてきた。「この男をプラット川で発見しました」ジェイコブズは息もつかずに報告した。「北の合流点で、アリカラ族の襲撃から逃れてきたそうです」

ジェイコブズ中尉は自分の英雄的行為を誇りに思い、顔を輝かせて立ったまま勇敢な行為への当然の賞賛を待っていた。コンスタブル少佐は、ジェイコブズにほとんど目もくれずに言った。「下がってよろしい」

「下がってよろしい、とは？」

「下がってよろしい」

このそっけない反応にものも言えないほど驚き、ジェイコブズ中尉はしばらくその場に立ち尽くしていた。コンスタブルはさらにそっけなく命令した。「出ていけ」コンスタブルは片手を上げ、まるで蚊でも追い払うかのようにさっと動かした。そして、グラスに向き直って訊いた。「名前は？」

「ヒュー・グラスだ」その声は顔と同じくらい痛々しかった。

「どういうわけでプラット川を下ってきたのかね？」

「おれはロッキーマウンテン毛皮会社の伝達人だ」

ひどい傷痕のある白人の出現が熱意のない少佐の興味をそそることはなかっただろうが、ロッキーマウンテン毛皮会社という名前が出ると事情が違った。自分の経歴が守られるかどうかはもちろん、フォートアトキンスンの将来も毛皮取引の商売としての可能性にかかっている。居住に適さない砂漠が広がり、越えられない山頂の連なる不毛の地で、ほかにどんな重要なことがあるだろうか？

「フォートユニオンから来たのか？」

「フォートユニオンは放棄された。ヘンリー隊長は、ビッグホーン川にあるリサの古い交易所に移っている」

少佐は坐ったまま身を乗り出した。少佐は律儀にも、冬のあいだずっとセントルイスに公文書を提出していた。どの文書も、隊員のあいだに赤痢が出たことや馬を持つ騎兵がだんだん減っていることなど、気の滅入る報告しか書かれていなかった。いま、コンスタブル少佐はたいへんな情報を手に入れた！　ロッキーマウンテン毛皮会社社員の救助！　フォートユニオンの放棄！　ビッグホーン川の新しい交易所！

「食事係に言って、ミスター・グラスに温かい食事を運ばせろ」

それから一時間、少佐はグラスを質問攻めにした。フォートユニオンについて、ビッグホーン川の新しい交易所について、そこでの事業の商売上の可能性について。

グラスは、辺境から戻った個人的な目的についての話を注意深く避けた。だが、終いに自分から訊いてみた。「釣針みたいな傷のある男がここを通らなかったか――ミズーリ川を下ってきたはずだが？」グラスは口の端からはじまる釣針の形を指で描いてみせた。

コンスタブル少佐はグラスの顔をまじまじと見つめた。やがて、ついに口を開いた。

「通ったか、だと、いや……」

グラスはがっかりして胸を突き刺されたような気がした。

「その男なら、まだここにいる」コンスタブルが言った。「ここの酒場で喧嘩をして、投獄の代わりに兵役を選んだのだ」

（やつがここにいる！）グラスは感情を表に出さないように懸命に自分を抑えた。

「その男を知っているのだな？」

「ああ」

「その男はロッキーマウンテン毛皮会社からの逃亡者なのか？」

「あいつはいろんなことから逃げているんだ。しかも、泥棒だ」

「ほう、それはきわめて重大な申し立てだ」コンスタブルは、裁判への野心が胸のなかで頭をもたげるのを感じた。

「申し立てだって？　おれは告訴するためにここにいるんじゃないぜ、少佐。おれのものを盗んだやつに借りを返すためにいるんだ」

コンスタブルは深く息を吸いながらゆっくりと顎を上げた。大きなため息をついてから、子どもを根気よく諭すときのように話しはじめた。「ここは未開地ではないのだよ、ミスター・グラス。それに、忠告しておくが、きみは礼儀をわきまえた口の利き方をしたほうがいい。私は米国陸軍の少佐で、この駐屯所の指揮官なのだ。きみの告発は深刻に受け止めている。それについては、適切な捜査が行なわれることを保証しよう。むろん、きみには証拠を提出する機会が与えられる……」

「証拠だと！　やつはおれのライフルを持っているんだ！」

「ミスター・グラス！」コンスタブルの苛立ちが募った。「もしフィッツジェラルド二等兵がきみの所持品を盗んだなら、私が軍法に従って処罰する」

「これはそんなに込み入った話じゃないんだ、少佐」グラスの口調から嘲笑の響きを消すことはできなかった。

「ミスター・グラス！」コンスタブルは吐き出すように言った。自分を正当化するコンスタブルの能力は、人里離れた駐屯所での無益な仕事によって日々の試練を受けてきた。コンスタブルは、自分の権威が軽視されるのを許すつもりはなかった。「これが最後の警告だぞ。この駐屯所の正義を司るのは、私の仕事なのだ！」

コンスタブル少佐は補佐官に顔を向けた。「フィッツジェラルド二等兵がどこにいるか知っているか？」

「あの男ならE中隊です。いまは森林の特別任務に出ています——戻るのは今夜です」

「戻ったらすぐに逮捕しろ。そいつの宿舎でライフルの捜索をするんだ。もし持っていたら押収しろ。明朝八時に、その二等兵を法廷に連れてこい。ミスター・グラス、きみも出廷したまえ——だが、そのまえにからだの汚れを落とせ」

臨時に準備を整えた食堂が、コンスタブル少佐の法廷として使われた。数人の兵隊がコンスタブルの執務室から机を運び、間に合わせの演壇に据えた。一段高い席のおかげで、コンスタブルは裁判官にふさわしく高い位置から法的手続きを見守ることができる。自分の法廷の公的正当性が疑われると困るので、コンスタブルは机のうしろに二本の旗を掲げた。

本物の法廷の壮麗さはないかもしれないが、少なくともこの法廷は広かった。テーブルをどかせば、百人の傍聴人を入れることができる。これにふさわしい聴衆を確保するため、コンスタブル少佐はたいてい、駐屯所のほとんどすべての住人にほかの任務を中止させるのだ。娯楽としてこれに勝るものがないので、少佐の公務執行はいつも会堂を満員にする。とりわけ、今回の裁判は高い関心を集めていた。傷痕のある辺境の住人とその告発の噂があっという間に駐屯所を駆けめぐったからだ。

少佐の机の近くに置かれた長椅子から、ヒュー・グラスは食堂のドアがいきなり大きく開くのを眺めていた。「気・を・つけ!」傍聴人が立ち上がって気をつけの姿勢をとると、コンスタブル少佐が大股で法廷に入ってきた。コンスタブルのうしろに従っているのはネヴィル・K・アシュキッツェンという名の中尉で、この男は下士官たちから〝おべっか使い《アス・キサー》中尉〟と呼ばれていた。

コンスタブルはいったん立ち止まって聴衆を見まわしてから堂々とした足取りで判事席に向かい、アシュキッツェンがあとから小走りでついていった。席に着くと、少佐はアシュキッツェンに向かってうなずき、アシュキッツェンは傍聴人に着席を許可した。

「被告人を前へ」コンスタブル少佐が命じた。ふたたびドアが開き、手錠をかけられ、二人の看守に両側から腕をつかまれたフィッツジェラルドが戸口に現われた。ひと目見ようとする聴衆が身をくねらせるなかを、看守はフィッツジェラルドを少佐の机の右側に作られた囲いのところまで連れていった。囲いに入れられると、フィッツジェラルドは少佐の左側に坐っているグラスと向き合うことになった。

グラスの視線が、軟らかい木材に食い込むドリルのようにフィッツジェラルドに突き刺さった。フィッツジェラルドは髪を切り、顎鬚を剃り落としていた。鹿革の服の代わりに濃紺の毛織物を着ている。フィッツジェラルド——制服が表わす社会的信用を隠れ蓑にしている——を見ると、グラスは激しい嫌悪を感じた。

フィッツジェラルドが目の前にいることが、あまりに唐突で現実とは思えなかった。グラスは、いますぐ飛びかかり、両手を男の首に巻きつけて絞め殺したいという欲望と闘っていた。(それはできない。ここでは無理だ)一瞬、二人の目が合った。フィッツジェラルドがうなずいた——グラスに向かって礼儀正しい挨拶でもするかのように!

コンスタブル少佐は咳払いをして口を開いた。「これより当軍事法廷を開廷する。フィッツジェラルド二等兵——原告により告発を受け、おまえに対する訴状を正式に聞くことは、法によって定められたおまえの権利である。中尉——訴状を読み上げろ」

アシュキッツェン中尉は一枚の紙を広げ、議場に向かって威厳のある声で読み上げた。

「本日、米国陸軍第六連隊E中隊所属、ジョン・フィッツジェラルド二等兵に対する、ロッキーマウンテン毛皮会社社員、ミスター・ヒュー・グラスによる告訴を審理する。ミスター・グラスの申し立てによると、フィッツジェラルド二等兵はロッキーマウンテン毛皮会社に在職中、ミスター・グラスよりライフル、ナイフ、その他の私財を盗み取った。有罪判決が下されれば、フィッツジェラルドは軍法会議にかけられ、十年の懲役となる」

聴衆のあいだにざわめきが広がった。コンスタブル少佐が机に小槌を叩きつけ、部屋は静まりかえった。「原告は判事席の前へ」グラスが当惑して少佐を見上げると、少佐は苛立った視線をグラスに向けて机の方へ手招きした。

アシュキッツェン中尉が聖書を持って机の前に立っていた。「右手を挙げて」中尉がグラスに言った。「あなたは、真実を述べることを誓いますか?」グラスはうなずき、気に入らないが変えようのない弱々しい声で「はい」と答えた。

「ミスター・グラス――訴状の朗読を聞いたか?」コンスタブルが訊いた。

「はい」

「訴状の内容に誤りはないか?」

「はい」

「申し述べたいことがあるか?」

グラスは口ごもった。手続きの堅苦しさにただ驚くばかりだった。むろん、百人の傍聴人など思ってもみなかった。コンスタブルが駐屯所の指揮権を握っていることはわかっている。だが、これはグラスとフィッツジェラルドの問題だ――ひとりの尊大な将校や百人の退屈した下士官の娯楽のための見世物ではないのだ。

「ミスター・グラス――法廷で述べたいことがあるか?」

「何があったかは昨日言ったはずだ。おれがグランド川でグリズリーに襲われて、フィッツジェラルドとブリッジャーという若造がおれの世話をするために残された。ところが、やつらはおれを見捨てたんだ。それについては二人を責めはしない。だが、やつらは逃げるときに、おれのものを盗んでいった。ライフルも、ナイフも、火打ち石や火打ち金まで取り上げた。おれが自力で生き延びるのに必要なものを、何もかも取り上げたんだ」

「これは、きみが自分のものだと主張するライフルか？」少佐は机のうしろからアンシュタットを取り出した。

「おれのライフルだ」

「そのことを確認できる何か特徴的な目印でもあるのか？」

それを聞くと、グラスは顔に血が上るのを感じた。（なんでこっちが質問されなくちゃならないんだ？）グラスは深く息を吸った。「銃身に製造者の名前が彫られている——ペンシルヴェニア、カッツタウン、J・アンシュタットとな」

少佐はポケットからメガネを取り出して銃身を調べた。そして、声に出して読んだ。「ペンシルヴェニア、カッツタウン、J・アンシュタット」ふたたびざわめきが部屋を満たした。

「ほかに何か言いたいことはあるか、ミスター・グラス？」

グラスは首を横に振った。

「下がってよろしい」

グラスがフィッツジェラルドの真向かいの席に戻ると、少佐がことばをつづけた。「アシュキッツェン中尉、被告人に宣誓させろ」アシュキッツェンは、フィッツジェラルドの囲いまで歩いていった。フィッツジェラルドが聖書に手を置くと、両手の手錠がガチャガチャと音を立てた。フィッツジェラルドが神妙な顔で宣誓し、よく通る声が食堂に響き渡った。

コンスタブル少佐は、坐ったまま椅子をうしろにそらした。「フィッツジェラルド二等兵――ミスター・グラスの告発は聞いたはずだ。どう申し開きするかね？」

「弁明の機会を与えてもらって、感謝してます、判事――いや、コンスタブル少佐」その言い間違いに少佐が顔をほころばせると、フィッツジェラルドがつづけた。「少佐はおれがヒュー・グラスを嘘つき呼ばわりすると思っているかもしれないが――そんなことを言うつもりはありません」コンスタブルは好奇心をそそられて身を乗り出した。グラスの目が険しくなった。フィッツジェラルドが何をたくらんでいるのか、グラスも興味をそそられた。

「正直言って、おれはヒュー・グラスをいい人間だと思ってるし、ロッキーマウンテン毛皮会社の仲間から尊敬されていることも知ってます。ヒュー・グラスは、自分の言うことがまったくの真実だと信じているんでしょう。問題は、グラスが信じていることが、すべて実際にはなかったということです。

実をいうと、おれたちがグラスを置いていくまでの二日間、グラスは朦朧としていました。とくに、あの最後の日は熱が急に上がったんです——おれたちは死の汗だと思いました。グラスはうなったり大声を出したりして——苦しんでいるのがわかりました。悪いと思ったが、おれたちにできることはあれ以上なかったんです」

「では、何をしてやったのかね？」

「おれは医者じゃないが、できるだけのことはしました。湿布剤を作って喉と背中に貼ってやったし、スープを作って飲ませようとしました。喉の傷がひどくて、ものを飲み込んだり話したりできなかったからです」

グラスはもう我慢できなかった。そこで、精いっぱい断固とした口調で言った。「おまえにとっては嘘をつくぐらい朝飯前なんだろ、フィッツジェラルド」

「ミスター・グラス！」コンスタブルが、突然、憤りに顔をゆがめて怒鳴った。「これは、私の裁判だ。証人への反対尋問は私が行なう。きみは口を閉じていたまえ。さもないと、法廷侮辱罪で拘束するぞ！」

この宣言の重みが充分理解されるまで待ってから、コンスタブルはフィッツジェラルドに向き直った。「つづけなさい、二等兵」

「グラスが知らないのはやつのせいじゃありません」フィッツジェラルドはグラスに、哀れむような視線を投げた。「グラスは意識がなかった——でなければ、熱に浮かされていたんです——おれたちが面倒を見ているあいだほとんどです」

「なるほど、そのことは仕方がない。だが、彼を見捨てたことを否認するのか？　彼からものを盗んだことは？」

「あの朝、何があったのか、話をさせてください。おれたちはグランド川からすこし外れた小川のほとりで、四日間、野営していました。おれはブリッジャーにヒューを任せて、本流まで猟に出ていました——ほとんど午前中いっぱいです。野営地から一マイルくらい離れたところで、おれは危うくアリカラ族の戦士団とぶつかりそうになりました」またも傍聴人のあいだに興奮のざわめきが伝わった。彼らの大半が、アリカラ村での心もとない戦いに参加していたのだ。

「最初はリー族がおれに気づかなかったので、できるだけ急いで野営地に戻ろうとしました。小川まで戻ったとき、連中がおれに気づいたんです。急にこっちへ向かってきたので、おれは野営地まで駆け戻りました。

野営地に着くと、おれはブリッジャーに、リー族がすぐそばまで来ていると言いました——迎え撃つ準備をするから手を貸せ、と言ったんです。そのときです、ブリッジャーが、グラスが死んだと言ったのは」

「悪党め！」グラスが吐き捨てるように言い、立ち上がってフィッツジェラルドに向かって飛び出そうとした。ライフルに銃剣をつけた二人の兵隊がグラスの前に立ちはだかった。

「ミスター・グラス！」コンスタブルは小槌で机を叩いて怒鳴った。「席を立たないように。きみは黙っていなさい。でないと、投獄するぞ！」

少佐が平静を取り戻すまでにすこし時間がかかった。少佐はひと呼吸入れ、真鍮のボタンがついた上着の襟を整えてからフィッツジェラルドの尋問に戻った。「ミスター・グラスはどう見ても死んでいないが。調べてみたのか？」

「ヒューが怒っている理由はわかってます。おれは、ブリッジャーの言うことを真に受けるべきじゃなかった。でも、その日、おれがグラスを見たとき、やつは幽霊みたいに青白い顔をしていて――ぴくりともしなかったんです。リー族が小川を上ってくる音がしました。ブリッジャーが、逃げなくちゃ、と叫びだしました。おれはグラスが死んでいるものと思い込んでいて――隠れようとして逃げ出したんです」

「だが、そのときにライフルを持っていっただろう」

「盗んだのはブリッジャーです。やつが、ライフルやナイフをリー族のために残していくのは馬鹿げている、と言ったんです。口論している暇はなかったんです」

「だが、いまライフルを持っているのはおまえだ」

「ええ、そうです。おれたちがフォートユニオンに戻ったとき、ヘンリー隊長には、グラスに付き添った報酬としておれたちに払うカネがなかったんです。ヘンリーがおれに、報酬としてライフルを受け取ってくれと頼んだのです。もちろん、チャンスがあれば喜んでヒューに返しますよ」

「火打ち石と火打ち金はどうした？」

「おれたちは盗っていません。きっと、リー族が盗ったんでしょう」

「リー族はなぜグラスを殺さなかったのだ――風習どおりに頭の皮を剥がなかったのはなぜだ？」

「たぶん、おれたちと同じように、グラスが死んでいると思ったのでしょう。ヒューが気を悪くすると困るが――頭の皮は剥ぐほど残っていなかったんですよ。熊があんまりひどく切り刻んでしまったので――リー族はたぶん、傷つけるところは残っていないと思ったのでしょう」

「おまえがこの駐屯所に来て六週間になる。どうして今日までこの話をしなかったのだ？」

フィッツジェラルドは唇を噛んで首をうなだれ、慎重に時間を計った。やがて視線を上げ、つぎに顔を上げた。フィッツジェラルドは静かな口調で言った。「どう言ったらいいか――たぶん、おれは恥ずかしかったんだと思います」

グラスは呆気にとられて目を見張った。フィッツジェラルドに対してではない。フィッツジェラルドの裏切りなら、どれほどひどくても意外ではなかった。むしろ、グラスが驚いたのは少佐のほうだった。まるで笛吹きの奏でる旋律でも聴いたネズミのように、少佐はフィッツジェラルドの話に相槌を打ちはじめていた。(少佐はフィッツジェラルドの話を信じている!)

フィッツジェラルドはつづけた。「おれは、ヒュー・グラスが生きているなんて昨日まで知らなかったんです――ただ、ひとりの男を、まともな埋葬すらしないで置き去りにしたとは思ってました。人には埋葬してもらう権利があります。たとえ――」

グラスはもう我慢できなかった。マントの下に手を入れ、ベルトのところに隠し持っていた拳銃をつかんだ。そして、銃を抜いて引き金を引いた。弾は標的をわずかにそれ、フィッツジェラルドの肩にめり込んだ。フィッツジェラルドの悲鳴が聞こえたかと思うと、グラスは両側から筋骨たくましい腕につかまれるのを感じた。グラスは腕をふりほどこうとしてもがいた。法廷が大混乱に陥った。アシュキッツェンの怒鳴り声が聞こえ、少佐と、その金色の肩章がちらりと目に入った。グラスは後頭部に鋭い痛みを感じ、目の前が真っ暗になった。

第二十七章

一八二四年四月二十八日

かび臭い暗闇でグラスが目を覚ますと、頭がずきずきと痛んだ。グラスは粗削りの床にうつぶせに倒れていた。ゆっくりからだの片側を起こそうとすると、壁にぶつかった。頭上を見上げると、どっしりしたドアの狭いすき間から差し込む光が見えた。フォートアトキンスンの営倉には、酔っ払いやありふれた職務怠慢者を入れる留置場のほかに二つの木造の独房がある。漏れ聞こえてくる声の様子では、グラスの独房の外にある留置場には三、四人の男がいるようだ。

じっと横たわっていると、空間が縮んで棺桶に閉じ込められたような気がしてきた。不意に、じめじめした船倉を思い出し、いまでは嫌悪すら感じる海での息苦しい生活を思い出した。額に汗が噴き出し、急に呼吸が速くなった。グラスは懸命に自分を抑え、監禁のことを忘れて広々とした平原を思い浮かべようとした。遠くの地平線にそびえる山々のほかには、さえぎるもののない草の海のことを。

グラスは営倉の日課によってここで過ごした日数を数えた。明け方、看守が交替する。正午ごろ、パンと水が運ばれる。夕暮れ時、ふたたび看守の交替。そして、夜になる。二週間が過ぎたころ、外部のドアが開く音が聞こえ、新鮮な空気が建物に入り込むのがわかった。「下がっていろ、くそ野郎ども。でないと、頭を叩き割るぞ」しわがれた低い声が、グラスの独房に向かってゆっくり歩いてくる。鍵束がガチャガチャ触れ合う音のあとに、鍵の外れる音が聞こえた。差し錠が回り、グラスの独房のドアが勢いよく開いた。

グラスは光を浴びて目を細めた。黄色い山形袖章をつけた灰色の頬髯の軍曹が戸口に立っていた。「コンスタブル少佐の命令だ。出てよろしい。正確に言うと、出なくてはいけない。明日の正午までに駐屯所から出ていけ。さもないと、拳銃の窃盗と、その使用によってフィッツジェラルド二等兵に傷を負わせたかどで裁判にかけられる」

暗い独房で二週間も過ごしたので、外の光は目がくらむようだった。「ボンジュール、ムシュー・グラス」と声をかけられたとき、すぐにはカイオワ・ブラゾーの太ったそばかすだらけの顔に焦点が合わなかった。

「こんなところで何をしているんだ、カイオワ？」

「運搬船《キールボート》に商品を積んで、セントルイスから帰る途中です」

「あんたがおれを釈放させてくれたのか？」

「ええ。コンスタブル少佐とは親しい間柄なので。あなたのほうは、すこしばかり問題を起こしたようですが」

「問題なら、おれの銃が命中しなかったことだけだ」

「私が聞いたところでは、あれはあなたの銃ではありませんよ。でも、これはあなたのものでしょう」カイオワがグラスにライフルを渡したとき、グラスはやっと目の焦点が合うようになっていた。

アンシュタットだ。グラスは銃床のつけ根と銃身をつかみ、ずっしりした重みを思い出した。引き金の動きを点検すると、グリースを塗り直す必要があった。いくつかの新しい傷が、黒みがかった銃床の美しさを台無しにしてしまった。気がつくと、床尾板の近くに小さな文字――JF――が彫られていた。

グラスの怒りが限界を超えた。「フィッツジェラルドはどうなった?」

「コンスタブル少佐は、彼を任務に戻すことにしました」

「処罰しないのか?」

「二か月分の給料を没収されることになっています」

「二か月分の給料だと!」

「ですが、フィッツジェラルドは、それまで傷ひとつなかった肩に穴を開けられたんですからね――それに、あなたはライフルを取り戻したことですし」

カイオワはグラスを見つめ、その表情を難なく読み取った。「もしも何か考えているといけないので言っておきますが——私だったら、この駐屯所の敷地内でアンシュタットを使うのはやめておきますね。コンスタブル少佐は裁判官としての責務が気に入っていて、あなたを殺人未遂で裁判にかけたくてうずうずしているんです。彼の態度が軟化したのは、ひとえに、あなたがムシュー・アシュリーの秘蔵っ子だと私が説得したからなんですよ」

二人は連れ立って練兵場を横切った。練兵場に立っている旗竿の綱が、春の強い風を受けてぴんと張っている。旗は風にもまれてぱたぱたと音を立て、たえず打ちつけられているせいで旗の縁がぼろぼろになっていた。

カイオワがグラスに顔を向けた。「あなた、バカなことを考えているんでしょう」グラスは足を止め、フランス人を正面から見据えた。

カイオワは言った。「フィッツジェラルドとの再会が、ふさわしい形でなかったことはお気の毒です。でも、いまのあなたにはわかっているはずです。ものごとがつねに納得のいくように運ぶとはかぎらないんですよ」

二人はしばらくその場に立っていた。聞こえるのは旗のはためく音だけだった。

「そんなに簡単なことじゃないんだ、カイオワ」

「もちろん、簡単じゃありません。誰が簡単だと言いましたか？　でもね、いいですか？　多くの未解決の問題が、結局、解決されないまま終わっています。配られたカードで勝負するしかないのですよ。前に進むのです」

カイオワはたたみかけるようにつづけた。「私といっしょに、フォートブラゾーへいらっしゃい。よろしかったら、共同経営者として迎えますよ」

グラスはゆっくりと首を横に振った。「そいつはありがたい申し出だ、カイオワ。だが、おれには、ひとつの場所に根を下ろすことはできないと思う」

「だったら、どうするんです？　何か考えでもあるんですか？」

「セントルイスのアシュリーにメッセージを届けなければならない。それから先は、まだわからない」グラスはことばを切り、すこし考えてから付け加えた。「それに、まだここでやることがある」

グラスはそれ以上何も言わなかった。カイオワもずっと黙っていた。やがて、カイオワが穏やかな声で言った。「イル・ネ・ピール・スール・ク・スリュイ・キ・ヌ・ヴ・パ・アンタンドル。意味がおわかりですか？」

グラスは首を横に振った。

「こういう意味です――耳の聞こえない者とは、耳を傾けようとしない者のことだ。あなたは何のために辺境に来たのですか？」カイオワは強い口調で訊いた。「けちな泥棒を追いかけるためですか？　一時的な復讐で満足を得るためですか？　あなたにはもっと別の目的があったのではないかと思いますが」

だが、グラスは黙っていた。ついにカイオワが言った。「営倉のなかで死にたいというなら、それはあなたの勝手ですよ」フランス人はうしろを向き、練兵場を横切って歩きだした。グラスはしばらくためらっていたが、すぐにあとを追った。

「ウィスキーを飲みにいきましょう」カイオワが肩越しに叫んだ。「パウダー川とプラット川の話を聞かせてほしいのです」

カイオワはグラスに、いくつかの必需品の代金と、フォートアトキンスンの宿屋――藁布団の並んだ酒保の屋根裏部屋――に一泊する宿泊代を貸してくれた。ふだんのグラスはウィスキーを飲むと眠くなるのだが、その晩はそうではなかった。かといって、頭のなかのもやもやが晴れたわけでもなかった。グラスは懸命に考えを整理しようとしていた。カイオワの質問への答えは何だろう？

グラスはアンシュタットを手に取り、練兵場のすがすがしい空気のなかに出ていった。それは月のない晴れた夜で、針穴から差し込む光のような無数の星が空いちめんにちりばめられていた。グラスは粗造りの階段を上り、駐屯所の防壁にめぐらされた狭い胸壁に出た。胸壁の上からの眺望はすばらしかった。

グラスは背後に目を向け、駐屯所の敷地を眺めた。練兵場の向こうに兵舎が並んでいる。（やつがあそこにいる）フィッツジェラルドを見つけるために、いったい何百マイルの旅をしてきたのか？　そしていま、グラスの獲物は目と鼻の先ともいえるところで眠っている。グラスは、手にしたアンシュタットの冷たい金属に触れてみた。（いま出ていくことなどできるものか）

グラスはうしろを向き、駐屯地の塁壁の向こうにあるミズーリ川に目をやった。水面で星が踊り、川に映った星の像が天から地上につけられた目印のように思える。グラスは空を見上げて自分の指標を探した。大熊座と小熊座の傾いた尾と、いつも変わらない安心を与える北極星が見つかった。（オリオン座はどこだ？　復讐のための剣を手にした狩人はどこにいるのだ？）

突然、巨星ベガのひときわ明るい輝きが、グラスの目を惹こうとしているように見えた。ベガの隣には白鳥座があった。

グラスは白鳥座を見つめた。見つめるうちに、白鳥座の垂直に交わる対角線が紛れもなく十字架の形に見えてきた。（北十字星だ）それが白鳥座の一般的な名称だということを、グラスは思い出した。グラスには、この呼び方のほうがふさわしいような気がした。

その夜、グラスは高い塁壁の上に立ち、ミズーリ川の音に耳を澄ませながらずっと長いあいだ星を見つめていた。そして、山頂を見たことはあるが登ったことのない雄大なビッグホーン山脈の水源に思いを馳せた。星や空に驚嘆し、自分の小さな世界とはくらべものにならないその広大さに元気づけられた。やがて、グラスは塁壁から下りて宿に戻り、それまで眠れなかったことが嘘のようにすぐに眠りについた。

第二十八章

一八二四年五月七日

ジム・ブリッジャーは、ヘンリー隊長の部屋のドアをノックしようとして思い直した。隊長を部屋の外で見かけなくなってから七日になる。七日前といえば、クロウ族が馬を盗み返した日だ。マーフィーが猟の成果を持ち帰っても、ヘンリーを隠遁生活から誘い出すことはできなかった。

ブリッジャーは深呼吸してからノックをした。紙のカサカサという音が室内から聞こえ、ふたたび静かになった。「隊長？」静寂がつづいた。ブリッジャーはまたしばらく待ってから、ドアを押し開けた。

二つの樽と厚板で作った机のうしろに、ヘンリーが背中を丸めて坐っていた。肩にウールの毛布をかけている様子は、ブリッジャーに田舎の雑貨屋でストーブの上にかがみ込んでいる老人を思い出させた。隊長は一方の手に羽根ペンを、もう一方に一枚の紙を持っていた。ブリッジャーがちらりと紙に目をやると、ページの左端から右端まで、上から下まで、数字の長い列でびっしりと埋まっている。ところどころにインクのしみがつき、まるで、羽根ペンがたびたび障害物に出くわして立ち止まり、ページの上に血を吐くようにインクを吐き出したかのようだ。丸めた紙くずが、机や床の上に散乱していた。

ブリッジャーは隊長が口を開くのを、いや、せめて目を上げるのを待った。隊長がどちらもしないまま長い時間が経った。しばらくして、隊長がようやく顔を上げた。血走った目の下にくまができ、何日も眠っていないような顔をしている。ブリッジャーは、一部の隊員が言うように、ヘンリー隊長は気がふれた、というのは事実なのだろうか、と思った。

「おまえは数字のことがわかるか、ブリッジャー?」

「いいえ」

「私もだ。少なくとも、あまり得意じゃない。実のところ、計算が合わないのは私の頭が悪いせいだと思っていた」隊長は視線を紙に戻してじっと見つめた。「困ったことに、何度やり直しても答えが同じなんだ。問題は私の計算能力じゃない――私の望みどおりの結果にならないということだ」

「意味がわからないんですが、隊長」

「つまり、我々は倒産するという意味だ。三万ドルの赤字だ。赤字を埋めようにも、馬がいないのではみんなを猟に出すこともできない。しかも、馬と交換できるものは何も残っていないのだ」

「マーフィーがビッグホーン川から、毛皮を二束持ち帰ったところです」

隊長はその知らせを、自分の過去の経験という分厚いフィルターを通して受け止めた。

「そんなものは焼け石に水だ、ジム。二束の毛皮で立て直せるものか。二十束でも無理だ」

会話はブリッジャーの思惑どおりには進んでいかなかった。ブリッジャーは二週間かけて勇気を振り絞り、ようやく隊長に会いにきたのだ。いま、会話はすっかり本題から外れてしまった。ブリッジャーは、引き下がってしまいたい衝動と闘った。（いや、今回ばかりは引き下がらないぞ）「マーフィーの話では、何人かに、山を越えてジェド・スミスを探しにいかせるそうですね」

隊長は肯定しなかったが、ブリッジャーはかまわずつづけた。「おれも行かせてください」

ヘンリーは少年を見つめた。春の日の夜明けのような希望に輝く目が、ヘンリーを見つめ返していた。ヘンリーがすこしでもそういう若者らしい楽観的な気分になったのは、いったいいつのことだろう？（ずいぶん昔だ――そんな気分はとっくに厄介払いした）

「単刀直入に言おう、ジム。私はあの山を越えたことがある。あれは売春宿のインチキな看板みたいなものだ。おまえが何を期待しているかわかっている――だが、そんなものはあそこにはないのだ」

ジムはどう答えていいかわからなかった。隊長がどうしてそんなに奇妙な行動をとるのか、見当がつかなかった。ひょっとすると、隊長は本当に気がふれてしまったのかもしれない。それはわからないが、ブリッジャーにもわかっていることがある。ブリッジャーが確信を持っていえるのは――ヘンリー隊長が間違っているということだ。

二人はまた長い沈黙に陥った。気まずい思いが募ったが、ジムは立ち去ろうとしなかった。隊長がようやくブリッジャーを見つめて口を開いた。「おまえの自由だ、ジム。おまえが行きたいなら、行かせよう」

中庭に出たブリッジャーは、まぶしい朝の光に目を細めた。いまにも過ぎ去ろうとしている季節の名残の顔を刺すようなひんやりした空気が、ほとんど気にならなかった。冬が最終的に道を譲るまでにはまだ雪が降るだろうが、春はすでに平原をとらえているのだ。

ジムは短い梯子を使って胸壁に上った。防壁の上に肘をつき、ビッグホーン山脈の方向に目を凝らした。そして、まるで山の中心を貫くような深い峡谷を、ふたたび目でたどった。（これでよかったのだろうか？）あの峡谷には何があるのか、山頂には何があるのか、その向こうには何があるのか、そういう無限の可能性を思って笑みを浮かべた。

ブリッジャーは、雪を被った純白の山頂と凍てつくような青空との境界線を見上げた。望みさえすれば、あそこまで登ることができる。そこまで登ってその境界線に触れ、それを飛び越してつぎのものを見つけるのだ。

歴史的注釈

この小説に描かれた出来事が歴史的に正確なのかどうか、読者は疑問を持つかもしれない。毛皮取引の時代には歴史と伝説が混沌としていたので、ヒュー・グラスの伝記に何らかの伝説が入り込んでいるのはまちがいないだろう。本書『レヴェナント 蘇えりし者』*The Revenant* はフィクションである。とはいえ、この物語の主な出来事に関しては歴史に忠実であるように努めた。

疑いのない真実とは、一八二三年、ロッキーマウンテン毛皮会社のヒュー・グラスが斥候中にグリズリーに襲われたこと、そして、瀕死の重傷を負ったこと、グラスが同僚たちに置き去りにされ、グラスの世話をするために残された二人の隊員にも見捨てられたこと、その後、グラスが生き延び、復讐のために壮大な冒険の旅に出たことだ。グラスに関するもっとも包括的な歴史的作品は、ジョン・マイヤーズ・マイヤーズによる娯楽的な伝記、*The Saga of Hugh Glass* である。マイヤーズはグラスの人生のもっとも注目すべき側面を強調し、そこには海賊のジャン・ラフィットに、その後、ポーニー族インディアンに拘束されたこともふくまれている。

ジム・ブリッジャーがグラスとともに残された隊員のひとりであるかどうかについては、歴史学者のあいだで意見の分かれるところだが、大半の歴史学者は事実だと考えている（歴史学者のセシル・オールターは、一九二五年に出版されたブリッジャーの伝記で、激しい反対意見を主張している）。グラスがビッグホーン川の交易所でブリッジャーに立ち向かい、その後、彼を許したことについては注目に値する証拠がある。

いくつかの部分では、勝手ながらその表現や歴史的事実を書き換えており、その部分についてぜひ記しておきたい。グラスが最終的にフォートアトキンスンでフィッツジェラルドに追いつき、米国陸軍の軍服を着た背信者を発見したことについては説得力のある証拠がある。ただし、その遭遇の記述は正確ではない。私が描いたような公的手続きの証拠は存在しないのだ。コンスタブル少佐という登場人物はまったくのフィクションであり、グラスがフィッツジェラルドの肩を撃った事件も同様だ。また、アリカラ族の船頭たちへの襲撃のまえに、グラスがアントワーヌ・ランジュヴァンのグループと別れたという証拠もある（トゥーサン・シャルボノーがランジュヴァンに同行していたことや、この襲撃で生き残ったことは確かなようだが、その状況ははっきりしない）。プロフェスール、ドミニク・カトワール、ラ・ヴィエルジュ・カトワール、この三人の登場人物はまったくのフィクションである。

フォートタルボットとその住人は創作である。それ以外の地理上の記述は、私の知るかぎり正確である。一八二四年の春のグラスとその仲間に対するアリカラ族の襲撃は、伝えられるところによると、ノースプラット川とララミー川（のちに命名された）の合流点で起こった。十一年後、その場所にフォートウィリアム——フォートララミーの前身——が設立される。

毛皮取引時代に関心のある読者は、ハイラム・チッテンデンの古典 ***The American Fur Trade of the Far West*** やロバート・M・アトリーのもっと新しい作品 ***A Life Wild and Perilous*** をふくむ歴史的作品が楽しめるだろう。

この小説に描かれた出来事につづく何年かのあいだに、多くの登場人物が冒険と悲劇と栄光の生活をつづけた。以下は重要人物のその後である。

アンドリュー・ヘンリー隊長

一八二四年の夏、ヘンリーと隊員のグループは、現在のワイオミング州でジェディダイア・スミスの隊とランデヴーした。会社の負債を埋め合わせるには足りないものの、ヘンリーは相当な量の毛皮を集めていた。スミスが現地にとどまる一方、ヘンリーは収獲物をセントルイスに持ち帰る任を負った。毛皮の量は充分とはいえないが、アシュリーはすぐに現地へ戻る価値があると判断した。アシュリーはつぎの遠征のための資金を確保し、その遠征隊はヘンリーの指揮により一八二四年十月二十一日にセントルイスを出発した。ヘンリーは歴史に記されていないいくつかの理由により、まもなく辺境から退いたようだ。もしヘンリーが翌年もロッキーマウンテン毛皮会社にかかわっていれば、彼は――この企業のほかの経営者のように――莫大な富を得て引退したことだろう。だが、ヘンリーはまたもや彼特有の不運癖を実証した。ヘンリーは会社の持ち株を控えめな金額で売却した。これだけでも何不自由ない暮らしができたはずだが、ヘンリーは債務保証のビジネスに手を出した。何人かの債務者が債務の返済不能に陥ると、ヘンリーは全財産を失った。一八三二年、アンドリュー・ヘンリーは無一文でこの世を去った。

ウィリアム・H・アシュリー

同じ企業の二人の共同経営者が、こうも違う末路をたどるとは驚くべきことだ。増えつづける借金に直面しながらも、毛皮で財を成すことができるというアシュリーの信念は揺らがなかった。一八二四年にミズーリ州知事を目指して落選したあと、アシュリーは自ら罠猟師隊を率いてプラット川の南側の支流を下った。アシュリーはグリーン川での水運を試みた最初の白人となるが、その努力はもうすこしで現在アシュリー川と呼ばれている川の河口付近で大失敗に終わるところだった。

冒険を示す毛皮をほとんど持たないアシュリーと隊員たちは、ハドソンベイ社の意欲のない罠猟師隊と出会った。謎に包まれた交渉の末、アシュリーは百束のビーバーの毛皮を手に入れた。人によっては、アメリカ人がハドソンベイ社の貯蔵品を略奪したという根拠のない主張をする者もいる。もっと信頼できる記録によると、アシュリーは有利な条件で取引したにすぎず、それ以上疑わしいことはしていないという。とにかく、一八二五年の秋にセントルイスで、アシュリーはその毛皮を二十万ドル以上の値で売った――一生分の富を手に入れたのだ。

一八二六年のランデヴーで、アシュリーはジェディダイア・スミス、デイヴィッド・ジャクスン、ウィリアム・サブレットの三人にロッキーマウンテン毛皮会社の持ち株を売った。ランデヴー方式を考案し、毛皮取引時代にいくつかの伝説を生んだ仕事に乗り出し、自ら成功した毛皮王として歴史に名を残したアシュリーは、商売から退いたのだ。

一八三一年、ミズーリ州の住民は、下院議員スペンサー・ポッティス（ポッティスは決闘で命を落とした）の後任としてアシュリーを選出した。アシュリーは二度再選され、一八三七年に政界から引退した。一八三八年、ウィリアム・アシュリーは他界した。

ジム・ブリッジャー

一八二四年の秋、ジム・ブリッジャーはロッキー山脈を横断し、グレートソルトレイクの水域に到達した最初の白人となった。そして、一八三〇年までにロッキーマウンテン毛皮会社の共同経営者となり、毛皮取引時代が崩壊する一八四〇年代まで時代を牽引していった。毛皮取引が下火になると、ブリッジャーは西部への展開という新しい波に乗った。一八三八年、ブリッジャーは現在のワイオミング州に新しい交易所を設立した。〝フォートブリッジャー〟はオレゴン街道《トレイル》の重要な交易地となり、のちに、軍の駐屯所とポニー速《エク》達便《スプレス》の事業所として使われた。一八五〇年代と一八六〇年代、ブリッジャーはしばしば開拓者や探検家や米国陸軍のガイドを務めた。

一八七八年七月十七日、ジム・ブリッジャーはミズーリ州ウエストポートの近郊で死亡した。罠猟師、探検家、ガイドとしての業績を残した生涯により、ブリッジャーは〝山《マウンテ》の住民《ン・マン》の王〟と言われている。今日、西部のいたるところに、ブリッジャーの名前にちなんだ山や川や町がある。

ジョン・フィッツジェラルド

ジョン・フィッツジェラルドについてはほとんど知られていない。フィッツジェラルドは確かに実在し、ヒュー・グラスを見捨てた二人のうちのひとりだと広く考えられている。また、フィッツジェラルドがロッキーマウンテン毛皮会社から脱走し、その後、フォートアトキンソンで米国陸軍に入隊したことも事実だと思われている。フィッツジェラルドの人生のその他の部分はフィクションである。

ヒュー・グラス

グラスはフォートアトキンスンから川を下ってセントルイスへ行き、ヘンリーのメッセージをアシュリーに届けたようだ。グラスはセントルイスで、サンタフェへ向かう交易業者のグループと出会った。グラスは彼らに同行し、一年間、ヘロー川で罠猟をして過ごした。一八二五年前後には、グラスは南西部の毛皮取引の中心地であるタオスにいた。

南西部の水の少ない川ではすぐに獲物を獲り尽くし、グラスはふたたび北へ向かった。コロラド川、グリーン川、スネーク川をさかのぼって猟をつづけ、最終的にミズーリ川の源流に到達した。一八二八年、俗に言う〝自由罠猟師〟たちが、ロッキーマウンテン毛皮会社の独占をやめさせるための交渉で、彼らの利益の代表者としてグラスを選んだ。西へ向かってコロンビア川まで猟をつづけたのち、グラスは関心の大部分をロッキー山脈の東面に向けた。

グラスは一八三三年の冬を〝フォートキャス〟と呼ばれる前哨地で過ごしたが、そこはイエローストーン川とビッグホーン川の合流点にあるヘンリーの古い交易所のそばだった。二月のある朝、グラスと二人の仲間は最初の罠猟に出ようとして凍結したイエローストーン川を渡っていた。三人は三十人のアリカラ族戦士の急襲に遭って殺された。

謝辞

大勢の友人や家族（そして、何人かの親切な見知らぬ人々）が、多くの時間を割いて本書の草稿を読み、批評と激励によってこれをよいものにしてくれた。ありがとう、ショーン・ダラー、リズ・フェルドマンとジョン・フェルドマン、ティモシー・パンクとロリ・オットー・パンク、ピーター・シェア、キム・ティリー、ブレント・ギャレットとシェリル・ギャレット、マリリン・パンクとブッチ・パンク、ランディー・ミラーとジュリー・ミラー、ケリー・マクナマス、マーク・グリック、ビル・ストロングとメアリー・ストロング、ミッキー・キャンター、アンドレ・ソロミータ、イヴ・エールリヒ、ジェン・カプラン、ミルドレッド・フーカー、モンティ・シルク、キャロル・キニーとテッド・キニー、イアン・デイヴィス、デイヴィッド・クラプカ、デイヴィッド・マーチック、ジェイ・ツィーグラー、オーブリー・モス、マイク・ブリッジ、ナンシー・グッドマン、ジェニファー・イーガン、エイミー・マクマナメンとマイク・マクマナメン、リンダ・スティルマン、そして、ジャクリーン・カンディフ。

ワイオミング州トリントンの優れた教師グループに感謝を。エセル・ジェイムズ、ベティー・スポーツマン、イーディー・スミス、ロジャー・クラーク、クレイグ・ソダロ、ランディー・アダムズ、そして、ボブ・ラッタ。もしも、教師が影響を与えるだろうか、と一度でも思ったことがあるなら、知っていてほしい。あなたたちは私に影響を与えてくれた。

ウィリアム・モリス・エンデヴァーのすばらしいティナ・ベネットに、とくに感謝したい。本書の不十分な点についてはすべて私の責任だが、ティナはこの作品をよりよいものにする手助けをし、その映画化に骨折ってくれた。ティナの有能な助手、スヴェトラーナ・カッツ、(数あることのなかで、とくに)この本を有名にしてくれたことをありがとう。フィリップ・ターナーによる初期の編集上の助言に感謝している。ピカドール社のスティーヴン・モリスンは、P・J・ホロスコの協力を得て『レヴェナント　蘇えりし者』をよみがえらせてくれた。キース・レッドモンは二〇〇二年に『レヴェナント　蘇えりし者』に映画化の可能性を見出し、それ以来ずっと変わらず。アノニマス・コンテントの仲間であるスティーヴン・ゴリン、デイヴィッド・カンターとともにその実現に尽力してくれた。

そしてなにより、私の家族に特別な感謝を贈りたい。ソフィー、デッドフォールという罠の実験を手伝ってくれてありがとう。ボー、君の超人的なグリズリーのまねに感謝している。トレイシー、いつも変わらない協力と、何度も何度も苦労して読んでくれた忍耐強い思いやりをありがとう。

訳者あとがき

ビーバーの毛皮の柔らかい内毛を加工したフェルトの帽子は、その耐水性と光沢の美しさから高級品としてヨーロッパで人気があった。その需要を満たすため、各国の毛皮業者が北アメリカに押し寄せ、一九世紀初頭には大西洋岸からミシシッピ川に至る地域のビーバーを獲り尽くしてしまった。そこで、ビーバーを求める男たちの関心はミズーリ川流域、さらにその奥地へと移る。ことに一八〇六年にメリウェザー・ルイスとウィリアム・クラークが陸路による太平洋岸への探検から帰還すると、多くの罠猟師が遠征隊を組織して北西へ向かうようになった。その先駆けがマニュエル・リサである。一八〇七年、リサはミズーリ川からイエローストーン川をさかのぼってビッグホーン川との合流点にたどり着き、そこに交易所を造った。そして、一八二二年、毛皮業者で政治家のウィリアム・アシュリーが、《ミズーリ・リパブリカン》紙に百人の遠征隊員を募集する公告を載せた。

この遠征隊を率いたのはアシュリーの盟友アンドリュー・ヘンリーで、遠征に参加した隊員のひとりが本書の主人公ヒュー・グラスだった。だが、遠征隊の行く手には数々の困難が待ち構えている。そもそも、毛皮はインディアンにとっても重要な交易品なのだ。白人を受け入れ、交易で利益を得ようとするインディアンがいる一方、先祖から受け継いだ土地に進入してくる白人を敵視するインディアンも多い。遠征隊は苛酷な自然のなかでわずかな獲物を追いながら、インディアンの襲撃に怯えなければならなかった。そんな状況のなか、グラスはグリズリーに襲われて瀕死の重傷を負い、その世話をするために残った二人の隊員にも置き去りにされてしまう。しかし、グラスは二人への憎しみを糧に超人的な体力と精神力で生き抜き、想像を絶する困難な旅をして生還を果たす。このグラスの生還は史実と伝説の入り交じった形で現代まで語り継がれ、これまでにもこの実話をもとにした多くの作品が生まれている。

本書の著者マイケル・パンクは一九六四年にワイオミング州トーリントンで生まれ、マサチューセッツ大学アマースト校やジョージ・ワシントン大学を経て、コーネル大学ロースクールで法学博士の学位を取得した。貿易法が専門で、卒業後はモンタナ州選出の上院議員マックス・ボーカスのスタッフとして国際貿易法の法律顧問を務める。その後、クリントン政権の官僚としてホワイトハウス入りし、やがて、アメリカ通商代表部の政策アドヴァイザーとして働く。また、民間セクターの国際貿易問題を手がけ、ワシントンDCにある法律事務所にも在籍していた。

あるとき、パンクは歴史の書物で紹介されたヒュー・グラスの話に興味を持ち、これをもとにした小説を書こうと思い立った。子どものころから、釣りや猟やハイキングなどの自然豊かな野外での活動が好きで、十代の夏休みには、かつて毛皮の交易所だったフォートララミー国定史跡で解説の仕事をしたというから、もともと辺境の開拓者に興味があったのだろう。そして、細部にこだわるパンクは執筆に先立ち、グラス自身の経歴に加えて関係者の情報や当時の社会的背景、辺境の開拓や毛皮交易の歴史を調べつくした。家では子どもたちといっしょに差し掛け小屋を造ったり、罠を仕掛けて実験したりした。そういう綿密なリサーチのあとで一九九七年に着手すると、毎朝五時にオフィスに行って始業までの三時間を執筆に費やし、四年間で書き上げたそうだ。こうして、ある部分では歴史に忠実に、ある部分ではスリルとユーモアと感動に満ちたフィクションを大幅にとりいれ、苛酷な大自然のなかで奇跡の生還を果たしたグラスの姿を生き生きと描き出した。それが本書『レヴェナント　蘇えりし者』である。

ところが、二〇〇二年に出版したとき、本書はほとんど見向きもされなかったようだ。それでもパンクは執筆活動をつづけ、ワシントンDCの法律事務所を辞めて家族とともにモンタナ州ミズーラに移り住むと、非常勤の公共政策コンサルタントとモンタナ大学の非常勤教授として働きながら、二冊のノンフィクション作品、一九一七年にモンタナ州のノースビュートで起きた鉱山事故を扱った *Fire and Brimstone: The North Butte Mining Disaster of 1917*（二〇〇六年）、バッファローを救う闘いを描いた *Last Stand*（二〇〇七年）を発表した。

二〇〇九年、オバマ大統領がパンクを、スイス、ジュネーヴ在駐のアメリカ合衆国次席通商代表、世界貿易機関（WTO）のアメリカ合衆国常任代表に選任し、二〇一一年に上院で承認された。同じころ、本書『レヴェナント　蘇えりし者』がハリウッドへの道を歩みはじめた。パンクのエージェントであるティナ・ベネットは「この本を埋もれさせるわけにはいかない」と言って奔走し、〈アノニマス・コンテント〉のスティーヴ・ゴリン、キース・レッドモン、デイヴィッド・カンターらのプロデュースで映画化されることになったのだ。監督は、《バードマン　あるいは（無知がもたらす予期せぬ奇跡）》で二〇一五年のアカデミー賞の作品賞、監督賞、脚本賞を獲得したアレハンドロ・ゴンサレス・イニャリトゥ。イニャリトゥはマーク・L・スミスとともに脚本も担当している。主役のヒュー・グラスはレオナルド・ディカプリオ、仇役のフィッツジェラルドは《インセプション》（二〇一〇年）でディカプリオと共演したトム・ハーディが演じることとなった。音楽は《ラスト・エンペラー》でアカデミー賞の作曲賞を獲得した坂本龍一、撮影監督は、

《ゼロ・グラビティ》と《バードマン　あるいは（無知がもたらす予期せぬ奇跡）》で二年連続アカデミー賞撮影賞に輝いたエマニュエル・ルベツキが務めている。

イニャリトゥは作品にリアリティを求め、十九世紀の未開の荒野に似たカナダやアルゼンチンの極寒の地でロケを敢行した。しかも、当時は存在しなかった人工照明を使わず、自然光と炎の明かりだけを使った撮影は九か月に及んだ。主演のディカプリオは鬼気迫る熱演で、自ら多くのスタントに臨んだという。美しくも厳しい大自然の映像、息つく暇もないアクションの連続、二時間三十七分の上映時間が短く感じられる。イニャリトゥ監督は本書『レヴェナント　蘇えりし者』から核だけを残してすべてそぎ落とし、新たな架空の展開を加えてその核を膨らませたのだ。

原書に初めて目を通したときから、訳者はこの作品が気に入った。置き去りにされたグラスはあまりにも無防備で、報復への執念がなかったら、生きられなかったにちがいない。裏切られたことで復讐を誓い、その一念が生きる力となった。極限状態に陥ったとき、人はますます生に執着するのではないだろうか。まず、その驚異的な精神力に惹かれた。つぎに、ストーリー展開の面白さだ。つぎつぎ襲いかかる危機を、無防備なグラスは経験による知恵と冷静な判断力で切り抜けていく。もうひとつは、丁寧なリサーチに裏打ちされた確かな背景描写だ。パンク自身が本書はフィクションだと断言し、いくつかの基本的事実を除くとほとんどのエピソードはパンクの創作だ。だが、そのエピソードを生み出す背景は、事実に基づき詳細に書き込まれて作品全体にリアリティを与えている。

グラスは復讐心によって生還を果たす。報復だけが生きる目的になる。だが、途中で多くの死に遭遇し、そのたびに心がすこしずつ変化していった。やがてある日、グラスはロッキー山脈を見上げ、そこから泉のように流れ出る神聖なものを感じる。星空を見上げると、白鳥座が十字架の形に見えた。厳しく雄大な自然の前で、人間はなんと小さいのだろう。これまでの苦痛など取るに足らないものに思えてくる。グラスは、自分の目的を考え直してみた。報復による一時的な満足を得るために、雄大な大自然を目指してきたのだろうか。

二〇一六年一月

漆原敦子

参考資料

Alter, Cecil J.: *Jim Bridger*, 1925.
Ambrose, Stephen E.: *Undaunted Courage*, 1996.
Brown, Tom: *Tom Brown's Field Guide to Wilderness Survival*, 1983.
Chittenden, Hiram Martin: *The American Fur Trade of the Far West*, Volumes Ⅰ and Ⅱ, 1902.
DeVoto, Bernard: *Across the Wide Missouri*, 1947.
Garcia, Andrew: *Montana 1878, Tough Trip through Paradise*, 1967.
Knight, Dennis H.: *Mountains and Plains: The Ecology of Wyoming Landscapes*, 1994.
Lavender, David: *The Great West*, 1965.
Library of Congress, *The North American Indian Portfolios*, 1993.
McMillion, Scott: *Mark of the Grizzly*, 1998.
Milner, Clyde A,et al.: *The Oxford History of the American West*, 1994.
Morgan, Ted: *A Shovel of Stars*, 1995.
——: *Wilderness at Dawn: The Settling of the North American Continent*, 1993.
Myers, John Myers: *The Saga of Hugh Glass: Pirate, Pawnee, and Mountain Man*, 1963.
Nute, Grace Lee: *The Voyageur*, 1931.
Russell, Carl P.: *Firearms, Traps, & Tools of the Mountain Men*, 1967.
Utley, Robert M.: *A Life Wild and Perilous: Mountain Men and the Paths to the Pacific*, 1997.
Vestal, Stanley: *Jim Bridger, Mountain Man*, 1946.
Willard, Terry: *Edible and Medicinal Plants of the Rocky Mountains and Neighbouring Territories*, 1992.

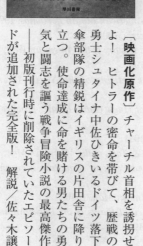

ジュラシック・パーク（上・下）

Jurassic Park

マイクル・クライトン
酒井昭伸訳

バイオテクノロジーで甦った恐竜たちがのし歩く驚異のテーマ・パーク〈ジュラシック・パーク〉。だが、コンピューター・システムが破綻し、開園前の視察に訪れた科学者や子供達をパニックが襲う！　科学知識を駆使した新たな恐竜像、空前の面白さで話題を呼んだスピルバーグ映画化のサスペンス。解説／小畠郁生

ファイト・クラブ〈新版〉

Fight Club

チャック・パラニューク
池田真紀子訳

タイラー・ダーデンとの出会いは、平凡な会社員として生きてきたぼくの生活を一変させた。週末の深夜、密かに素手の殴り合いを楽しむうち、ふたりで作ったファイト・クラブはみるみるその過激さを増していく。ブラッド・ピット主演、デヴィッド・フィンチャー監督による映画化で全世界を熱狂させた衝撃の物語！

訳者略歴　慶應義塾大学文学部社会学科卒，英米文学翻訳家　訳書『暗黒街の女』アボット，『インディ・ジョーンズ　クリスタル・スカルの王国』ローリンズ，『トゥルー・グリット』ポーティス，『暗号名ナイトヘロン』ブルックス（以上早川書房刊）他多数

HM=Hayakawa Mystery
SF=Science Fiction
JA=Japanese Author
NV=Novel
NF=Nonfiction
FT=Fantasy

レヴェナント　蘇《よみが》えりし者《もの》

〈NV1377〉

二〇一六年二月二十日　印刷
二〇一六年二月二十五日　発行
（定価はカバーに表示してあります）

著　者　マイケル・パンク
訳　者　漆《うるし》原《ばら》敦《あつ》子《こ》
発行者　早川　浩
発行所　株式会社　早川書房

郵便番号　一〇一 - 〇〇四六
東京都千代田区神田多町二ノ二
電話　〇三 - 三二五二 - 三一一一（大代表）
振替　〇〇一六〇 - 三 - 四七七九九
http://www.hayakawa-online.co.jp

乱丁・落丁本は小社制作部宛お送り下さい。
送料小社負担にてお取りかえいたします。

印刷・星野精版印刷株式会社　製本・株式会社フォーネット社
Printed and bound in Japan
ISBN978-4-15-041377-4 C0197

本書は活字が大きく読みやすい〈トールサイズ〉です。